後宮に日輪は蝕《しょく》す

金椛国春秋

篠原悠希

角川文庫
20651

後宮に日輪は蝕《しょく》す

金椛国《きんかこく》春秋

おもな登場人物

星《せい》 遊圭《ゆうけい》……名門・星家の御曹司で、唯一の生き残り。小柄で少女にも見える外見を生かし後宮へ。虚弱体質で、書物や勉学を愛する秀才。

明々《めいめい》……農村出身。生活が苦しく、幼い弟と共に都へ出て来た少女。遊圭を助けたことから、彼と行動を共にする。明るく前向きな性格。

胡娘《こじよう》……元々は異国出身の奴隷で、星家の薬師を務めていた。胡人の楽団に紛れ込み、遊圭を後宮まで追ってくる。西方医薬の知識を持つ。

陶《とう》 玄月《げんげつ》……遊圭と明々が勤める後宮の宦官。女官関連の人事や経理を管理する。有能で人当たりがよく、さらに容姿に優れ、女官たちの人気も高い。

星《せい》 玲玉《れいぎよく》……遊圭の叔母。

司馬《しば》陽元《ようげん》……金椛国の新皇帝。

天狗《てんこう》……遊圭の愛獣。外来種の希少でめでたい獣とされている。

序　邪風発夢

ざわざわと、梢《こずえ》の揺れる音とともに、早春の名残り雪が頬を撫《な》でてゆく。

星遊圭《せいゆうけい》は、木立に囲まれた破れ家《や》の戸口に立ち、重なり合う枝葉を透かして空を見上げた。

後宮にこんな場所などあっただろうか。遊圭は首をかしげて、戸外へと足を踏み出す。

重苦しい灰色の空からは、いまにも雨が降り出しそうだ。梢を揺らす風は、冷たい湿気を含み、砂埃《すなぼこり》とともに遊圭の袖《そで》や裾《すそ》を巻き上げる。春の正風が運ぶ邪気を取り込むまいと、遊圭は肘《ひじ》を上げて目と鼻、口を袖で覆った。

頭上には鉛色の雲が垂れ込め、太陽の位置もわからない。

冷たい雨がぽつりぽつりと降りだし、たちまち大粒の夕立となる。

進むことをあきらめ、踵《きびす》を返した遊圭は、その場に立ちすくんだ。いつの間にか、破れ家と自分の間には、降り注ぐ雨を集めて小川ができていたからだ。

小川はたちまち激流となって渦を巻き、深い淵《ふち》を作り出していく。水位はどんどん高くなり、逆巻きながら遊圭の足をからめとろうとする。

戻ることもかなわずふり返れば、風景は一変して森は消え去っていた。雪の降りしきる護城濠《ほり》が遊圭の行く手をふさいでいる。しかも厳冬期に張った氷がところどころひび割れ、いまだに融《と》けることなく、薄く広がっているのだ。

遊圭の足を洗う水の流れはあっという間に膝《ひざ》を超え、たちまち腰まで這《は》いあがってくる。このままでは溺《おぼ》れ死んでしまう。

「退けば後宮の深淵《しんえん》、進めば凍えて溺れる氷の濠《ほり》。占うまでもなく、現状そのものだ」

鉛色の空を見上げて目を閉じる。もはや足の下に地面の感触はなく、ふわふわと水に漂う感覚に身をまかせる。このままでは、あの深淵に呑《の》み込まれてしまう。あそこに落ち込んだら、二度と浮かび上がれない。

真の闇へと引き込まれそうになって、遊圭は初めて恐怖を覚えた。両手を上にあげて必死で水を掻《か》くが、淵の底へ吸い込まれていく水の勢いに逆らえるはずもない。

「遊々《ゆうゆう》！」

「明々《めいめい》──」

肩を揺さぶられてうっすらとまぶたを開けた遊圭は、姉のように世話をしてくれる明々の不安げな瞳《ひとみ》に、現実に戻れたことを知って安堵《あんど》の息をついた。

遊圭より三、四歳年上の、はっきりとものを言う性格。豊かな表情と猫のようにぱっちりとした目が印象的な明々とは、賑《にぎ》わう城下の街角で、麵麭《パン》を盗んだ明々の弟を助けた縁で知り合った。その恩に報いるため、明々は星一族が滅せられた翌日から、身元が露見すれば命のない遊圭を匿《かくま》い、性別を偽って男子禁制の後宮に隠れ潜むことになったあとも、ずっと助けてくれている。

「また同じ夢を見ていたの？」

明々は、力なくうなずく遊圭の汗を拭《ふ》きながら訊《たず》ねた。遊圭のじっとりとした額に手を当て、憂い顔になる。

「微熱がなかなか退かないね」

言葉と表情とは裏腹に、ほっとした口調である。倒れたときから三日も高熱が続いていたのだから、微熱はむしろ小康状態といえた。

「あれから、何日が経った？」

咳《せ》き込みつつ、嗄《しゃが》れ声を絞り出して遊圭が訊ねる。

「七日。もう峠は越えたから、食事ができるようになれば大丈夫って胡娘《こじょう》さんは言ってた。今日は何か食べられそう？　重湯《おもゆ》ならできてるよ。葛湯《くずゆ》がよければすぐに作る」

気遣いのこもった口調と、心配そうな瞳を見つめ返し、遊圭は腹を撫でた。空腹という感覚はない。喉《のど》は渇くのだが胃袋が何も受け付けず、水ですら吐いてしまう。塩と果汁で味をつけ、葛粉でわずかにとろみをつけた薬湯《やくとう》を、舐《な》めるようにして水分を摂《と》るのが精いっぱいであった。

「夏からずっと、無理を重ねたもんね。私だって体調崩しちゃったもの。遊々の熱が下がったのを見届けてすぐ、胡娘さんも二日ほど眠り続けたし」

遊圭はここ数日のおぼろな記憶を手繰《たぐ》り寄せる。宦官《かんがん》玄月《げんげつ》の眉目秀麗《びもくしゅうれい》だが無表情な面や、遊圭の療母《りょうぼ》胡娘の憂慮《ゆうりょ》に満ちた青灰色の瞳、涙目で顔をのぞき込んでくる明々の眼差しが、入れ替わり立ち替わり現れては消えた。

遊圭の秘密を握る掖庭《えきてい》局の若き局丞《きょくじょう》、宦官の陶《とう》玄月は、遊圭に『李薫藤《りくんとう》』という宮官《きゅうかん》名を与え、後宮からの解放と引き換えに皇太后の陰謀を暴くよう命じた。任務は見事に成功したものの、皇帝から遊圭に下された褒賞はまさかの内官《ないかん》昇進、つまり嬪《ひん》の地位であった。帝《みかど》の閨《ねや》に侍《はべ》れば、いやでも男子であることがばれてしまう。進退窮《きわ》まった遊圭は、とるものもとりあえず後宮脱出を図ったが、あえなく失敗。護城濠で待ち構えていた玄月に連れ戻されたその日に意識を失い、何日も寝込むことになった。

雪の降りしきる護城濠の排水口へと、凍えるように冷たい暗渠《あんきょ》の水に浸《つ》かりながら、延々と歩き続けた逃走劇。その少し前にも、腎《じん》を痛めて熱を出したせいだろうか。肺炎と喘息《ぜんそく》を一度に発症した遊圭を、胡娘は不眠不休で看病した。高熱が退き、喘息の発作が間遠になり痰《たん》も詰まらなくなると、胡娘は明々にあとをまかせて本職である永寿宮《えいじゅきゅう》の薬食士《やくしょくし》に復帰している。

熱を出してから、遊圭は胸や肩、手足の関節がきしみ、咽喉《のど》が腫《は》れて呼吸ができなくなり何度も意識が飛んだ。今日も麻勃《まぼつ》の香りが部屋に漂っている。胡娘の不在中に、喘息の発作を予防するためだろう。ただ、空咳《からせき》を誘発する煙を焚《た》き続けるのは、胸の病には良くないのではと遊圭は思うのだが、ものを言うのも億劫《おっくう》だ。

「なんでだろうな。ちっとも楽しくない。麻勃の効用はひとを幸せな気持ちにさせるんじゃなかったのかな」

「のどの腫れや体の痛みに、効き目を使い果たしてるんじゃない？」

「明々は楽しくならないの？」

やつれきった生真面目な顔で問われても、明々が笑えるはずもないのに。

あと一歩のところで帰郷の夢に破れた明々の落胆ぶりは、遊圭に勝るとも劣らなかった。淡く燻《くゆ》らせた麻勃の煙を少し嗅《か》いだくらいで、気が晴れたら苦労はない。

とはいえ、ほとんどひとりで遊圭の世話をしている明々に、落ち込んでいる暇はなかった。掃除や洗濯、送られてくる薬の準備や病人食の支度で、一日に何度も部屋と戸外を出たり入ったりしているのだ。明々が気丈さを保てるのは、休む間もなく働きまわり、外の新鮮な空気を吸っているせいもあるだろう。

「浮き浮きするほどじゃないけど、あんなことがあった後なのに、悲しくもつらくもないし、遊々の看病もできるから、効いているんじゃないかしら」

遠くで時鐘《じしょう》の音が響く。耳を澄ませた明々の表情が少し明るくなった。

「宮勤めの終わる時間。もう少ししたら、胡娘さんや玄月さんが来るわ」

そうしたら、明々は休める。一日のほとんどを眠ったように過ごしている遊圭の看病だが、明々は一瞬たりとも気が抜けない。

玄月は、遊圭の内官昇進は皇帝陽元《ようげん》の独断であり、自身は関与していないと言明した。秘密の厳守と、後宮からの解放をふたたび約して、遊圭を病人や罪を犯した女官が収容される養生院の桃花舎《とうかしゃ》に収容した。さらに娘子兵《じょうしへい》に警護を命じて、見舞いと称する野次馬を桃花舎に寄せつけないようにしている。

見舞い客はもちろんのこと、桃花舎に詰める娘子兵からも遊圭の秘密を守り抜かねばならない明々の苦労は、並大抵のものではない。

明々が、重湯《おもゆ》の膳《ぜん》を寝台の横に置いた。遊圭は起き上がろうとしたが、肘を立てただけで息が上がる。

明々は遊圭の肩を押し上げ、背もたれに枕を積み上げてそこに寄りかからせた。重湯の前に、板藍根《バンランコン》と生姜《しょうが》を合わせた薬湯を差し出す。

熱が完全に下がってないのに生姜では、と遊圭は思わなくもないが、吐き気を抑えるためにと明々は考えたのだろう。遊圭はありがたく思い、胃を驚かせないようにゆっくりと喉に流し込んだ。甘草《かんぞう》で甘味を、葛粉《くずこ》でかすかなとろみをつけた薬湯が、食道をじわじわとくだってゆく。やがて腹の奥がじんわり温まり、食べ物を受け入れられるような気がしてくる。

遊圭は深く息を吸い込んで、ゆっくりと吐いた。薬湯を吐き戻す心配がなくなるまで待ってから、重湯の碗《わん》に添えられたレンゲに手を伸ばした。

一、陰陽清濁

鈴の音が響いた。見張りの娘子兵が来客を知らせる音だ。明々は急いで立ち上がり、訪問者を迎えに出た。

胡娘の訪れを期待していた遊圭だったが、入ってきたのは秀麗だが冷淡な面差しの玄月であった。胃におりかけていた重湯が、ぐっとこみ上げてきそうになる。

「起きられるようになったか」

少年のように澄んだ、しかし宦官にしては重く深い声で話しかけてくる。男性の機能を切除された宦官の声は女のように高いものだが、玄月の声は低い。遊圭は、玄月が甲高い声をだすのを一度しか聞いたことがない。

今上《きんじょう》皇帝とその皇后を排除して、金椛《ジンファ》帝国の実権を握ろうと図った皇太后一派の断罪に成功したときのことだ。『これで生き延びた』と皇帝陽元が口にした瞬間、肉親を前にしても本心を面に出すことのない玄月が破顔した。それは、むしろすすり泣きのように細く高い、いつもの玄月からは想像もできない女性のような笑い声であった。

無表情な玄月の問いに、遊圭はかすかにうなずいた。とはいえ、遊圭は横になると咳《せき》が激しくなるため、体を起こしたまま眠ることの方が多かった。眠っている間に背枕からずり落ち、咳が出て目が覚めることもある。

高熱が退いても、昨日まで意識は朦朧《もうろう》として、明々との会話もまともに続かなかった。毎日容態を見にくるという玄月の訪れも、ぼんやりとした記憶しかない。胡娘と明々以外の人間と話をするのは、実に七日ぶりであった。

明々に勧められた椅子に腰をかけた玄月は、生白くやつれた遊圭の顔を観察し、膝《ひざ》の上の骨ばった手に視線を移した。

「ずいぶんと痩《や》せたな。これでは当分、大家《ターチャ》への拝謁は無理のようだ」

遊圭は爪の伸びた指先で、こけた頬に触れた。

「拝謁しなくては、なりませんか。だいたい、どうしてわたしを嬪《ひん》にしようなどと、帝は、お考えになったのでしょう」

ひと息に話すこともつらくて、途切れ途切れに問い返す。

「それが一番の褒美だとお考えになったからだろう。私がおそばにいれば内示が出される前にお止めすることもできたのだが、あいにく事後処理にいそがしかったのでな」

遊圭は眉《まゆ》をひそめた。

「帝は、わたしを女だと思っておいでなのですか」

皇帝とまみえたとき、遊圭は自分の声をごまかさなかった。

「凜々《りんりん》が知っていることは、帝もご存じだと思っていたので、女らしくすることは考えていませんでした。そんな余裕もなかったし」

長生宮《ちょうせいきゅう》潜入のために、護衛として遊圭につけられた娘子兵の林《りん》凜々は玄月の腹心だ。そのため、凜々には遊圭の性別が男子であることは明かされていた。

「大家には、そなたは明々の遠縁の娘であるとしか申し上げていない」

そこで言葉を切った玄月は、口の端を軽くゆがめた。笑いをこらえているようにも見える。何がおかしいのかと、遊圭は不機嫌になった。

「大家《ターチャ》は、些末《さまつ》なことに注意を払われるお方ではない。私が通貞《つうてい》として先帝の後宮に上がっていたときも、お気づきにならなかった。それ以前に朝廷や国士《こくし》太学《たいがく》の行事で、何度か拝謁し、お言葉を賜《たまわ》ったこともあったというのに——」

その声音に自嘲《じちょう》の響きを聞きとった遊圭は、用心深く口を閉ざす。

玄月は遊圭と同じように、かつては官家の御曹司《おんぞうし》だった。

多くの官僚を輩出した陶家一門でも特に秀才の誉れ高く、将来を嘱望《しょくぼう》されていたが、親戚《しんせき》が犯した罪に連座させられ、死一等を減じられ官奴《かんぬ》の身分に落とされた。

童子《どうじ》にして宮刑を受けた玄月のような者を、生涯浄身《じょうしん》の通貞と云う。

容姿端麗な通貞は、宦官《かんがん》として役や仕事を与えられることはない。その美貌《びぼう》や美声が続く限り、女装させられて妃嬪《ひひん》の宮の女たちに愛される。遊圭と明々が仕えた安寿《あんじゅ》殿にも、あでやかに化粧をほどこされ、公主《こうしゅ》のように華やかな衣裳《いしょう》をまとい、金銀宝玉をあしらった簪《かんざし》を挿し、人形のようにおとなしく虚空を見つめる通貞たちがいた。宮殿の生きた装飾品でもある通貞は、日がな何もせずに過ごし、誰と目が合っても艶麗《えんれい》な笑みを浮かべて会釈する。そして夜となく昼となく、妃嬪の寝室に侍《はべ》ることもあるという。

猫のように静かで艶《なま》めかしく、犬のように従順な少年たち。

玄月が助命されて宦官となったのは陽元の計らいだったという。いかに当時の玄月が非常な美少年であったとはいえ、国士太学きっての秀才がそんな扱いを受けるとは、陽元は想像もしなかったのだろう。

先帝の妃嬪宮《ひひんきゅう》に納められた玄月が、どのようにして陽元と再会し、実務派の宦官になれたのか。遊圭としては気になるところだが、下手な発言をして自尊心の高い玄月の過去に触れることは、虎の尾を踏むより危険なことである。

語尾と視線をさまよわせていた玄月が、ふっと現実に立ち返る。

「とにかく、大后様《おおきさき》にお願いして拒否権を執行していただいたので、大家《ターチャ》がそなたを閨《ねや》に召し上げることはない。ただ、逃亡劇の申し開きには上がらねばならん」

遊圭はとっさに言葉が出そうになったが、先に咳がでた。

「あの、大后さまは、わたしのことをどのように――」

この先の問いを、どのように言葉を紡いでいいのかわからない。

実のところ、玄月は遊圭の出自や性別に関して、動かぬ証拠をつかんでいるわけではない。玄月には、女官の服を脱がせて身体検査をする権限はなく、また実家においては病弱で引きこもりがちだった遊圭を、星家の次男だと証言できる人間は、散り散りとなった使用人をのぞけば玲玉《れいぎょく》と胡娘くらいなものだろう。

太祖の定めた『天子に外戚《がいせき》なし』の法のために、叔母《おば》が国母《こくも》に選ばれた星遊圭の一族が先帝の陵《みささぎ》に殉死を命じられたのが一年と半年前。遊圭がただひとり生き延びることができたのは、虚弱な遊圭を幼いころから育て上げてきた療母《りょうぼ》、胡娘のおかげだ。異国人の胡娘は外戚族滅法《がいせきぞくめつほう》を理不尽と決めつけ、追っ手を蹴散《けち》らし命がけで遊圭を守り抜いた。

灯台下暗しと後宮に逃げ込んだ星家の次男遊圭の捜索は、いまでも城下で続けられている。

その遊圭の正体を、知っていて黙っていたとなれば玄月自身も罪に問われる。かといって、遊圭を告発すれば遊圭の叔母である玲玉の恨みを買う懼《おそ》れもある。知らぬふりを通すのが、玄月にとっては賢い選択であった。

玄月は口の端に淡い笑みを添えたまま、曖昧《あいまい》に視線を逸らした。

「特に何も仰せにはならなかった。ただ、病を侮《あなど》らず、養生させるようにとのお言葉をいただいている。薬食士のシーリーンはずいぶんと気に入られているようだ」

玄月が胡娘の本名を口にしたとき、遊圭は肩が震えるのをこらえた。

仕える主人と家族しか口にしない本名の諱《いみな》と、他人が呼びならわす通称である字《あざな》を使いわける金椛《ジンファ》人と違い、異国人のシーリーンには本名がひとつしかない。

通称として使ってきた『胡娘』には、西方生まれの、あるいは胡《こ》国出身の女性という意味しかない。彫りの深い顔立ちと白い肌、淡い色の髪や瞳《ひとみ》を持つ人間たちを、出身国にかかわらずひとまとめに胡人《こじん》と呼ぶこともある。その通称だけでは、帝都にも後宮にも大勢いる西域出身の女性たちとは区別ができないのだから、ここでは皇帝も玄月も『胡娘』ではなく本名のシーリーンで呼ぶほかはない。

そして、遊圭が族滅させられた星家の生き残りであることを探り当てた玄月に、星家には胡人の女薬師がいたことを調べ上げるのは、難しくはないはずだ。

遊圭の事情をどれだけつかんでいるのか、容易に手の内を明かそうとしない玄月との対話は、病み上がりの遊圭の精神力をガリガリと削り落としていく。

「そのシーリーンの薬食《やくしょく》さえ、受けつけないそうだな。肺の病は峠を越え、一命は取り留めたとはいえ、滋養のあるものが食べられなければ回復は難しいだろうと、大后様は『李薫藤』のために優秀な医師を手配するよう、私に仰せられた」

これには遊圭の肩が目に見えてびくっと上がった。医師に診られたら、男であることがばれてしまう。胡娘が不眠不休で看病し治そうとした苦労が水の泡だ。

玲玉は唯一生き残った親族の遊圭を破滅させるつもりなのだろうか。家族思いの優しい叔母ではあるが、族滅法を免れた身内がいることは、彼女の地位や翔《しょう》皇太子の立場を危うくする可能性はある。あるいは、玄月が遊圭の正体を知っているのではと怪しみ、玲玉が玄月に鎌をかけた可能性はある。

玲玉が遊圭のことをどう考えているのか、知るすべがないだけに、遊圭はもどかしさと焦りで胸が苦しくなる。

内官の内示を受けた直後に逃亡を図った遊圭たちを『後先を考えて行動しろ』と叱った玄月だが、遊圭らにしてみれば、ぐずぐずしていたら昇官の準備が始まり、監視の目も増えて逃げられなくなってしまうと判断した結果だ。遊圭がもっとも恐れたのは、帝《みかど》の閨を務める女官に義務付けられた身体検査だ。男であることがばれたら即処刑、という後宮にあって、宮正《きゅうせい》女官や宦官たちを前に、遊圭が裸になどなれるはずがない。

「む、無理です」

言葉を喉《のど》にからみつかせながら、遊圭は言い返した。玄月はかすかな笑みを口の端に貼りつけたまま、引導を渡す。

「侍御医《じぎょい》による診察は、主命でもある。一日も早く病を治し、そなたの釈明を聞きたいと、大家《ターチャ》からも直々にお言葉を賜っている」

遊圭は目の前が真っ暗になった。積み上げられた枕に沈み込み、目を閉じる。観念した遊圭に獲物をいたぶる面白みを失ったのか、玄月は口調を改めた。

「九品下の女官に侍御医は大げさであると申し上げた。どの医師を選ぶかは私の裁量に任せていただくよう進言し、大家にも娘娘《ニャンニャン》にもお許しをいただいた」

意識的にであろうか、玄月は皇后に対する呼称を大后からより身近な言い方に変えた。『大家』も『娘娘』も、側近にのみ許された二人称だ。庶民が宮廷の噂話や講談で親しみや揶揄《やゆ》を込めて口にすることはあるが、上下関係の厳しい宮中では、雲上の人間に対して、家族のように親しく呼びかけることを許された特権を強く匂わせる。

それは暗に、医師の人選のみならず、遊圭の処遇に関してはあらゆることがらが玄月の裁量に任されていることをも示唆していた。

遊圭は目を閉じて沈黙した。すがれる人間が、自分に好意を抱いていない玄月のみという状況で希望を持つことは難しい。皇太后の陰謀を暴いた見返りは保証し、後宮を脱出するための手引きは新たに約束した玄月だが、遊圭はまったく信用できる気がしなかった。

本人に罪なくして、官僚としての未来も男性としての機能も摘み取られた玄月が、病弱だが男子としては健康な遊圭に、屈折した嫉妬《しっと》心を抱えているのは言葉や態度の端々に明らかだ。いまもこうして、遊圭の運命を掌《てのひら》の上で転がしては、その反応を楽しむ底意地の悪さがひしひしと感じられる。

「というわけで、医師を連れてきた」

遊圭の心臓は喉まで跳ねあがる。寝台から転がり落ちそうになって枕にしがみつく遊圭を、玄月は満足そうに眺める。

「い、いま、これから？」

目を大きく瞠《みは》り、咳《せ》き込みながらあわてふためく遊圭を無視して、玄月は枕頭《ちんとう》の鈴を鳴らす。扉が開き、玄月の腹心である凜々が、木製の小箱を抱えた初老の宦官の手を引いて寝室に入ってきた。

遊圭はごくりと喉を鳴らす。後宮の女たちは、皇族か高位の妃嬪でなければ、正規の医師である侍御医にはかかれない。病になれば口伝の民間療法やまじないをものする養《よう》生院《じょういん》の医女《いじょ》に頼る。とはいえ、いくらかの貯《たくわ》えがあれば、法外な治療費を要求する宦官医に診せることはできた。

ただ、宦官となって後宮に勤める男たちには、ふた通りの人種しかいない。ひとつは罪を犯して宮刑《きゅうけい》に処された者、もうひとつは貧しさから自ら男性の機能を捨て去って後宮に職を求めてきた者たちだ。犯罪者か、もしくは酒や博打《ばくち》で落ちぶれ、生活のために自宮《じきゅう》した医師となれば、その技術や人格には大いに疑問があるとみて間違いない。

玄月は立ち上がり、凜々から宦官《かんがん》医の手を引き継ぐと、自分が座っていた椅子まで導いて腰かけるように促す。椅子を引いて音を立て、宦官医の腰に手を当てて座らせる気の遣いように、遊圭はその宦官医が盲目であることを察した。

「遊々、こちらは鍼《はり》医の馬延《ばえん》どのだ。馬叔叔《しゅうしゅ》、今朝お話しした李《り》遊々という宮官です」

馬延はしゃがれた声でぶつぶつとつぶやきながら、しわびた手を出した。脈を見せろという意味だろう。遊圭はおそるおそる腕を伸ばす。一般的な病気なら脈診ですべてをすませてしまうのが、金糀《ジンファ》帝国の医学だ。目の見えない医師なら、化粧をせず薄着のまま対面しても、声を出さなければ男とばれる心配はないと、玄月は判断したのだろうか。

遊圭の手首を取った馬延は、右手首の寸口《すんこう》を三本の指で押さえ、意識を集中させた。五拍目で眉間《みけん》にしわを寄せ、まぶたを上げて白い膜のかかった両目をひたと遊圭の顔に当てる。遊圭の鼓動は速まった。

「玄月、宮官と言ったか」

しゃがれた高い声だが、声そのものには力があった。中年以降は老化の早い宦官にはありがちだが、見た目よりは若いと思われる。疑心に満ちた馬延の口調に、遊圭の緊張は限界まで高まる。

「宮官です。叔叔」

片手をあごに当てて、唇の片隅に笑みを刷いた玄月の返答に、馬延はふんと鼻を鳴らして診察を続けた。左手首、左右のうなじと順に脈を診て、最後に両足首の脈を診たあと、鼻にしわをよせて首を左右に振った。

「緩脈《かんみゃく》、腎脾《じんひ》がどうしようもなく弱っておる。荒野や廃屋で風雨に遭って立ち往生する夢や、水難に遭う夢を、繰り返し見るのではないか」

眠りに落ちるたびに吸い込まれる悪夢を言い当てられ、遊圭は驚きに馬延の白く濁った瞳をのぞきこむ。馬延は遊圭の張りつめた息遣いに肯定の気配をとり、せわしなくうなずいた。

「ここまで気陰《きいん》が両方とも虚《きょ》を示す脈は珍しい。歳はまだ十三、四といったな」

その問いに答えるのは玄月だ。

「はっきりした生年は記録されておらず、本人も知らないそうですが、おそらくはそのくらいかと思われます。薬食士は、遊々の病は肺にありと申しておりましたが」

胡娘の診断を否定されるのは、遊圭にとっては見過ごせない。しかし声を出すことはぐっとこらえた。

「この者は生来虚質《きょしつ》であろう。脾《ひ》が弱く、そのために絶えず邪気が五臓を侵すのを許している。肺を患うより少し前に、腎《じん》を痛めて寝込んでいたはずだ」

後宮脱出を試みる少し前に、謀叛《むほん》の物的証拠を求めて皇太后宮へ侵入し、無理を重ねた遊圭は、過労で腎炎に倒れた。

「そうなのか」と玄月に訊《たず》ねられ、遊圭はうなずく。

玄月はふり返り、背後に控える凜々にもの言いたげな視線を向けた。女性としては背は高く、がっしりした体を娘子兵として鍛えあげた凜々は、角ばった厳めしい顔をこわばらせて頭を下げた。

「あのあとの慌ただしさにまぎれて、報告しておりませんでした。申し訳ありません」

凜々の、太く低い声がはきはきと答える。遊圭の護衛と監視に凜々が選ばれたのは、並の兵士よりも恵まれた体格と、声変わりしたての遊圭よりも低い声のためだ。

「まあ、いい。すんだことだ」

玄月は淡々と応じ、遊圭の診察を続ける馬延へと視線を戻した。

馬延は遊圭の手指を撫《な》でたり押さえたりして、肌の張りや爪の状態を診察している。目が不自由な馬延は、患者の顔色や目の色沢《しきたく》、舌の状態を望診できないため、自己流の触診法を体得しているのだろう。馬延の手指が顔に伸びたときは思わず肩を引きそうになった。しかし、唇の周辺にひびや吹き出物として現れる腎脾の衰えを診られていることはわかるので、息を止めてじっとこらえた。その骨ばった乾いた指が喉に触れる。まだ出てこない喉骨の有無を疑われたのかと、遊圭の心臓がどくんと跳ね上がった。

「肺の邪気も、おおかた除かれたところだ。薬食士とやらはいい仕事をしたようだな」

母とも慕い、頼りにする胡娘の手腕を褒められ、遊圭の口元に笑みが浮かんだ。

「だがそれも、一時的なものだ。脾が衰えたままでは邪気は去らん。邪気は虚に入る。気陰の虚を補《ほ》さねば、同じ病を繰り返すばかりだ」

焦点の合わない目と部屋中に響く声は、玄月に話しているのか、遊圭に語りかけているのか判然としない。

「鍼《はり》の治療を受けたことはあるか」

馬延の問いに遊圭は首を横に振ったが、相手には見えないことに思い当たる。声を作るために咳払《せきばら》いする遊圭の横から、玄月が「ないそうです」と口をはさんだ。さらに、遊圭は喉が嗄《か》れて、声が出にくくなっているのだと付け加える。

玄月のこうした如才のなさも気に入らない遊圭だが、助けられているのだから文句は言えない。むしろ見習うべきという明々の声が聞こえてきそうで下唇を噛《か》む。

馬延は持ち込んだ木箱の蓋《ふた》を開いた。中には、太さと長さ、先端の形もそれぞれ違う九種類の針が整然と並べられており、遊圭の関心を惹《ひ》いた。

箱をのぞきこもうと身を乗り出した遊圭の動きを察知して、馬延は頬をゆるませた。

「上半身に邪熱《じゃねつ》がこもっておるのに、手足は冷えて気血《きけつ》の流れが滞っている。太陰《たいいん》には正気《せいき》が欠け、全身には陽と調和すべき陰気も足りぬ。これらが喘息《ぜんそく》、狭心、腎の不全の根となり、肺を弱らせ、寒邪《かんじゃ》を入り込ませている。肺脈の邪気は写《しゃ》し、脾脈の気は補《ほ》せば、当座はほどなく回復するだろう」

馬延の明瞭《めいりょう》な診断には、逆らい難い名医の風格があった。

がしかし、内臓の疾患に鍼や按摩《あんま》を施すのなら、衣服を脱がねばならないのか。遊圭は不安になって衿《えり》を押さえた。ところが馬延は、親指の付け根側の手首と、足の親指の骨を指でたどって取穴《しゅけつ》し、鍼を打ったり按《あん》じたりして瞬《また》く間に施術を終わらせた。足の方など、蚊に刺されたかのように、いつ針を刺されたのかわからないほどだった。

針を片付けた馬延は、もういちど遊圭の脈を診た。

「今日のところはこれだけでよいだろう。食欲が出て脾胃が回復すれば、おのずと気が満ちてくる。明日、もう一度脈を診てから、今後の治療法を検討しよう」

馬延は鍼箱を小脇に抱えると立ち上がった。玄月が手をとり、部屋の外へと案内する。

凜々もふたりの後をついて出て行った。遊圭は、馬延に性別を見抜かれたのではと不安になり、寝台からずり落ちるようにして音を立てず床におりる。家具伝いによろめきながら戸口へとたどりついた。

耳を押しつけた薄い扉の向こうから、音を立てて外套《がいとう》を羽織る馬延の、不審げな声が漏れ聞こえる。

「何を企《たくら》んでいる、玄月。あのような異形を後宮に持ち込むなど」

遊圭はぎくりとして唾《つば》を呑《の》み込む。やはり女官ではないことは見抜かれていた。遊圭は息を殺して、玄月がどう説明するのか聞き耳を立てた。

「私が連れてきたわけではありません。大家《ターチャ》のご意思です。馬叔叔、今日のことは他言無用」

「呉《ご》太監《たいかん》を排除したからといって、いい気になっていると足元をすくわれるぞ」

短い沈黙ののち、玄月は声を低めて言い返した。

「いい気になっているように見えますか。ならば、自重いたします。叔叔のご家族に、迷惑はかけません」

「おまえたち陶家にかかわって以来、迷惑をこうむらぬ日などない」

馬延の吐き捨てるような口調に、玄月が動じたようすはない。

「叔叔の耐えてこられた日々も、やがては報われる時が来ます。同舟共済というではありませんか」

年の離れたふたりの宦官の声が遠ざかる。扉に寄りかかった遊圭は、そのままずるずると床に座り込んだ。

玄月はまた、遊圭を手駒になにやら企んでいるのだろうか。確かに、遊圭の活躍によって皇太后派の追い落としには成功した。だが、実のところ遊圭は焦って自らを窮地に落とし込むような失態を重ねた。陽元の根回しや玄月の機転がなければ、失敗し破滅していたことは確実であった。かれらの用意した舞台で闇雲に踊らされただけで、密偵としてはむしろ不適切であることを露呈した遊圭に、これ以上なにを望むのだろうか。

さらに、馬延に『異形』と言われたことが、遊圭の胸を重苦しくした。生来の体質から最近の病歴まで、脈診で正確に読み取ってしまった馬延は名医といってさしつかえない。それほどの名医には、脈だけで遊圭が女性ではないことを悟るのは容易であったろう。

その馬延に『異形』と言わしめてしまう遊圭は、体質や持病に加えて婦人薬の常用と長い女装暮らしのために、陰陽《いんよう》の気は激しく乱れ、もはや男とも女ともつかない脈を示しているのかもしれない。

遊圭は扉に背中に預け、抱え込んだ膝《ひざ》に額を埋《うず》めた。

＊　＊　＊

その日の業務を終えて、職員が退出した延寿殿《えんじゅでん》の掖庭局《えきていきょく》は閑散としていた。ぽつぽつと掃除の宦官《かんがん》たちが床を掃き、埃《ほこり》を拭《ふ》く姿が見られる中、灰褐色のふわふわとした毛をなびかせて、狸に似た獣が延寿殿の中庭を駆け抜けた。

執務室に居残り、翌朝までに上司に提出する書類を片付けていた掖庭局の局丞《きょくじょう》、陶紹《しょう》、字《あざな》は玄月は、開け放した窓から飛び込んできた灰褐色の獣に微笑みかける。

「天々《てんてん》。永寿宮でなにかあったのか」

膝の上に飛び乗ってきた小獣は尖《とが》った鼻をひくつかせ、黒曜石を思わせる丸い目を玄月に向けた。翔皇太子に献上された西域由来の稀獣《きじゅう》、天狗《てんこう》だ。幼い頃から人の手で育てられた天狗は人語を解するのではと思われるほど賢く、また記憶力が良く懐く相手も選ぶ。

玄月は灰褐色の背を撫で、白い毛で覆われた天狗の首に手を伸ばす。赤い革を金糸でふちどった天狗の首輪には、絹帛《けんぱく》の端切れが結びつけられていた。玄月は端切れを首輪からほどいて広げた。そこに書かれた文字に目を通し嘆息したのち、机上の書類を片付ける。

急いで執務室を出ようとしたとき、侍童《じどう》が遠い厨房《ちゅうぼう》から玄月の昼食を運んできた。一滴の汁もこぼさぬよう注意深く盆を運ぶ侍童の顔は、春の陽気を受けて紅潮している。かわいらしい顔立ちに加え、頭に載せた丸帽はぶかぶかで眉《まゆ》まで下がり、陰気な薄墨色の宦官服がまったく似合わない。見た目の年齢は、後宮に入りたて当時の星遊圭よりも幼い印象を与える。新帝即位時の後宮刷新の折に、自身の親や人買いなどの手によって送り込まれた、大勢の通貞のひとりだ。

新入りの通貞は、顔立ちや姿の美しい者から妃嬪《ひひん》宮に納められ、実務見習いに回されてくる少年の容姿は平凡な者が多い。だがこのあどけない顔の侍童は、女装させても似合いそうであった。もっとも、玄月がこの少年を業務回りの助手に採用した理由は外見ではない。どんな雑用にも手を抜かない生真面目さと、必死で仕事を覚えようという熱意を評価したからだ。

玄月はぬるい茶と肉詰めの蒸し饅頭《まんじゅう》をひとつ口にしただけで、残りは侍童が食べていいと言い残し、急いで執務室を後にした。

通常、宮仕えは未明に始まり、正午をもって終了する。外廷《がいてい》の官吏は帰宅し、家族と昼食を囲んでの団欒《だんらん》となり、内廷《ないてい》にあたる後宮もまた、一般的な業務に携わる宮官や宦官は、午後には仕事から解放される。だが、後宮の事務を一手に引き受ける掖庭局の、中間管理職である局丞、陶玄月の場合は少し異なる。

読み書きや計数などの学問が上流階級の特権である金椛《ジンファ》帝国において、女官と宦官を合わせて万という人口を超える後宮を管理し実務を統括するのは、玄月のように後宮に入る前にすでに高度な教育を受けてきた『名門落ち』と呼ばれる宦官の手に任される。刑罰によって供給される名門落ちの宦官の数は少なく、小さな都市に匹敵する規模の後宮を、円滑に運営管理できる人材は常に不足している。

浄軍《じょうぐん》と呼ばれる末端の宦官群が過酷な肉体労働に就かされているといっても、勤務時間は定まり、休日も定期的に与えられる。薄給の浄軍宦官が、博打《ばくち》などの娯楽に浸れる時間が確保されている一方、管理職や昼夜にかかわらず近侍《きんじ》を必要とする皇族の側近といった高位宦官の方が、未明から日没まで発生し続ける業務に追われ、非番の日もなにかしら呼び出されては、ゆっくりと休む暇もないという皮肉な構造となっていた。

後宮の北端にある延寿殿から、南端に近い皇后の永寿宮まで輿《こし》を使えば、軽く四半刻《しはんとき》(三十分)はかかる。玄月の長い脚できびきびと歩けばそれほどではないが、早春の季節なら汗が滲《にじ》んでくる距離だ。

永寿宮に着き、取次ぎの女官に参上を告げ、案内を待つ間に水を所望する。

奥に通されれば、そこには皇帝陽元が、皇后の星玲玉と息子の翔と三人で、午後の団欒を過ごしていた。玄月の父親で、陽元の側近でもある陶名聞司礼太監《とうめいぶんしれいたいかん》は珍しく同席していない。

玄月の拝跪叩頭《はいきこうとう》が終わる前に、陽元は慌ただしく口を開いた。心に思うことがあると、相手の準備ができるまで待てない性格であるらしい。

「それで、李薫藤《くんとう》の病はどうなった」

玄月は拱手《きようしゆ》し、恭しく答える。

「奴才《わたくし》、御下問《ごかもん》にお答えします。李薫藤の病は快方に向かっております」

玲玉が口を押さえた掌の下で「ほうっ」と小さなため息をついた。陽元は帯に差した笏《しやく》をつかみ、落ち着きなく言いつける。

「型どおりの口上はいい。簡潔に報告しろ。それから、いつまでもそこに膝をついてないで、こっちに来て椅子にかけろ」

玄月の官位では、皇族の前での着席は許されない。だが、同年齢かつ十三のときからの学友で、陽元の遊び相手でもあった玄月は、私的な場では着席での会話を許されていた。あまり頻繁《ひんぱん》にやると他の宦官の嫉《そね》みを買うので、玄月は人目のないときにのみ、その栄誉に与《あずか》ることにしている。

玲玉の指図で玄月の前に茶が運ばれる。茉莉花《ジャスミン》茶の強い香りが立ち昇った。

「肺炎ということでしたが、持ち直したようです。医師の見立てでは、何度か鍼《はり》を打てば、食事ができるまでに回復するだろうとのことでした」

「それで、逃げ出した理由については、聞き出したのか」

陽元は落ち着きなく笏を振りながら、先を訊《たず》ねる。

「家に、帰りたかったのだそうです」

「だいたい、褒賞については予《あらかじ》め約束があったと紹《しょう》が言わぬから、余計なことをしてしまったではないか」

陽元が声を上げた。家族と主人だけが呼びかける諱《いみな》で玄月を呼び、笏を突きつける。

玄月が反射的にびくっと肩を引いたのを見て、陽元は気まずげに口元を歪《ゆが》め、笏を帯に差し戻した。

「陽元さま」

玲玉がとりなそうと声をかける。玲玉と陽元の間で天狗《てんこう》と遊んでいた三歳になる皇太子の翔も、不安げに両親と玄月を見比べた。玄月は表情を変えずに謝罪する。

「あの者たちが、大家《ターチャ》のもとまで逃げ込まねばならない事態は想定しておりませんでした。奴才《わたくし》の不覚でございます」

「嬪の位を蹴《け》った理由が家に帰りたいだと？　いや、それよりも紹。そなたは皇太后の謀叛《むほん》という醜聞の核心を知る人間を、本気で後宮から解放するつもりだったのか」

陽元が苛々《いらいら》と訊ね、笏に伸ばした手を考え直して膝におく。考えごとをするときや、気持ちを落ち着かせるために、笏をいじる手癖を司礼太監にたしなめられたのはつい最近のことだ。まして、陽元の笏に額を打たれて痕《あと》の残る傷を負った玄月の前では、あまり笏をもてあそばないように玲玉にも言われていた。

「李姉妹の理由については、医師の許可が出てから引見し、本人たちに直接お尋ねになるのが、よろしいかと思います。後のほうの御下問ですが、あの者たちが後宮内部のことを他言する心配はございません」

「ずいぶんと確信しているのだな。舌でも抜いてから叩《たた》き出すつもりだったのか」

陽元の横で、玲玉が「はっ」と息を呑《の》む音を立てた。

「そこまでの必要はないと考えておりましたが、内部事情の漏洩《ろうえい》防止の万全を期すためには、名案ではありますね」

平然と答える玄月と、苛立《いらだ》たしげな夫の顔を、玲玉は不安そうに見比べる。

「わたくしの命を二度も救ってくれた者たちなのでしょう？　そんな残酷な――」

おずおずと口を挟む正妻に、陽元は「冗談だ」と笑って見せた。玄月も「冗談です、娘娘」と艶麗《えんれい》な微笑を向ける。

陽元は玄月に向き直ると、不満そうにふんと鼻を鳴らした。

「まあいい、しっかり療養させてやれ。あの者たちの手柄まで反故《ほご》にするつもりはない、ただ、この私が逃げ出したくなるほど嫌な人間でないことは、わからせてやる」

無意識にふたたび帯から引き抜いた笏で、自分の肩をひたひたと叩いた陽元は、急に嫌なことでも思い出したように顔をしかめた。自信なげな声で玲玉に訊ねる。

「そなたは、私から逃げ出したいと思ったことはあるのか」

玲玉は目を見開いて――その些細《ささい》な表情は、どことなく驚いたときの遊圭を玄月に思い出させる――苦笑を浮かべた。

「ございません。いつでもおそばに置いていただきたいものですが、それも体がこのようでは、お仕えできる時間が少なくて、申し訳ないと思っております」

玲玉は帯に手を置き、丸みを帯びてきた腹を愛《いと》おしげに撫《な》でた。翔が母親に駆け寄り膝《ひざ》にとりつき、「いもうと！　いもうとがいい！」と舌っ足らずに叫ぶ。

後宮に入ったばかりのころの遊圭は、玲玉とよくに似た面差しが玄月の注意を引いた。しかし、二度目の妊娠でふくよかさを増した玲玉の輪郭と眼差《まなざ》しは文字通り慈母の如く、その反対に顎《あご》の線が露《あら》わになり、険を増した遊圭の目つきなどを比べても、いまとなっては類似性を見つけるのは難しかった。遊圭が男子であることを見抜けなかった陽元が、その顔立ちに玲玉の面影を見《み》出《いだ》さなかったとしても不思議はない。

息子が元気にはしゃぎまわるのを満足げに眺めていた陽元は、ふと思い出したように玄月に話しかけた。

「そういえば、紹もたまには私の宮に顔を出せ。局丞になってそろそろ二年目だ。仕事も要領よくこなせるようになっただろう」

皇帝の住居である紫微宮《しびきゅう》への機嫌伺いは、女官の帳簿管理を主とする玄月の職掌《しょくしょう》に含まれない。ゆえに右のような陽元の要求に応《こた》えるのは、終業のあと事務局を退出してからか、非番の日ということになる。

玄月は軽く頭を下げて答えた。

「業務外の時間は、前《さき》の李《り》徳兵部尚書《とくへいぶしょうしょ》の反逆罪に関する調査や処分に追われて、なかなか大家《ターチャ》の宮へお伺いする時間がとれません。申し訳ありません」

陽元は右手に持った笏で、左の掌をひたひたと叩きながら、不満を漏らす。

「外臣のからむ犯罪や逃亡者の捜査など、そもそも東廠《とうしょう》の仕事ではないか。これ以上、宦《かん》官兵も腰抜けばかりで、運動にならん。それよりもこっちに時間を作れ。表の錦衣兵《きんいへい》も内廷の宦官兵も腰抜けばかりで、運動にならん。そなたも書類仕事ばかりでは体がなまっていることだろう。私の宮に上がって鍛え直せ」

子どもの頃から、じっとしていることの苦手な陽元は、皇太子時代は鍛錬や狩猟に明け暮れ、即位してからはそれがままならないのが不満の種となっていた。

「兵士たちが腰抜けなのではありません。皇帝を力で敗北させれば彼らの首が危うく、玉体に傷でも負わせて、家族が巻き添えになるのを怖れているのです」

玄月の直言に、陽元は笏で膝を叩いて嘆き始める。

「ああ！　どうして私は三代目などに生まれたのだろう。黎明《れいめい》には天に祈り、先祖に嘉《よみ》し、朝堂《ちょうどう》においては玉座でじっと黙って臣下の話を聴き続け、それが終われば無限に湧いてくる書類に判を捺《お》して、我が家であるはずの内廷においても気晴らしの鍛錬すら誰もまともに相手をしてくれぬ。五十年早く生まれていれば祖父様について一軍を率い、戦場を駆け回れたものを！」

本気でそう思っているらしい。玄月と玲玉は思わず視線を交わした。

「私は皇帝より将軍の方が性に合っていると思うのだが」

玄月の方へ身を乗り出し、まじめな顔で元学友の同意を求める。玄月は率直に思うところを口にした。

「将軍ともなれば、体力や武術だけでなく、軍略の知識も必要でございます。武経《ぶけい》などこまでお進みになりましたか。最後に読み合わせに同席させていただいたのは、御即位前の講義でした。六韜《りくとう》の途中まででしたが、読了はされましたか」

陽元は、唇の端をちょっと舐《な》めて「もちろんだ」と即答する。

「では、ご自身の解釈や注釈などを、論文にまとめられましたか」

陽元の目が一瞬泳ぐ。

「まだだが、即位後はいろいろと忙しかったからな。紹も新しい役職について、武経など続ける時間はなかっただろう」

「武経七巻はとりあえず目を通しました。六韜と三略《さんりやく》までの論文は認《したた》めましたが、父にしか見せておりません。表の図書寮《ずしよりよう》に提出したところで、宦官の書いたものを添削してくれる博士はおりませんし」

伏し目がちに答える玄月に、陽元は言葉に詰まった。気まずい空気を察した翔が、天《てん》狗《こう》を抱き上げて玄月の膝に載せる。玄月は穏やかな笑みを翔と天狗に向けた。

陽元が咳払《せきばら》いする。

「せっかく書いたのなら、私が読んで添削しよう。次の休みに持ってくるといい。ついでに鍛錬にもつきあえ。手加減は無用だ」

玄月は顔を上げて、顎の線に沿って形良くひげの整えられた陽元の顔を見つめた。

「それは、ご命令ですか」

「命令だ」

玄月は立ち上がって拱手《きょうしゅ》し、膝を床についてこうべを垂れた。

「御意《ぎょい》」


玄月が退出したあと、茶葉を換えて新しく茶を淹《い》れた玲玉が気の毒そうに言う。

「紹は職務のかたわらに通貞らに学問を教えているそうですが、先の掖庭の獄《ごく》の事後処理に加えて、休みの日まで陽元さまのお相手では体がもちませんよ。それに、安寿殿の蔡才人《さいさいじん》から聞いた話では、紹は三日にあげず、趙婕妤《ちょうしょうよ》の見舞いに通っているそうです」

陽元は遠い過去を思い出す目つきで考え込んだ。

「趙婕妤。ああ、あの病で尚食《しょうしょく》の職を退いた老女官か。母上の死因にまつわる疑惑を教えてくれた。長いこと召してはおらぬが、病は癒《い》えたのか」

老女官と呼ぶにはいまだ四十代の趙婕妤だが、陽元とは親子ほど年が離れている。にもかかわらず内官《ないかん》にとりたてられたのは、宮官《きゅうかん》の現役時代は趙婆《ちょうば》と呼ばれ、その気さくで親切な人柄を愛された彼女の、病による退官を惜しむ女官たちの推薦があったからだ。

その趙婕妤が、夜伽《よとぎ》の折に陽元に聞かせた昔語りが、自殺とされていた母后《ぼこう》の死の真相に関する過去の噂話であった。それが陽元と玲玉を排し、翔皇太子の後見となって金《ジン》椛《ファ》帝国の実権を握ろうとしていた皇太后の陰謀を暴くきっかけとなった。

「癒える病ではないそうです。視力も失い、少しずつ弱り衰えて、風邪をこじらせても危篤に陥りやすいとか」

いつ彼岸へ旅立つともしれない恩人は、できるだけ訪れ慰めたくなるものだと諭《さと》す。

陽元は不機嫌に眉《まゆ》を寄せた。

「では、仕事を減らして時間をつくればよいではないか。宦官はあれひとりではない。紹がなんでも自分で背負い込む必要はないのだ。李姉妹の医師の手配も、尚薬局《しょうやくきょく》に任せればよいのに誰にも手を出させようとしない。紹はあの姉妹に手をかけすぎだ」

老成し、容易に感情を面に表さない玄月と同じ年とは思えないほど、陽元は不平不満を表情、身振り、そして声音をまんべんなく使って表現する。玲玉は何か言おうとして口を開いたが、眉を曇らせてうつむいた。

正妻の表情の変化に気づかぬまま、陽元ははたと笏《しゃく》を叩いた。

「紹はあの李薫藤に、惚《ほ》れているのではないか」

にこにこと笏で左の掌《てのひら》を叩き、正妻に自分の鋭い洞察を告げる。玲玉は目を瞠《みは》った。

「紹は、何を理由に遊々の昇進に拒否権を行使するよう、そなたに要請したのだ？」

「まだ妙齢にも達していない病弱な女官で、閨《ねや》に侍《はべ》るのは体に障るのではと申していました。医生《いせい》として育てていたわけですし、わたくしもそのまま教育を進めさせたほうがよいと思いましたので」

玲玉は戸惑いながら返答する。陽元の笑みはいまや満面に広がっていた。

「本当にそれだけだろうか。麗華《れいか》が遊々のために作った星形の呪符《じゅふ》を覚えているか。そなたを呪詛《じゅそ》したといって提出されたものだが、まったく関係なかったあれだ」

得意げに問いかけてくる陽元に、玲玉は怪訝《けげん》な眼差しを向ける。

「あれは去年、紹が謹慎していると信じ込んだ遊々を安心させるための、職場復帰のまじないだったそうだが、呪符そのものは恋合呪《れんごうじゅ》というものだと調べた卜部《うらべ》の博士が言っていた。中には、紹と遊々の諱《いみな》と生年が貼り合わせてあったらしい」

想う異性の姓名と生年を、自分のそれとひとつに合わせるのは、典型的な恋愛成就のまじないだ。玲玉はひどく驚き、両手で口を覆った。三歳の翔が、その仕草と顔つきを真似て笑い出す。陽元もまた愉快そうに笑い、名案を思いついて誇らしげに言った。

「麗華のまじないが効いているのだろう。あの堅物が年端もいかない宮官に入れ込む理由も、それなら納得がいく。宮官のひとりくらい妻《さい》として下賜することもできるのに、なぜ願い出ないのだろう。紹をさっさと妻帯できる地位まで昇進させてしまえば問題はないはずだ。それなら李姉妹が後宮を出て、折々に里帰りすることも可能ではないか。いまはちょっとややこしい事態になってしまったが、時間をかければ叶《かな》えてやれないこともない。局令《きょくれい》にもなれば、城下に館《やかた》も持たせられる。どう思う？　玲玉」

この上なく楽しそうに問われた玲玉は、視線の置き場も定まらず、口を開けては閉じ、やがて絞り出すように同意した。

「まあ、それも、あるいは一案では、あるかもしれませんね」

二、七情憂病

馬延《ばえん》の鍼《はり》治療を受けた日、遊圭は一度も吐かなかった。気だるさに日中はうつらうつらとしてしまうが、寝返りや呼吸の乱れるたびに、刺すような胸の痛みで目を覚ますこともなかった。そして夜は、久しぶりに夢を見ずにぐっすりと朝まで眠った。

朝は空腹に目が覚め、数日ぶりに食欲を覚えたことに驚く。

前年には、短期間の準備で難関とされる医生官《いせいかん》試験に合格した遊圭は、鍼医《しんい》術についても興味が湧いた。鍼灸《しんきゅう》は非常に高度な医療術で、新米医生の段階では、漠然とした理論しか学ばない。太医署《たいいしょ》では基礎医学を何年もやってから、医科、鍼科、按摩《あんま》科、そして呪禁《じゅきん》科よりひとつ専門を選び、医科においてはさらに食養生、内科の疾《しつ》、外科の瘍《よう》、家畜を診る獣医科と、専門が分かれていく。

馬延の下す診断は正確、治療法は適確で、ただの宦官医でないことも察せられる。声をださずとも、気が整ってくれば遊圭が宮官《きゅうかん》でも宦官でもないことは、馬延ならば脈で判ぜられてしまうだろう。

玄月の気を許した口調と、馬延の遠慮のない物言いから、姓は異なるがかれらが親戚《しんせき》関係であることが察せられた。利害の一致した身内なら、遊圭の秘密を勘づかれても暴露される心配は少ない。先帝の代から後宮を牛耳っていた呉太監《ごたいかん》を退けたのち、宦官の最高位にある司礼太監《しれいたいかん》、陶名聞《とうめいぶん》を父に持つ玄月ら陶一族が、後宮の内外に一気に拡げた勢力を思うと、遊圭はさらに憂鬱《ゆううつ》になった。

「あんまり悩むと、おとなになる前に禿《は》げちゃうよ」

遊圭が脇に置いた夕膳《ぜん》の食べ残しを見て、明々が嘆息した。

「せっかく、胡娘さんが差し入れてくれた銀茸《シロキクラゲ》を鶏湯《けいとう》に入れたのに」

水を飲んでも吐く、という症状は治まったが、一度に食べられる量は少ない。

「明々だって本当は不安なんだろ。わたしのために明るくふるまっているだけで」

「だからって遊々と一緒に落ち込んでも、なんの解決にもならないでしょ。とりあえず縛り首にはならないみたいだし。おとなしくしていれば、そのうちこっそり逃がしてくれるんじゃないかな」

遊圭は物言いたげに明々を見つめる。明々だけでも故郷に帰してくれないかと玄月に頼むべきなのだろう。玄月にとって利用価値があるのは、出自を隠し通さなくてはならない遊圭のみで、明々は巻き添えを食っているだけなのだから。しかし、明々がいなければ、一日たりともこの魑魅魍魎《ちみもうりょう》の跋扈《ばっこ》する後宮で生き延びられないほど、遊圭は無力な存在であり、ふたりともそのことをよくわかっていた。

食後のお茶を用意してから、明々は窓を開け、垂らした帳《とばり》を上げて外の空気を入れた。いつしか寒気はゆるみ、春の湿りを含んだ冷たくも爽《さわ》やかな風が部屋に吹き込む。

宮城を騒がせた『李薫藤《りくんとう》』をひと目見ようと、のぞきに来る野次馬を警戒して、一日の大半は窓を閉め切ったまま、帳もおろしっぱなしであった。しかし、淀《よど》んだ空気が病人にとって良いはずがない。咳《せき》が軽くなってからは換気もするようにと胡娘から言われた明々は、こうして朝夕に外の空気を入れる。ただ、冷気が直接寝台に当たらないよう、風向きには気を遣う。

「まだ桜には早いと思ったけど」

鼻をひくつかせて、遊圭は首をかしげた。部屋に漂う花の香りは桜のようだが、ようやく梅が咲きほころび、桃の蕾《つぼみ》がふくらみだす季節のはずである。

ふふっ、と頰から眼尻《めじり》に笑みを広げながら、明々が湯気の立つ茶碗《ちゃわん》を遊圭に手渡した。

「桜茶《さくら》よ。桜皮《おうひ》と狗薔薇《いぬばら》の干果を煎《せん》じて、桜花《おうか》の塩漬けを合わせた薬草茶。甘味が欲しければ、蜂蜜《はちみつ》をいれようか」

ふたりの間に、爛漫《らんまん》の春が訪れたような芳香が満ちた。

「いや、このままでいいよ」

かすかな塩味と、狗薔薇の酸味が舌に触れ、ほのかな甘い香りが鼻腔《びこう》を下って肺におりてゆく。明々も香りを楽しみつつ、いそいそとおかわりを注いだ。

「遊々が豆漿《とうしょう》を飲まなくなって肌が荒れがちって言ったら、玄月さんが『これを代わりに』って差し入れてくれたのよ。鐘鼓司《しょうこし》の学芸員が、朝晩欠かさず飲んでいるんですって。豆漿だとくせがあるから飲みにくいけど、これならいくらでも飲めるよ。鐘鼓司の宦官《かんがん》がいつまでもお肌つやつやで美形ぞろいなのは、この薬草茶の効用だったのね」

遊圭は飲みかけた桜茶を噴き出し、激しく咳《せ》き込んだ。明々が慌てて手拭《てふ》きを出して、遊圭の顔と胸を拭《ふ》く。顔をしかめ、飲み残しの茶碗を押し戻そうとする遊圭を、明々は目尻《めじり》を吊り上げて叱りつけた。

「ちゃんと薬飲んで、ごはんを食べて、養生しないと、いつまでもここから出ていけないわよ。これから帝《みかど》にお目見えしなくちゃいけないし、そうしたら後宮中の人間があんたの顔を見に来るんだから。ここを出る日までは、きっちり女を演じきりなさいよ」

「しっ！」

遊圭は明々の袖《そで》を引き寄せ、唇に指を当てた。明々ははっとして口に手を当て、窓を見る。窓を覆う帳の裾《すそ》が、かすかに揺れている。

明々がごくりと唾《つば》を呑《の》み込んでささやいた。

「窓は、閉めたはずだけど」

明々はそっと立ち上がり、薬の調合台に手を伸ばした。乳鉢のそばに置かれたすりこ木を握りしめて窓に忍び寄る。このごろは部屋をのぞきこもうとする不届き者は減ったようだが、それゆえに見張りの娘子兵《じょうしへい》たちの気がゆるんで、建物周囲の警戒を怠っているのかもしれない。

明々がそっと帳を上げると、窓扉が内側にずれて少しずつこちらへ動いている。明々は素早い動作で窓扉を引き、すりこ木を振り上げた。

「だれっ！」

「きゃっ」

外から聞こえた悲鳴には、聞き覚えがあった。

「公主《こうしゅ》さま？」

遊圭は寝台の上で首を伸ばした。窓の向こうに、ぽっちゃりした面差しの少女が怯《おび》え顔で首をすくめている。つい先月まで、遊圭と明々が主人と仰いで仕えていた公主だ。少女といっても遊圭よりは年上で、むしろ妙齢というべき年ごろだ。つい最近までは降嫁の話も進んでいた。

明々はあきれ声を上げた。

「公主さま、こんなところで何をされているんですか」

先帝の皇女であり今上帝《きんじょうてい》の異母妹、麗華《れいか》公主が両袖《りょうそで》で口を覆い、笹の葉のような切れ長の目を瞠《みは》って、明々の振り上げたすりこ木を見上げている。あやうく皇族を撲殺するところだった明々は、慌ててすりこ木をおろして背中に隠した。

「何をって、お見舞いに決まっているじゃない」

麗華はきまり悪そうに、だが高飛車に断言した。

「窓からですか？」

「だって、表の娘子兵たちは玄関から入れてくれないのだもの。仮にも公主たるわたくしに対して不遜《ふそん》な態度で追い払うのよ。主上《しゅじょう》の許可のないものは通せない、の一点張りで。ちょっと、もっと窓を開けなさいよ。入れないじゃない」

まさに公主にあるまじきふるまいで、麗華は窓の桟によじ登り部屋にあがり込んだ。

床の高い建物の窓に、小柄な麗華がどうやって外からとりついたのだろう。いぶかしんだ明々が窓枠から首を出して外を見ると、窓の下には石が積み上げられていた。ふり返って麗華の手を見れば、袖は土と埃《ほこり》で黒ずみ、白く柔らかな手は汚れて細かな傷に覆われている。

明々は慌てて水盤に駆け寄り、濡《ぬ》らした手巾《しゅきん》を持って戻った。

「お手を拭かせてください」

「あら、気が利くこと」

麗華は尊大な態度で両手を突き出し、汚れを明々に落とさせた。傷をきれいにしてから、蜜蠟《みつろう》と馬油《マーユ》の軟膏《なんこう》をすり込む。

その隙に、遊圭は大急ぎで衿《えり》を合わせて綿入れを羽織り、布団を胸元まで引き上げた。髪は朝のうちに明々に梳《す》いてもらい、ゆるくひとつにまとめたままだったのを、胸の上に垂らす。化粧をしてない顔が、果たして少女に見えるかどうかはわからない。

寝室の扉をどんどんと叩《たた》く音がした。明々が応対に出ると、緊張に顔をこわばらせた凜々が、闖入者《ちんにゅう》がいるようなので部屋を検《あらた》めたいと要求してきた。

明々は麗華公主が見舞いに訪れただけだと伝え、押し問答を続けようとする凜々を追い返す。廊下では慌ただしい足音が交錯して、野太い娘子兵たちの話し声が聞こえたが、やがて静かになった。

麗華は枕頭《ちんとう》の椅子に腰かけ、遊圭の顔をまじまじと見つめる。

「なんかすっかりやつれ切って。本当に病気だったのね。お怒りになったお兄さまが、おまえたちを幽閉してしまったのかと思って、ちょっと心配してしまったわ」

「幽閉――」

遊圭のかすれ声が麗華の前を漂って消えた。養生院は施療院《せりょういん》でもあるが、同時に軽い罪を犯した女官が収監される場所でもある。そのうちの一棟を遊圭ひとりのために占有し、厳重な警戒を敷かせているのだから幽閉といえば幽閉である。

「つまり公主さまは、帝の許可なくこちらにおいでになっているのですか」

「そうよ」と、麗華は胸を張ってうなずいた。

「公主のわたくしが自分の主治医に会うのに、だれの許可がいるというの」

遊圭は目を丸くして麗華を見つめた。公主にしては、ほぼ団子型のもっとも簡単な髷《まげ》に髪を結い、金銀玉の煌《きら》めく歩揺《ほよう》ではなく、飾りのない銀の笄《こうがい》だけを髷に挿していた。まとった極上の曲裾袍《きょくきょほう》も、袖の広い薄絹の深衣《しんい》も、なにやら煤《すす》けている。

「わたしたちのこと、お怒りだと思っておりました」

不定愁訴と肥満に悩んでいた麗華の症状を改善するために、皇太后の宮へ配属された遊圭と明々であったが、真の目的は麗華の母親である皇太后の陰謀を調査するためだった。すべてが明らかになったあと、皇太后は幽閉され、その娘である麗華は持ち上がっていた降嫁も破談となり、反逆者の子として後宮に身の置き場のない立場となっている。

　麗華をそのような状況に置いたのは、遊圭たちであると恨まれても仕方がない。事実、皇太后の永娥娘《えいがじよう》が拘束された夜、母の無実を信じた麗華は遊圭たちを罵《ののし》り、平手を浴びせて殴りかかってきた。遊圭は抵抗せず、麗華が自分を打たせるのにまかせた。陽元が止めなければ、麗華は気のすむまで遊圭を叩き続けただろう。

「怒ってるわよ。召使いが主人に嘘をつくなんて、おまえたちのしたことは許せないわ」

　遊圭は視線を落とした。麗華を騙《だま》したのは事実であり、責められても仕方がない。

「でも、この帝国のあるじはお兄さまですものね。お兄さまの命令なら、おまえたちにはどうしようもないことだわ。わたくしが許すか許さないか、は別問題だけど」

　遊圭も明々も、深く頭を下げた。本当は陽元ではなく、玄月に脅されてやったことだが、麗華が寛大な気分になっているのは、それはそれでありがたいことだった。

「なのに、あれだけの働きをしたおまえたちを、いきなり捕まえて閉じ込めるなんて、いったいどういうこと」

「それは、私たちが逃げようとしたからです」

　明々がおずおずと答えた。

「なんで逃げようとしたの？　嬪《ひん》に取り立てられたのでしょう？　何が不満なの」

「私たち、帝の母后さまのお亡くなりになった原因と、玲玉大后《おおきさき》さまのお命を狙う者の正体をつきとめたら、故郷に、帰してもらえる約束でした」

「お兄さまは、その約束を破ってあなたたちを閉じ込めたの？」

「いえ、約束してくれたのは、玄月さんですけど。ちょっと、行き違いがあって」

「玄月！」一声叫び、麗華は絶句して遊圭と明々の顔を交互に見つめた。

「玄関や建物の周りに見張りを立てて、あなたたちを誰にも会わせないようにしているのも、玄月よ！　公主のわたくしが、あなたたちの無事を確認するために、泥棒のようにこそこそと裏庭から忍び込まなければならなかったのも、玄月のせい」

「はぁ」と遊圭と明々は気の抜けた声をそろえて、興奮する麗華に応じる。麗華が何を想像して密偵のような行動に出たのか、まったく推察できなかったからだ。

「褒美を蹴《け》られたお兄さまが腹を立てて、閉じ込めてしまったおまえたちに玄月しか会わせないとなれば、あの冷血漢がおまえたちにどんなお仕置きや折檻《せっかん》をしているのかって、想像するのも恐ろしいじゃない！」

遊圭が絶句する番となった。玄月が冷血漢なのは大いに同意するが、それがなぜそちらに発想がいくのか。

「玄月はね、お兄さまの命令だったら、どんなことでもするんですもの！」

袖の中で両拳を握りしめて、麗華は声を低めた。明々も両手を握ってささやき返す。

「どんなことでも……って」

外聞を憚《はばか》るらしき話に、三人は無意識に額を寄せ合う。

「私が、大家《ターチャ》のご命令で、何をしたとおっしゃるのですか。公主様」

唐突に背後から澄んだ低い声で話しかけられて、三人は飛び上がった。

麗華は椅子から弾かれたように立ち上がってふり返り、明々は腰を抜かして遊圭の寝台に座り込む。遊圭は突然襲ってきた心臓か肺の痛みに、胸を押さえて背中を丸めた。

「お、お母さまの池の蛙や金鶏やウサギを、ぜんぶ射殺したじゃないっ！」

蒼《あお》ざめながらも、麗華は気丈にも玄月に人差し指を突きつけ、震え声で過去の罪を糾弾した。

「大家《ターチャ》と私が十三のときですね。全滅させてはいません。そもそも西国より献上された合成弓を大家にお授けになったのが前《さき》の帝《みかど》です。弓の鍛錬に庭の動く的を射てよいと、前《さき》の皇太后さまには許可を得ておりました。大家がご自身の猟場を許されてからは、后宮内の生き物には指一本触れておりません」

玄月は指先で鬢《びん》のほつれ毛をかき上げながら、滑らかに反論した。すでに退庁したのか宦官帽《かんがんぼう》ではなく、頭巾《ずきん》を軽く巻いている。深衣の下の直裾袍《ちょっきょほう》は衿も心持ちゆるみ、水色の禅衣《ぜんい》が衿元からのぞいていた。目元と頬が赤みを帯び、怒っているようにも見える。妖艶《ようえん》というよりも、むしろ壮絶というべき美貌《びぼう》に威圧されまいと、麗華は息を吸い込んでさらに言いつのる。

「お兄さまの閨《ねや》に侍《はべ》るのを拒否した女官に乱暴して、恥をかかせたじゃないの」

「乱暴でなく杖刑《じょうけい》です。皇太子の相手に選ばれながら、不義が明らかになった女官が宮内の処分で済んだのは、むしろ大家の温情ではありませんか。刑司《けいし》に引き渡されれば、石打《いしうち》による死罪は免れなかったでしょうね」

　平然と麗華を諭す。どちらの言い分が事実なのか、遊圭たちには知る由もないが、玄月の口調の滑らかさと平坦《へいたん》さに、かえって事件の底の知れなさが思いやられる。

「わ、わたくしが言っているのはね、玄月。あなたはそれがお兄さまの命令や、与えられた役目なら、か弱い女を半殺しにすることくらい、平気でやる人間だってことなのよ。そんな者に、わたくしの主治医を預けられると思うの？」

　麗華は仁王立ちになり、両手を広げて言い張った。玄月は一歩、二歩と足を踏み出し、麗華の瞳《ひとみ》を見据えて艶麗《えんれい》な笑みを浮かべた。

「この陶玄月、それが大家《ターチャ》のご命令、あるいはこの身に課せられた役目なら、か弱い女だろうと屈強な兵士であろうと、縊《くび》り殺すことも躊躇《ちゅうちょ》いたしません」

　ふたりのやりとりに、明々は目を瞠《みは》ったまま固まってしまい、遊圭は胸を押さえて息苦しさに耐えるのが精いっぱいだった。麗華の袖《そで》がふるふると震えるのが遊圭の視界の隅に映るのだが、麗華を庇《かば》って玄月と対峙《たいじ》する勇気は正直なところなかった。顔を上げて玄月とやり合うには、体力が絶望的に足りなかったのだ。

　玄月がくっくと喉《のど》を鳴らして笑った。張り詰めていた空気がふいにゆるむ。

「ですが、そのような役目を仰せつかったことはいまだございませんので、いざとなったら成し遂げられるかどうかは、未知数ではありますす」

　麗華の肩から目に見えて力が抜けた。すとんと椅子に腰を落とす。玄月はいつもの物柔らかな声音に戻って、その先を続けた。

「遊々は宮城に戻ってすぐに肺炎を起こして、生死の境をさまよっていたのです。この桃花舎《とうかしゃ》には医師と薬食士が治療のために出入りしております。警護を厳しくしておりますのは、先の騒動で主人が追放されたり、降格されたりした者たちが、遊々に意趣返しを謀っている懼《おそ》れがあるからです」

玄月はそこで口を閉じた。あえて、皇后暗殺未遂事件の黒幕であった麗華の母、永娥娘の名は口にしなかったが、麗華の顔はみるみるうちに蒼ざめる。

「わ、わたくしは何も。ただ、遊々が誰にも会わせてもらえないって聞いたから、退屈したり、寂しがってないかと思って――」

玄月がすっと右手を伸ばし、麗華はびくっと首をすくめる。

「大家《ターチャ》も私も、公主様が遊々に意趣をお持ちとは考えませんが、世間ではそう見ません。軽々しいおふるまいはご自重ください。輿《こし》も手配しました。公主宮まで、私がお送りいたします」

麗華に差し伸べた手を、優雅に翻《ひるがえ》して扉へと示す。麗華は悔しそうに顎《あご》を上げた。観念し、扉に向かって歩き出そうとする麗華の袖を、遊圭は思わずつかんで引きとめた。気が遠くなりそうなのを我慢し、玄月を見上げる。

「玄月さま。公主さま自らお見舞いにお運びいただいたのに、お茶の一杯もお出ししておりません。先日、玄月さまが差し入れてくださった桜茶を、公主さまにもお淹れして差し上げたいのですが」

遊圭らが養生院に幽閉されたと聞いて、麗華が心配したというのは本当だろう。だが、何年も不定愁訴に悩まされ宮中深く引きこもり、いまは謀叛《むほん》人の娘として周囲から敬遠されている麗華こそ、遊圭以上に孤独に苛《さいな》まれ、話し相手が欲しかったのではないのだろうか。

宮から宮へ移動するときは、宦官に担がせた輿に乗るのが皇族というものだ。なのに麗華が後宮の片隅をひとりで歩き回っているのに、誰も諫《いさ》めようとしない。異母兄が母親の罪を探るために放った密偵であったと知ったのちでも、心を開いて話せる相手が遊圭たちしかいないのだと思うと、このまま追い返すのは気の毒に過ぎる。

玄月の眉《まゆ》がわずかに寄った。一日の勤務を終えて官舎でくつろいでいたところを、桃花舎の侵入者が公主と知り、判断に迷った凜々に呼び出されたのだ。部屋に入ってきたときに顔が赤かったのは、麗華の遊圭に対する報復を恐れて走ってきたせいだろう。

玄月の機嫌がよいわけがなかった。

「玄月さまも、喉が渇いておられるでしょう。いっしょにお茶を召し上がりませんか」

本心ではないが、一応訊《たず》ねてみる。遊圭の行動と言葉に、我に返った明々がいそいそと立ち上がった。沸かしっぱなしであった薬缶《やかん》に水を足し、焜炉《こんろ》に炭を加える。

「ちょ、ちょうど玄月さまにいただいたお茶を淹れていたんですよ。一足先に春の情緒を楽しませてもらってました。公主さま、これは桜茶といって、とても香りが素敵で、いつもより少し甲高い声になるのは、玄月と麗華とお茶会という、あり得ない面子《メンツ》に緊張しているせいだろう。

「胡娘さんに、干しイチジクの葡萄《ぶどう》酒煮と、肉桂《にっけい》をたっぷり使ったリンゴの焼き菓子もいただいているんですけど、いかがですか。玄月さんは夕食はおすみですか。漬物なんかもあるんですよ」

明々は場をもたせるために、ひたすらしゃべった。玄月にも麗華にも、口を挟ませる隙を与えずに茶器を並べ、菓子の櫃《ひつ》から果物を取り出して並べる。

遊圭は疲れた笑みを麗華に向けた。

「最近のお加減はいかがですか。わたしどもがいない間、誰が公主さまの脈を診に伺っているのか、気がかりでした」

麗華は右手を胸に当て、言葉を詰まらせる。

「誰も――」

麗華はしばらく黙り込み、ふたたび話しだそうとしてまた言葉を切った。呼吸が浅くなり、唇を嚙《か》みしめる。遊圭は手を伸ばし、麗華の肉付きの良い腕を取った。

「お脈を拝見させてください」

遊圭は麗華の寸口《すんこう》に三本の指を当てて、柔らかな皮膚の下にとくとくと打つ脈を数えた。麗華の緊張が伝わってくる。沈み込むような脈の響きが、麗華の抱え込む痛みそのままに感じられた。右手首の寸《すん》と関《かん》が緩やかなのは、肺と脾《ひ》の機能が弱っている兆しだ。

「憂脾《ゆうひ》、悲肺《ひはい》。公主さま、あまり眠れないのではないですか。食事はわたしどもが処方した薬食《やくしょく》を続けておられますか」

遊圭の質問に、麗華はぴしゃりと言い返す。

「病人のおまえに言われたくないわ」

遊圭と麗華は顔を見合わせ、同時にくすくすと笑った。

皇太后であった永娥娘が幽閉されたのち、残った先帝の妃《きさき》の筆頭が長生宮《ちょうせいきゅう》の主《あるじ》におさまり、公主宮は麗華とは母の違う未婚の公主や、未成年の皇子たちが幅を利かせるようになった。麗華が生まれた時から仕えていた乳母は、巻き添えを恐れた家族の懇願により暇をとらせた。もとからいた側仕えの宮官たちも、見目好《よ》く使える者は他の公主や皇子に引き抜かれ、朝夕の支度も経験不足の女童《めどう》にやらせているという。皇族の健康を管理する侍御医《じぎょい》も、麗華のところまではやってこない。

「髪飾りとか衣裳《いしょう》も、気がついたらなくなっているのよ。窓の桟には埃《ほこり》も溜《た》まっているし。毒見役なんか、膳《ぜん》の半分以上食べてしまうのよ。よく考えれば、毒見あとの食事なんて、召使いの残飯を食べているようなものだったのよね」

麗華の衣裳が煤《すす》けているのは、養生院に忍び込み桃花舎に侵入しようとして汚れたのではなく、衣裳の洗濯や修繕をする尚服宮官《しょうふくきゅうかん》たちが怠けているからであった。

「なにか言いつけるたびに、簪《かんざし》や爪飾りを無心されるものだから、わたくしの宝箱はそのうち空になってしまうわね」

遊圭は、黙って茶をすすっている玄月に、非難がましい目を向けた。玄月は遊圭の視線など気に留めたようすもなく、眠たげに目を細め、切り分けられた菓子を口に運ぶ。

弑逆《しいぎゃく》の罪はそれが未遂であれ九族が処刑される。麗華が母親の罪に連座されずに生きながらえているのは、幽閉された永娥娘が陽元の嫡母《ちゃくぼ》であり、麗華が陽元にとって同母の妹と同格と見做《みな》されているからだ。母親であり皇太后であった庇護《ひご》者を失った麗華が、ひとり長生宮に残されれば、ぞんざいに扱われるのはしごく当然のことだろう。

麗華が近況を話し終えて部屋に沈黙が訪れると、玄月は立ち上がった。

「輿を用意させております。そろそろお戻りいただけますか」

麗華は顎を上げて、玄月をにらみつけた。

「わたくしは、遊々たちを恨んではいないわ。わたくしの主治医が不養生で病んでいるのを見舞うのに、さしつかえがあるかしら」

玄月はまばたきをして、落ちてくる鬢《びん》の毛をかき上げる。

「李薫藤と李明蓉《りめいよう》は、すでに公主付きの医官と薬食士の任を解《と》かれています。現在は正五品の内官候補として、病後の療養中という待遇にあります。公主様が李姉妹との面会をお望みでおられることは、大家《ターチャ》に申し上げておきましょう。ただ、その場合は公主様のおそばに、常に娘子兵か宦官《かんがん》を護衛としてつけさせていただくことになりますが。よろしいですか」

麗華は顔を赤くして玄月をにらんだ。護衛でなく、監視である。頬をふくらませる麗華を諭すように、玄月は話を続けた。

「これは極秘事項ですが、先の掖庭の獄で断罪された李賢妃《りけんひ》と、張才人《ちょうさいじん》の子女の行方が確認されておりません。李賢妃のご長男、旺元《おうげん》皇子は城下の館《やかた》から逃走、張才人のひとり娘である香蘭公主《こうらんこうしゅ》は婚家を出奔したそうです。さらに呉太監の息のかかった宦官の洗い出し、永氏の腹心であった女官、李家の残党狩りが終わるまでは、後宮内の警備と遊々の身辺は慎重を期さねばなりません。李薫藤の修媛《しゅうえん》への抜擢《ばってき》も、もとはといえば遊々と明々の安全を図ろうとの大家《ターチャ》のご判断でした」

麗華は下唇を噛んだ。異母兄妹《きょうだい》がその母の罪に連座させられる。旺元や香蘭が、母親たちの陰謀に関与があったかどうかは知りようもないが、かれらが死罪にあたるのなら、麗華もまた同罪であるべきなのだ。

すでに日は暮れた。明々は手燭《てしょく》の火を行灯《あんどん》に移して玄月に渡した。玄月は軽くうなずいて謝意を示すと、麗華に退室を促す。

麗華は遊圭にふり返り、にっと笑った。

「また来るわ。お母さまの塔の帰りに寄るから。護衛がつくなら、自分で荷物を運ばなくてすむから、むしろ歓迎」

「遊々、夜食は全部食べられたのね。えらいわ」

食の進んだ遊圭を、明々は嬉《うれ》しそうに褒めた。

「どういうわけか、今夜はすごくお腹が空《す》いたんだよ」

遊圭は病みついた身で麗華と玄月とのお茶会を完遂したことで、体力を使い果たしたらしい。いっぽう、明々は久しぶりに外の人間と話せた興奮が、なかなか冷めやらない。

「公主さま、ご苦労なさっているのね。洗濯物があるなら、こっちに持ってくれば一緒に洗ってさし上げるのに。そう申し上げればよかった」

「また見舞いにおいでになるっていうから、そのときにでも言えばいいよ」

自立できないうちに、家族なり庇護者を失い路頭に迷っているという点では、遊圭は麗華に共感する。特に痩《や》せたという印象は受けないが、肌に生気はなく、白粉《おしろい》も節約しているのか、目の下に広がった隈《くま》を隠しきれてはいなかった。

『病は気から』とは、七情《しちじょう》の過ぎた激しさに五臓六腑《ごぞうろっぷ》を傷つけ、病を引き起こすことを云う。過ぎたる悲しみは肺を、憂いは脾を侵す。怒りは肝を、恐懼《きょうく》は腎《じん》を傷つけ、過ぎたる喜びもまた心《しん》の臓を蝕《むしば》む。

遊圭は右手を広げて指先に残る麗華の脈を思い出す。肺と脾が弱りつつあった。そういえば、遊圭の疾病も脾の弱さから腎と肺に邪気を引き込んでこのありさまだというのが、馬延の見立てだ。

現状を変えられない憂いが、遊圭の生まれつき弱い脾を痛めつけ、死と隣り合わせの恐怖が腎を傷つける。失った家族を弔うこともできない悲しみが肺を蝕んでいく。

気丈な麗華は何も言わなかったが、このままでは彼女も胸を病み、やがて取り返しのつかないことになってしまうかもしれない。

就寝前に口を漱《ゆす》ぎ、顔を洗う用意を整えながら、明々が驚きを込めて話しかける。

「遊々を嬪《ひん》位に上げるって、そういう事情があったのね。確かに位を上げれば警護は増やせるし、毒見役もつけてもらえるし。ていうかさ、医者だと侍御医まで登り詰めてもしょせんは従六品上どまりでしょ。だけど嬪なら上は正二品、妃になれば正一品も夢じゃないわけで──」

「だったら明々が修媛になればいいよ」

「でも指名されたのは遊々だもの。あっさり素通りされちゃったのは乙女心が傷つくけど。太后《たいこう》さまの陰謀の証拠を集めたのも、李《り》兵部尚書《へいぶしょうしょ》の嘘を暴いたのも、遊圭のお手柄だものね。帝《みかど》はちゃんとわかっていてご褒美をくださろうとしたんじゃないかな。この場合は、女としての魅力がどうこうって基準じゃないのよ」

それは遊圭も認めなくてはならない事実であった。当分は自由になれそうにない現実に、遊圭は嘆息する。

「謀叛《むほん》の残党狩りか。反皇帝派の粛清は、始まったばかりなんだ」

遊々の寝具を直し、布団を顎《あご》まで引き上げてから、自身の寝支度もすませた明々は、燭台《しょくだい》の火を吹き消していいかと遊圭に訊《たず》ねる。

遊圭は是と答えて「おやすみ」と付け加えた。

三、養生院炎上

翌朝、遊圭は自分たちが筆写してきた医学書はどうなったか明々に訊ねた。明々は隣の部屋に山積みになっていた医学書や本草集《ほんぞう》をいくつか持ってきた。逃亡を試みたときに置き去りにしてしまった遊圭たちの所持品はすべて、桃花舎《とうかしゃ》の空き部屋に移してあるという。

明々に何度か往復させて、遊圭はようやく目を通したかった鍼経《しんきょう》を見つけた。自分の手足を見ながら、前日に馬延《ばえん》が探っていた経絡《けいらく》の脈に沿って輸穴《ゆけつ》を探し当てる。膝《ひざ》の横に置いた経書に従って、輸穴の位置とそれぞれの名称を確認し、実際に馬延が針を刺したり按《あん》じたりした場所を見つけることができた。

明々は、体を丸めて足の裏を押す遊圭を不思議そうにのぞき込む。遊圭は自分の足の親指をつまみあげ、その内側の付け根を人差し指の爪で押して、経書と照らし合わせながら説明した。

「ここが脾《ひ》の脈気《みゃくき》の出る井穴《せいけつ》の『隠白《いんぱく》』だ。ここから指一本離れて滎穴《けいけつ》の『大都《だいと》』、そしてここが、馬延が針を刺して気を養った兪穴《ゆけつ》の『太白《たいはく》』、そこからここへ――」

明々はかぶりを振った。

「そんなにすぐに覚えられないわ。ちょっと筆と墨を持ってきていい？」

墨壺《すみつぼ》からたっぷり墨を含ませた細い筆を用意し、明々は遊圭の足に点々と輪穴のしるしをつけていった。遊圭はくすぐったさに笑い声をあげる。膝上《ひざうえ》までの重要な五穴を、自分でも覚えようと明々は裙《くん》の裾《すそ》を持ち上げた。ひきしまった、しかし同時にふっくらと弾力のありそうな白いふくらはぎを遊圭の脛《すね》と並べて、しるしを入れたのと同じ位置を探り当てる。膝が触れ合い、遊圭はぎょっとして身を引いた。

明々は「あっ」と声を上げた。自分のむきだしの脛を慌てて遊圭の布団で隠す。気まずい空気に、ふたりとも顔を赤くして沈黙してしまった。

浅い呼吸が落ち着くまで床を見つめていた遊圭は、動悸《どうき》が収まってから何事もなかったように鍼医《しんい》術について諄々《じゅんじゅん》と語りだした。

「理論を読んだだけだから、詳しいことはわからないんだけどね。鍼術は高価な薬よりも高い効き目があって、疾医《しつい》が匙《さじ》を投げた病をたちどころに治すことができるけども、診断や施術を間違うと、死ななくてもいい患者を死なせることもあるらしい」

「それって責任重大よね。遊圭は鍼医になりたいの？」

明々は片膝を抱え、足の先にある寝台の角を眺めて相槌《あいづち》を打った。

「それが、ひとの体には全部で三百六十五の輪穴があって、その位置と五臓六腑の気脈の流れや、相互の関連を正確に記憶できなければ、鍼医にはなれないんだよ」

そこはかとなく棒読みな会話を、互いに反対の方向を見つめながら続ける。

「私には無理そう。でも遊々ならできるかもよ」

一瞬でも、その道もいいかなと思った遊圭だが、急に心が沈む。

「そしたら、太医署で十年は学ばないとならない。医生《いせい》を何年も続けて医師として認められ、博士に進んで、官医や町医者になりたくても――わたしには、許されない道だよ」

外戚《がいせき》族滅法を廃さない限りは、遊圭が国家試験を突破して、正規の医師になることはあり得ない。

そう、憂鬱《ゆううつ》の原因はいつもそこへ還る。外戚族滅法の廃止。だが遊圭に何ができるというのだろう。立法や既存の法律の廃止は、国の事業だ。官僚でもない一個人の遊圭にできることなど、何もない。司法と刑罰を司《つかさど》る刑部《けいぶ》の官僚になるためには、出自と姓名を明らかにしなくてはならず、そうすれば命はない。堂々巡りだ。

遊圭はごろりと体を横たえた。

先ほどまでの浮き立った空気は霧消してしまい、明々はそそくさと昼食の支度のために厨房《ちゅうぼう》へ移った。遊圭が鬱々《うつうつ》としだすと手の施しようがないのは、一年と半年をともに過ごしてきた経験から明々が学んだことだ。

遊圭はまぶたの裏に焼きついた明々の膝やふくらはぎを忘れようと、顔を枕にこすりつけた。やがてあきらめて、温かな光を放つ白い絹灯籠《どうろう》のような明々の脚が目の前をちらつくに任せる。そうしているうちにあることに気がついた遊圭は、布団をはねのけて起き上がった。

裾を上げて自分の脚や腕をあらためて観察する。

筋張って、骨っぽい。病でさらに痩せてしまったことを差し引いても、明々のそれとは比べ物にならないほど、女らしい柔らかさは微塵《みじん》もない。皮膚の下には薄い筋肉が張りはじめ、ひと季節前にはその存在さえ意識していなかった体毛が濃さを増していた。

温かい室内にいるにもかかわらず、冷や汗が背中を流れ落ちる。

喉《のど》に手をやって、皮膚の下に軟骨の突起が現れてないか確かめる。細い首は顎から鎖骨へとなだらかな線を描いて、武骨な特徴はひとつも示してはいなかった。

ほっと息を吐いたとき、扉越しに明々が馬延の訪れを告げた。

その日の馬延は玄月を伴わず、代わりに凜々《りんりん》が診療に立ちあった。凜々は女性ながら大柄で、筋骨も逞《たくま》しく、角ばったいかめしい顔立ちは兵装していれば男と間違えそうではある。だが近づいてみれば頬は柔らかく艶《つや》があり、鍛錬であちこちにタコのできた手も、皮膚は滑らかで指はほっそりとしている。

遊圭の正面に腰かけた馬延は、首、手、足と事務的に脈診を進めていった。

「昨日よりは、気の滞りが減じたようだが、相変わらず陰《いん》の気が足りぬ」

馬延は鍼箱《はり》を開き、先端が絹糸のように細く短い針を取り出す。輸穴を刺される時にちくりとした軽い痛みは感じるものの、皮膚を貫いたまま、しばし留め置かれた針は、そこにあることもわからない。

「これは、正気《せいき》を留めておくための針ですね。わたしの陰気は、これらの輸穴から漏れてしまっているのでしょうか」

遊圭は吐息にまぎらわせ、ささやき声で訊ねた。凛々がぎょっとして顔をしかめ、馬延は見えない目でまばたいた。唇の両側にしわが寄り、笑みのような形を作る。

「なるほど、医生らしいことを訊ねるものだな」

「馬先生は、わたしのことをご存じでしたか」

異形呼ばわりされたということは、女でないことはすでに見透かされているのだろう。病歴も病状もすべて言い当てられたのだ。声を出そうが出すまいが、たいした違いはないように思われた。

「李《り》薫藤《くんとう》という年若い宮官が女として初めて医生官試験に合格し、女官たちの病を治しているという話をこの後宮で知らぬ者はいない。最近は帝の勘気を蒙《こうむ》って謹慎しているという話だが」

馬延は、後宮の誰もが知っているであろう、皇太后と李徳《りとく》兵部尚書の弾劾劇については触れなかった。

「わたしが学んできたのは、主に薬食学です。鍼術については、医生官試験のときに理論を暗記しただけで。実習でも、鍼医の講釈はありませんでしたし」

「だれもが鍼医になれるわけではない。十分な経験と適性が必要だ。雑念の多い女どもに鍼医学の奥義を伝授したところで、時間の無駄というものだ」

遊圭はむっとして言い返す。

「医生講の女たちに雑念などありません。みな真剣に医薬について学んでおります」

一緒に学んでいる女官たちを侮辱されるのは、我慢がならない遊圭だ。

官家の主婦として家政を差配し子女を教育するのに、十分な教養を具《そな》えた母親と、東西の医薬学と本草学を修め、日々実践を重ねる胡娘に育てられ、外の男社会を知らぬまま後宮に放り込まれたせいだろう。遊圭には頭から女性を見下す習慣はなかった。

「だが、医生官試験に受かったのは、おまえさんだけだ。女たちは誰ひとり、ろくな点数も取れなかったというではないか」

「あの試験は帝《みかど》のご意向で、十分な準備をする時間もなく行われました。わたしは、五歳より読み書きを始めたのと、もともと医薬の知識があったので有利だっただけです。もっと時間があれば、ほかの方たちも合格していたはずです」

遊圭はかたくなに女官たちの肩を持った。

「それも、李薫藤が脱落したとなれば、長くは続くまいよ。あの試験そのものが、即席で女医生を立てるためのいかさまであったともいうしな」

遊圭の顔は火がついたように熱くなる。ここのところ沸点が低過ぎるのを自覚してはいるが、二か月にわたる詰込み教育と、それについていった努力を否定されてはたまらない。不正などなかったからこそ、遊圭だけが合格できたのだ。

凛々が、目配せを送ってくる。ここで馬延に反論しても得るものは何もない。遊圭にしても、文字通り墓穴を掘るような行為や言動に飛びつかないよう、用心できるほどの経験は積んできた。ただ、凛々にも読まれてしまうほど、顔色が変わってしまったのは、未熟としか言いようがないが。

馬延は顔色など見えなくても、遊圭の感情の高ぶりが脈でわかってしまったらしい。

「怒りは悪くない。そなたの脾胃《ひい》の病は憂《うれ》いによって引き起こされている。憂いは怒りによって制される。おまえさんは、もっと感情を出してよいのではないかな」

そんなことは自殺行為だ。遊圭は深く息を吸い、ゆっくりと吐いて、冷静さを取り戻した。

「脾、腎《じん》、肺の病がすべて、心の迷い苦しみによるものだと、馬先生はお考えですか」

「病の原因はひとつではない。邪風や逆風に遭って病むものもいれば、呪いを引き受けて病むものもいる。老いに邪気が入り込んだり、体に良くないものを飲み食いしたり、不摂生で自ら精を費やし衰える者など、いろいろだ。おまえさんの場合は、七情の均衡が崩れているのが、次々に病を拾う理由ではないかな」

遊圭は少し考えこんでから、こう応じた。

「では、わたしの病が治ることはなさそうです。この身ひとつの置き場すら、自らの思うに任せない現状では」

明日の命も定かでない身の上を憂い、玄月の企む策謀《たくらみ》に巻き込まれることを恐れ、一族を失った悲しみは癒えることがない。

外戚族滅法のある限り。

馬延は遊圭の告白をどう受け取ったのか、白濁した両の瞳《ひとみ》を正確に遊圭の目に向けた。

「生きていれば、心乱れることは次から次へと起こる。憂いが絶えることはない。喜びも過ぎれば心《しん》を傷つける。病に至るほどの憂いや悲しみを抱えているのならば、なおさら七情の均衡を保つよう、憂いの元となるものへの執着を捨て、心の平静を保つように努めねばならない」

それができれば苦労はない。遊圭は、自身が患う眼疾《がんしつ》に為すすべもない医師の言うことなど、参考《あん》にしても仕方がないと思った。

輪穴を按《あん》じつつ、刺し留めておいた針を抜き去り、馬延は施術を終える。

「鍼《はり》は痛みや邪気を一時的に取り除き、楽にする。だが病のもとを取り除かない限り、繰り返し邪気の侵入を許し、抑制できぬ七情が自らの五臓を傷つける。おまえさんの病根は自身の情志にあるのだから、医者にも薬師にも根治《こんち》はさせられない」

馬延は鍼をしまい、箱を抱えて立ち上がったが、ふと思い出したように遊圭の頭頂をとんとんと叩《たた》いた。

「とりあえず、気分が落ち込んだり、沈み込んで浮かび上がることができないときは、ここの経絡を押さえて揉《も》むといい。百会穴《ひゃくえけつ》という。あとは眉間《みけん》の真ん中の印堂穴《いんどうけつ》、寝る前にはこの――」

馬延は手探りで遊圭の足をつかんで持ち上げ、足の裏の中央より少し上を指で押した。

「湧泉穴《ゆうせんけつ》を指圧すると不眠に効く。内側から治せないものは外から刺激することで、とりあえず楽にはなる」

馬延の丁寧な施術と、親切な助言に礼を言い忘れたことに遊圭が気づいたのは、馬延が凜々に手を引かれて寝室を出て行ってしまったあとだった。

ずいぶんと不遜《ふそん》な小僧だと思われたに違いない。しかし、医生官試験に不正があったと周囲に思われていることが腹立たしかった。通常なら医学以前の基礎学問から始めて、何年もかけて準備しなくてはならない試験である。十分な時間を与えずに、彼女たちにできないと決めつけるのは不公平だ。胡娘も、金椛語《ジンファ》の読み書きがもっと堪能《たんのう》なら、現役の医師に引けはとらないはずなのだ。

鍼治療のあとは気だるさと睡魔が襲ってくる。

遊圭が昼寝から目覚めると、麦わら色の髪を高く結い上げた、彫りの深い目鼻立ちの西域人が青灰色の瞳を曇らせ、遊圭の顔をのぞきこんでいた。

「胡娘」

遊圭が嬉《うれ》しそうに微笑み、胡娘もまた、優しさに満ちた笑顔となる。

「顔色もだいぶ良くなった。もう安心だな。食は進んでいるか」

「鍼で吐き気を抑えたから、お粥《かゆ》と果物は少しずつだけど食べられるようになった」

そうかそれは良かったと胡娘は単純に喜んで、遊圭の顔色や舌を丹念に診察し、脈を取った。

どういうわけか、胡娘だけは脱走騒動についての責任は不問にされ、永寿宮《えいじゅきゅう》の薬食士としてこれまで通りに仕事を続けている。周りの女官たちからは遠巻きにされているが、皇后の玲玉は以前と変わりなく接し、なんにでも興味深々の翔皇太子は天狗《てんこう》を連れて、仕事中の胡娘について回っているという。

「遊々《ゆうゆう》のことも訊《き》かれたが、一命は取り留めたと言ったら喜んでおられた。落ち着いて養生するようにとのことだ」

「やっぱり叔母《おば》さんは、わたしのことだって、わかってしまったかなぁ」

「遊々の素性については何も問われないが、ふつうの勘を具《そな》えていれば、わかるだろう」

玲玉が胡娘に何も訊かないことが、正しく察していることの証《あかし》であると思える。

「しかし、互いに知らぬふりを通すのがいい。このたびの弾劾劇の褒美として、李《り》姉妹には解任と帰郷という密約が、玄月との間にあったとお知りになって、ほとぼりが冷めたらそのように計らうよう、主上《しゅじょう》に申し上げてくださるとおっしゃった」

玲玉は、玄月の要請で李薫藤の内官昇進に拒否権を執行したのだから、そのあたりの事情も伝わっているのだろう。ただ、誰もが注意深く、遊圭の出自と性別については素知らぬふりで話をしているのがどこかしら滑稽《こっけい》であった。

「胡娘は帝とは話した？」

「うむ。私は遊々の昇進の報が届けられたときにたまたま居合わせて、明日にでも故郷に帰らせてもらえるはずだった李姉妹に同情し、暗渠《あんきょ》に導いたのだと言っておいた」

遊圭は目を瞠《みは》った。それでは胡娘が遊圭たちに脱走をそそのかして、手引きまでしたことになる。下手をすれば、その場で斬首されても文句は言えない。

「胡娘！　わたしは胡娘ひとりに罪をかぶってくれなんて、頼んでない！」

「頼まれてないが、それが最善かと私は思ったのだ」

胡娘は悪びれない。遊圭は胸と頭が熱くなり、言葉が喉《のど》につかえて出せなかった。

肺炎で生死の境をさまよっていた時、咳《せき》の止まらない遊圭が座位で眠れるよう、胡娘は昼も夜も遊圭を膝《ひざ》の間に座らせて、肩を抱き背中をさすってくれたのだ。痰《たん》が詰まれば吸い出し、呼吸が止まりそうになれば口移しで空気を肺に送ってくれた。薬湯《やくとう》を吐いても、布に湿らせ唇の間から搾り込み、根気よく少しずつ喉に送り込んだ。

肺の病にはいくつか種類があり、風邪をこじらせたものだけでなく、血を吐く死病もある。どれも感染力が強く、看病に当たった者が同じ病に斃《たお》れることは珍しくない。

その献身的な看病のあとで、すべての罪をかぶって刑罰を受けていたら、胡娘とは二度と会えなくなっていた。

「だから！　胡娘はわたしのためにそこまでしてくれなくていいんだ！　胡娘が処刑されたら、わたしだって生きてなんかいられないだろう！」

胡娘の半笑いの困惑顔が、みるみる歪《ゆが》んで見えなくなる。遊圭は袖《そで》で涙を拭《ふ》いて、二度と自分の身代わりになろうなどと思ってくれるなと懇願した。

「まあ、遊々も大事だが、明々を巻き添えにしたくなかったからな？」

そう言われれば、遊圭はそれ以上は胡娘を責められない。

そばでお茶の用意をしていた明々も、鼻水をすすりながら胡娘に礼を言う。

明々から濡《ぬ》れた手拭《てふ》きを受け取った遊圭は、腫《は》れたまぶたを拭いて洟《はな》をかむ。道理のわからない小娘のように涙もろい自分は、馬延の言うように男とも女ともつかない異形になってしまったのだろうかと、不安を覚えながら。

顔を拭く遊圭の頭を、胡娘は子どもをあやすようにポンポンと叩いた。

「泣いたり笑ったりできるのはよいことだ。不安や不満をため込むと病気になるからな」

遊圭は少し驚いて、胡娘の目を見つめ返す。

「馬先生と同じことを言うんだね」

「馬先生？」

そこで遊圭は、玄月の連れてきた鍼医《はりい》とその施術について語り始める。胡娘は自分の知らない医療方法に興味を持った。身を乗り出し、目を輝かせて遊圭の話に耳を傾ける。

明々の淹《い》れる桜茶の香りが馥郁《ふくいく》と漂い、胡娘の朗らかな笑い声に乗せられて、遊圭は蜜《みつ》漬けの果物や練り菓子なども、いつもより多く食べることができた。

胡娘が帰ったあとも、体を起こしていることにつらさを感じなくなった遊圭は、盥《たらい》に湯を用意してもらい体を拭き、寝衣を替えた。湯を替えにきた明々に勧められて髪も洗ってもらう。

鍼の効果か、胡娘の元気をもらったのか、あるいはここ数日の垢《あか》を落としてすっきりしたせいか、遊圭は空腹を覚えた。少し早い時間に運ばれてきた夕食も進み、明々に褒められる。

「このお粥、もしかして豆漿《とうしょう》を入れてる？」

大豆の搾り汁のにおいを嗅ぎわけた遊圭は不安げに訊《たず》ねた。明々はいたずらを見つかった子どものように舌を出す。

「あ、わかる？　搾ったのをそのまま飲むのが嫌なら、こうすればいいかなと思って」

明々は視線をあちらこちらに泳がせながら、遊圭の顔を見ずに早口でしゃべりだす。

「遊々の昼寝中に玄月さんが来てね。それで、私の思ったこと、もう女装は無理じゃないかって、早くここから出してほしいって頼んだの。そしたら、玄月さんがいまは出て行かないほうが遊々のためだって。旺元《おうげん》皇子と香蘭《こうらん》公主の捜索が厳しくなっているから、身元不明な者が城下をうろついていると、捕らえられて詮議《せんぎ》にかけられちゃうんだって。旺元皇子はお年の割に小柄で、背かっこうも遊々に似てなくもないから危ないって。もちろん、都の城門の出入りも、二十歳前の男子にはすごく厳しいらしいよ」

たびたび息を継ぎながら、明々は言い訳がましく言葉を並べる。

「それで、玄月さんが豆漿を増やしたらどうかって助言してくれて。そういえば、遊々の体臭が変わったの、豆漿を飲まなくなってからじゃない？　この先いつまで女装しなくちゃいけないか、わからないのだもの。お肌がきれいになる食べ物は、できるだけ摂《と》った方がいいと思うのよ。蔡才人《さいさいじん》が教えてくれたんだけど、街の舞台役者の女形《おやま》はひげが濃くならないように豆漿や桜皮のお茶を飲むんだって。そしたら男性でもつるつるのお肌になれて、舞台化粧のノリがとってもよくなるそうよ」

そこまで一気に話した明々は、はぁっと息を吐いてお茶をがぶがぶと飲んだ。遊圭は言葉もなく明々の顔を見つめながらも、その瞳《ひとみ》には何も映っていなかった。

旺元皇子が捕らえられるまで、後宮から出られない。旺元が逃げおおせたら、国中に手配が回り、年の近い男子で身元の曖昧《あいまい》な人間は一生、この国で平安に暮らせる見込みはない。

「それで、蔡才人からも、肌をきれいに白く柔らかくする化粧品をたくさん差し入れていただいたのよ。剃刀《かみそり》も、とても切れ味がいいのを玄月さんがくれたから、ムダ毛も私がちゃんと剃《そ》ってあげる。黒い刃は鉄でも青銅でもないの、硝子《ガラス》みたいに透き通った石でできてるのよ。何て名前の石だったか、聞いたけど忘れちゃった」

何の話をしているのかと遊圭は思ったが、朝に互いの足を見せ合ってから、明々の口数が少なくなったのを思い出した。では明々は、自分の足を見られたことを恥じらったのではなく、遊圭の体が男子として成長していた事実に危機感を覚えていたのだ。

明々にとって遊圭は、いつまでたっても弟のような庇護《ひご》対象にすぎないのか。

遊圭は急に疲労を感じて、寝台にばたりと倒れ込んだ。落ち込んでいく気分を自覚し、頭に手をあげ、頭頂の百会穴《ひゃくえけつ》を探して強く圧《お》す。脳天を突き刺す鋭い痛みに涙が滲《にじ》む。百会穴と胸の痛みが和らぐまで、遊圭は頭頂を押しては按《あん》ずるを繰り返した。

外界の不穏さとは裏腹に、桃花舎の周りは文字通り桃の花が次々と開き、風も切りつけてくるような冷たさはもはやない。遊圭は窓際に立って外を眺めるくらいには回復していたが、戸外どころか部屋から一歩も出ていけない日々を送っていた。

麗華や胡娘が代わる代わる訪れるので、退屈はしない。馬延は一日おきに往診と鍼《はり》を打ちに通ってくる。持ち込んだ鍼経の内容はだいたい覚えてしまった遊圭だが、実践となると馬延の施術は未知の知識や技術に満ち満ちている。好奇心と向学心から次々に質問を浴びせて、馬延をあきれさせていた。

「馬延を煩《わずら》わすとは、退屈しているようだな」

午後遅く桃花舎を訪れた玄月に、遊圭はこう答える。

「庭を眺めることと書を読むことしかすることがないので」

衿《えり》をゆるく重ねた襦裙《じゅくん》に、春物の深衣《しんい》を肩にかけた遊圭は、髪は首のうしろでひとつにまとめ、輪にして留めるというくつろいだかっこうだ。化粧はしていないのだが、痩《や》せて華奢《きゃしゃ》な体躯《たいく》と、ほっそりした可憐《かれん》な面差しからは、声を出さなければ男女いずれとも判別できない。

明々が淹れた茶を前に対面する遊圭と玄月の間には、他者が口を挟むのを許さない緊張感があった。

「頬も丸みが戻ってきた。食は進んでいるようだ」

「食べては寝るばかりなので」

遊圭の返答はそっけない。脂肪が増えても体が重く疲れやすくなるだけで、いいことなどひとつもない。運動らしいことをしたくても、部屋にはせいぜい陶器の花瓶くらいしか持ち上げる物がなかった。凜々に、懸垂用の棒を天井に渡せないか頼んでみたが、医師の許可がおりるまで待つようにと諭されて、話はそこでおしまいになった。

卓に肘《ひじ》をついた玄月は、手を伸ばし拳《こぶし》で卓を叩《たた》いた。

「私は、大家《ターチャ》のそなたに対する興味が失《う》せれば、いつでもここから放り出すことに異存はない。そなたが城外をうろついて勝手に捕まり、本来いるべき場所に埋められようと、旺元皇子と間違われて射殺されようと、私にはなんの関係もない。むしろそなたが私の預かりになっていることで、周囲の憶測が煩わしい」

玄月の苛立《いらだ》ちのこもったひと言ひと言が、遊圭の神経を逆撫《さかな》でする。

「族滅法を廃するのを、手伝ってくれるんじゃなかったんですか。それとも、あれはわたしたちを濠《ほり》から連れ戻すための、方便に過ぎなかったとでも？」

「法を覆すことは不可能ではないとは言ったが、手伝うと言った覚えはない」

遊圭の眉間《みけん》にしわが寄る。「印堂穴《いんどうけつ》、印堂穴」と口の中でつぶやきながら、遊圭は人差し指の関節で眉間の真ん中を按じた。玄月と顔を合わせるたびに打ち寄せてくる負の感情の波を、呼吸を落ち着かせながらやり過ごす。

「玄月どのはわたしに借りができたとおっしゃったので、ほとぼりが冷めるまでは匿《かくま》っていただけるものと思っていました」

「そなたも宦官《かんがん》になれば、私の職権において、いくらでも安全な場所は提供できるがな」

遊圭の右頬がひくついた。死んだほうがましだとはこのことだ。だが、さすがにそれを当の宦官に向かって口にしない分別くらいは遊圭もわきまえていた。

遊圭たちが脱走を図った夜、護城濠で待ち構えていた玄月は、遊圭たちを連れ戻すために真摯《しんし》な説得を試みた。遊圭の勇気と機転を賞賛し、本来は玄月が担《にな》うべきだった危険な役割を肩代わりした遊圭に、感謝の言葉すら述べた。玄月を信義の具《そな》わった人間と信じて従った遊圭が、手の内に戻ったとたんにこの扱いだ。

この人物は、その端麗な容姿と愛想の良さ、そして低くまろやかな声と滑りのよい弁舌で、女官たちの心を自在に操ることを特技としている。それを遊圭たちは骨身に沁《し》みて知っていたはずなのに。

卓の下、膝《ひざ》の上においた左手首を右手でつかみ、遊圭は自分の脈を数える。

馬延は、心の平静を保つ方法をいくつか遊圭に授けていた。医学を志す者としては、遊圭が短気に過ぎると指摘し、思春の年齢からくる情緒の不安定さを鑑《かんが》みても、情動を抑制する手段を身につける必要があると諭した。

『医師を目指すならば、どのような状況でも平常心を保て。誰しも動揺すれば脈は乱れる。自分の脈が乱れているときに、患者の脈を正しく読み取れると思うか』

盲目の鍼医《はりい》の言葉を、何度も頭の中で反芻《はんすう》した遊圭だ。

唇を噛《か》みうつむく遊圭に、玄月は微笑みつつ追い打ちをかける。

「そなたは諜報《ちょうほう》活動には向かぬようだが、実務能力の方はなかなか見込みがある。こちらも人手がなくて困っているところだ。典事《てんじ》の席ならすぐにでも用意できるぞ」

猫が追い詰めた鼠をもてあそぶように、八方ふさがりで逃げ場のない遊圭を言葉でいたぶる。

「謹んで辞退します」

遊圭は歯の間から硬い声を絞り出し、拒絶した。玄月の眉《まゆ》が上がる。玄月は桜茶をひと口含んで、口調を変えた。

「それほどの気概があれば、大家《ターチャ》の前に出て逃亡の理由について申し開きできるだろう。私が予《あらかじ》めそなたに約束した報酬の内容を、大家に申し上げておかなかった落ち度については謝罪してある。だが、女官なら誰もが望む嬪《ひん》の位を蹴《け》ってまで、後宮から出ていきたい理由については、そなたが自分の口から申し上げるのだな」

遊圭は顔を上げた。玄月の顔を見つめ、目を逸らし、唇を舐《な》めて息を吸い込む。あらためて玄月をにらみつけ、思い切って口を開いた。

「そのときに、帝《みかど》に族滅法の廃絶をお願いすれば、聞き届けてもらえるでしょうか」

玄月はまばたきもしなかった。ただ、その黒い瞳孔《どうこう》がすぅ、と広がる。頰の筋肉ひとつ動かさない、その秀麗だが石像のごとき無表情に、かすかなさざ波が走った。

それが不快なのか、または好奇の表れなのかを読み取るのは難しかったが、遊圭の表情や仕草に注意を向けてきたのは確かであった。

「やってみればいい。ただ、太祖《たいそ》の定めた法を覆すのは、足元の盤石でないいまの大家《ターチャ》には、難しいことではあるだろうな」

皇帝だからといって、好き勝手に法律を定めたり、書き換えたりできるものではないらしい。そういうことができた王朝もあったかもしれないが、現在の金椛《ジンファ》帝国で年若い君主の専制が受容されるかどうかは未知数であった。

李徳兵部尚書を取り除いたことで国政における皇帝の力が増したのか、それとも宦官や宮官《きゅうかん》を使って閣僚を弾劾させた新帝はむしろ、重臣たちの反感を買ったのではないか。

蓋《ふた》を開けてみないと、どちらに転ぶかわからない。

皇帝との謁見には、なお半月を待たなければならなかった。皇后の命を狙い、弑逆《しいぎゃく》を計画していた皇太后の永娥娘《えいがじょう》と李徳元兵部尚書、敬事房太監《けいじぼうたいかん》であった呉俊信《ごしゅんしん》の眷属《けんぞく》や配下の粛清はもちろんのこと、通常の朝政や季節の変わり目にあたっての行事など、公人たる陽元は玉座の温まる暇もないほど、多忙であったためだ。

皇太后派の残党を警戒する玄月は、桃花舎の警備兵の数を増やした。二十代を中心とする娘子兵《じょうしへい》たちは、見た目の華やかさに反して口数が少なく、黙々と見回りと門番を務め、詰所からおしゃべりや笑い声が聞こえることはない。

不安に満ちた日々であったが、書に親しみ、暖かな室内から春の色どりへと移り変わっていく外を眺める日々は、それなりに平穏といってさしつかえなかった。

「嵐の前の静けさ、って感じで。落ち着かないわね」

皇帝にまみえる日が近づくにつれ、明々はじっとしていられずに、あちこちの塵《ちり》や埃《ほこり》を払ったり、置物の位置を変えたりと動き回る。ふたりのために謁見用の衣裳《いしょう》が届けられれば、袖《そで》や裾《すそ》の丈を上げたり下げたりと、縫ってはほどくを繰り返す。

遊圭は玄月に無心して得た上級医学書や、史書を開いて時間を潰《つぶ》した。

麗華《れいか》は二日おきに訪れては、遊圭たちが不当な扱いを受けてないことに安堵《あんど》の笑みを浮かべる。しかし、不当な待遇に置かれているのはむしろ麗華であることが、日々みすぼらしさを増していく衣裳や髪型から明らかであった。

衣裳は素材も縫製も最高級のものであったが、手入れも洗濯もされずに何日も着続けているので、衿や袖の黒ずみが目立ち、金襴《きんらん》や錦《にしき》の糸もほつれ、豪奢《ごうしゃ》な刺繍《ししゅう》の牡丹《ぼたん》の花もしおれている。髪も最後に洗ったのがいつなのかわからない。ほつれてくるおくれ毛に鬢《びん》油をつけて整えているだけなので、身に着けたのが曲裾袍《きょくきょほう》でなければ、身だしなみに気を遣わない洗濯舎や染色工房の女たちと間違えそうであった。

見かねた明々が、髪を洗いましょうかと申し出たが、麗華は肩をそびやかして断った。

「明々はわたくしの髪など放っておいて、遊々の養生に専念なさい。まもなくお兄さまにお目見えするのでしょう？　もう少し頰に肉をつけたほうが紅粉《べにこ》が映えるもの」

それ以上は強要できずにいる明々の目配せを受けて、遊圭も助け船をだす。

「明々は髪を洗うのがとても上手なのです。それに、ちょうど鍼灸《しんきゅう》の書で頭のツボを学んだばかりなので、湯で温めてから頭を指圧してもらうと、頭痛や肩こりも楽になります。お試しになりませんか」

　麗華は戸惑い、指を組んではほどいて、ためらいながら譲歩した。

「おまえたちの学問の役に立つのなら、わたくしの髪を洗わせてあげてもいいけど」

　差し出された湯桶《ゆおけ》の前に座って、麗華はおとなしく明々に髪を洗ってもらった。頭頂のツボは、心が疲れているときに圧《お》されると涙が出るほど痛い。麗華は悲鳴を上げたが、遊圭に説明を受けると涙を滲《にじ》ませつつこらえた。

　さらに明々は、洗髪中に麗華の衣裳を濡《ぬ》らしてしまったことを詫《わ》び、謁見用に授かっていた自分の曲裾袍に替えるようにと差し出した。汚れた公主の衣裳は、洗って返すと言って、強引に着替えさせる。

　そんなことをしているうちにあっという間に午後が過ぎ、幽閉された永娥娘へ麗華が夕食を運ぶ時間が近づいた。明々は大急ぎで麗華の髪を乾かして公主らしい髪型に結う。

「お母さまの髪も、洗って差し上げられたらいいのに」

　麗華は悲しげにつぶやいた。

「永娥娘さまのお加減は、いかがでしょうか」

　訊《き》きにくい質問ではあったが、麗華の心を悩ませているのは女官たちの怠慢やあつかましさ以上に、自分を愛さない母親とのかかわりである。

　麗華は悲しげに眉を寄せてため息をついた。

「相変わらず。わたくしの顔もごらんになろうとはされないわ」

元皇太后の牢室に扉はない。扉があったところには、漆喰《しっくい》で固められた煉瓦《れんが》が天井まで積み上げられているという。肩の高さと床に近い位置に、それぞれ食膳《しょくぜん》や屎尿《しにょう》瓶を出し入れできるだけの隙間が残されている。外の景色を見ようにも、窓はなく高い位置に採光と換気用の穴のみ。どこからも人間が出入りすることは不可能になっていた。

当然、洗髪や入浴のための湯など運び込めない。洗面用の水盤に添えられた布巾《ふきん》を自分で濡らし髪や体を拭《ふ》くのが、体を清潔に保つためにできる精いっぱいのことであった。

囚人は文字通り、出口のない石牢に塗り込められていた。老いか病、あるいは食事に添えられる毒杯を呷《あお》って息を引き取るその日まで、扉の煉瓦が取り崩されることはない。

調度には一脚の椅子と、食事をするための卓、固い寝台がひとつずつあるのみ。のぞきこめばようやく相手の顔が見える食膳用の四角い穴から、母親に話しかけても言葉は返ってこない。四角く切り取られたうしろ姿が垣間《かいま》見えるのも、稀《まれ》だという。

麗華は毎朝、床に出される冷たくなった温石《おんじゃく》と排泄《はいせつ》用の瓶を見て、母親がまだ生きていることを知り、朝食を差し入れる。

大陸随一の帝国の公主に生まれた身で、なぜそのような役目を自ら引き受けたのか。母親を気遣う思いはわからなくもないが、当の永娥娘が権勢欲に凝り固まった、娘のさいわいなど気にかけたことのない人間なのだ。娥娘のために帝位を継げる息子ではなかったという理由で、産み落としてから一度たりとも、娘を抱き上げたことも、優しい言葉をかけたこともない娥娘だ。幽閉されたくらいで麗華に心を開くとは思えない。

麗華は気を取り直して微笑んだ。

「いつまで続けられるかわからないけど、宮城を追い出されるか、お母さまがご自分の罪を認めてくださるまで、話しかけていくつもりよ」

「だれも公主さまを追い出したりなど」

遊圭の慰めを、麗華は遮《さえぎ》る。

「お父さまの妃《きさき》たちや異母姉妹が、わたくしを邪魔にするのをお兄さまが見かねて、外国へ嫁ぐようにと勧めてくださるの。国内ではわたくしと姻戚《いんせき》になりたがるものはいないから。わたくしはわたくしのことを誰も知らない場所で新しい生活を始められるし、お兄さまは罪人の血を引く妹を遠い異国へ厄介払いできて、一石二鳥よね」

金椛《ジンファ》の皇統も、それ以前の王朝でも、公主が臣下に降嫁することはあっても、政略のために外国に嫁がせることはない。皇統の女子が異国に骨を埋《うず》めることを善しとしない不文律が、この地を世界と文明の中心と信じる中原《ちゅうげん》にはあった。

にもかかわらず、異国の王侯との縁談を持ち出される。それほどまでに、麗華は自分の生まれ育ったこの国に、生きる場所がなくなっていた。

「公主さま」

遊圭も明々もかける言葉がでてこない。慰めることも励ますことも偽善に思える。

「そんな顔しないで。すぐに出ていくわけじゃないし。異国の言葉を学ぼうかしらって気持ちになってるだけ。でも、金椛《ジンファ》帝国の外では、国によって違う言葉が話されているのよ。どれを学んでいいかわからない。文字もそれぞれ違うの。遊々は知ってた？」

遊圭が知っているのは胡娘の使う蚯蚓《みみず》のたくったような西国文字だが、いくつかの文字の読み方を知っているだけで、文章を読めるわけではない。

そんな会話を交わすうちに明々は麗華の髪を結い上げ、自分の簪《かんざし》を挿して仕上げた。ふっくらとした頰に白粉《おしろい》をはたいて紅をさした麗華は、かつては宮廷一の美姫《びき》と言われた母親にも劣らず美しい。

時鐘が聞こえ、麗華の付き人が扉の向こうから退室を促す。一度は遊圭たちに背中を向けた麗華がふり向いた。いまにも泣き出しそうな切なげな笑みを瞳《ひとみ》に湛《たた》えて。

「ひとはいろいろ言うけどね。わたくしはおまえたちを恨んではいないわ。おまえたちは、わたくしが自分ひとりではどうしようもできなかった世界を変えてくれた。わたくしが望んでいた方向ではなかったけど、希望は残されたもの」

にっこりと微笑む。

「だから、わたくしに何が起きても、それは誰かを恨んだり呪ったりして招いたことではないの。おまえたちは信じてくれるわね」

謎めいた言葉を残して、麗華は桃花舎から母の幽閉された北北東の塔へと向かった。

夜半、けたたましく鳴り響く警鐘に、遊圭と明々は叩《たた》き起こされた。煙臭さと蒸し暑さに、明々は深衣を羽織る手間も惜しんで表へと駆け出し、遊圭は帳《とばり》を上げて窓を開けた。桃花舎の周囲が赤く染まり、火の粉が飛び交っている。遊圭はとっさに袖で顔を覆い、吹き込んでくる熱風を吸い込むまいとした。窓から身を乗り出して周囲を見回せば、養生院の建物がいくつか炎に包まれていた。桃花舎にもすでに火が燃え移り、炎が激しい勢いで風を巻き上げている。

そのまま窓から飛び出して避難するべきだったが、遊圭は明々を心配して扉へとって返した。しかし木造の桃花舎は火の回りが早く、もっとも奥まった遊圭の寝室から玄関までの廊下は、すでに火の海となっていた。呆然《ぼうぜん》とする遊圭の耳に、轟轟《ごうごう》と燃え盛る炎の向こうから、明々が自分を呼ぶ声が聞こえた。「遊々がまだ中にいる」とも叫んでいる。ということは明々はすでに外に出たのだ。遊圭のために戻ろうとして、警備のものたちに引き留められているのだろう。

遊圭は部屋に駆け戻って扉を閉めた。そうすれば廊下から火が入り込むのを少しでも遅らせることができると思ったからだ。急いで窓から逃げようとしたが、窓の外に枝を張っていた桃の木に火が燃え移り、唯一の脱出口もふさがれていた。それでもいますぐに飛び出さなくては建物ごと焼け死んでしまう。服に火がつかないように身軽になるべきだが、そうしたら消火に駆けつけた者たちに男であることがばれてしまう。

迷っていると燃え始めていた扉を破って、煙とともに大柄な影が駆け込んできた。ずぶ濡れの凜々が立ち尽くす遊圭を見つけて「何をぐずぐずしているんですか！」と叫ぶ。

まごまごしている遊圭に駆け寄る途中で、両手にそれぞれ水盤や水差しをつかみ上げ、中身を遊圭に頭からかぶせた。そして自分の濡れた上着を脱いで遊圭にかぶせ、そのまま肩に担ぎ上げて窓枠を蹴《け》り、外へと跳んだ。

凜々の上着越しに、遊圭は息もできないほどの熱気を感じた。浅黄色の布の向こうに、紅《くれない》の影が躍りまくる。着地の衝撃に、息苦しさに口を開けていた遊圭は舌を嚙《か》んだ。鋭い痛みに涙が滲む。

外には出たものの、火勢がどちらからくるのか、どこへ逃げればいいのか遊圭にはさっぱりわからない。遊圭がなにも言う暇もなく、凜々は遊圭を担ぎ直し、そのまま駆け足で桃花舎から離れていく。

凜々に担がれて逃げることに、よほど縁があるようだ。遊圭はそんな悠長なことを考えている場合ではないと思いつつ、皇太后宮に侵入して逃げそこね、凜々に助けられた時のことを思い出した。あれから少しだが背も伸び、体重も増えたはずだが、凜々にはまったく負担にならないらしい。

娘子兵の歴史は、金椛《ジンファ》帝国の建国にまで遡《さかのぼ》る。太祖の妹が、兄の留守中に手薄になった城市を敵に攻められたとき、後宮の女官や城下に残った女たちを集めて娘子軍を組織し城を守り抜いた。設立時は千人を超えた娘子軍は、時代が下るごとに規模は縮小してゆき、現在は三百人程度となっている。伝統的に式典や皇后妃嬪《ひひん》、女性皇族の護衛のみが職務だ。

当然、鍛錬は積んでいても実戦で闘ったことのある娘子兵はいない。娘子兵に選ばれる基準も、式典や行列時の兵装が見栄えする体格はもちろんだが、美青年とも見まがう見た目の端麗さが第一となっていた。むしろ朴訥《ぼくとつ》な兵士にしか間違われそうにない凜々が娘子兵でも中堅を保っているのは、並外れた体力と膂力《りょりょく》によるものだろう。

火炎の音も熱気も遠ざかったところで、凜々は遊圭を地面におろした。かぶっていた凜々の上着を取った遊圭は、辺りを見回して人気がないことに驚く。

「明々は？」

「無事です。護衛をつけて避難所へ送るように命じてあります」

息切れとともに、凜々が答えた。

「わたしたちも、これからそこへ？」

凜々が答える前に、遊圭の足元を灰褐色の毛の塊が走り抜けた。すぐに戻ってきてふたりの足元をぐるぐる回りながら、キュッキュッと鋭い叫び声をあげた。

「天狗《てんこう》！」

遊圭は驚いてかつての愛獣の名を呼んだ。遊圭が実家にいたときに飼っていた西方の稀獣《きじゅう》天狗は、人懐こいだけでなく、人間の言葉を解するのではないかと思われるほど賢い。飼い主に幸運をもたらす瑞獣《ずいじゅう》とされているが、星家の族滅に遭って、遊圭とは離れ離れになっていた。その後はどういういきさつによってか後宮におさめられたらしく、いまは皇太子翔の愛獣となり、宦官《かんがん》の玄月に懐いている。

誰かの走ってくる足音に、遊圭と凜々は音のする方に身構えた。天狗《てんこう》が勢いよくそちらへ駆けてゆく。

「ここにいたか。よく見つけたぞ、天々」

深衣の裾《すそ》に爪をかけ、すばやく肩へ駆けあがる天狗に、玄月がねぎらいの言葉をかける。玄月の頭巾《ずきん》は曲がり、寝衣の上にじかに深衣を羽織っていた。眠っていたところに急報を受け、大急ぎで駆けつけたようだ。

「火元は？」

玄月の問いは凜々に向けられたものだ。

「まだはっきりとはわかりませんが、梅花舎《ばいか》の厨房《ちゅうぼう》と思われます。夜番の娘子兵たちに消火と病人の搬送を要請されたのですが、あっという間に周囲の樹木や建物に火が飛び移り、遊々たちも避難させようと急いで桃花舎に戻った時には――」

凜々の語尾は震えていた。一瞬でも持ち場を離れて、桃花舎の警備をおろそかにしたのだ。真っ先に遊圭たちを避難させなくてはならなかったのに、老人や病人の多い梅花舎の救援に向かってしまった。玄月ひいては皇帝の怒りを招いても申し開きはできない。

養生院には、緊急時に手際よく状況を判断し、指示を出せる人間はいない。老人と病人を介護するのは軽い罪を犯して収監された女官ばかりで、それを管理する古参女官も、非常時には自分が真っ先に逃げ出すような者ばかりだ。とはいえ、桃花舎の警備責任者である凜々が、火に巻かれて身動きできなくなった病人を見過ごせなかったことは、一瞬でも遊圭たちから目を離した理由にならない。

玄月は難しい顔を燃え続ける養生院の建物群に向けた。

「梅花舎からの類焼にしては、風もないのに火の回りが早すぎる。放火かもしれん」

そうつぶやくと、玄月は脇に抱えていた薄墨色の直裾袍《ちょっきょほう》を遊圭の肩に羽織らせる。

「出火の原因がわかるまで、李薫藤は焼死したことにしておいたほうがいいだろう。遊々は私の官舎に連れていく。凜々は明々を蔡才人のもとへ」

かしこまりました、と短く答えて凜々はひとりで養生院へと引き返す。

いったい何が起こったのか。失火による火災でないのなら、李薫藤を抹殺するために誰かが火を放ったのか。後宮内に潜む李徳一族の恨みや呉俊信の眷属《けんぞく》の憎しみが、彼らを弾劾した遊圭に向けられたのだろうか。

後宮の中で、皇帝や玄月の庇護《ひご》下でさえ安全ではない。自分がこれからどうなるのか、まったく予想もできないまま、遊圭は玄月についていくしかなかった。

玄月の肩に留まる天狗《てんこう》の、気遣わしげなか細い鳴き声が自分に向けられたものとわかっていても、遊圭の顔はこわばったままだ。

夜色の服をまとった玄月と遊圭は炎に背を向け、後宮の闇に溶けて見えなくなった。

四、天地不仁

遊圭は、子どもの賑《にぎ》やかな声や、木の棒をカンカンと打ち合わせる音に目を覚ました。

明かり取りから射し込む日の光に、すっかり寝過ごしたことを知る。窓を少し開けて外をのぞき見ると、階下の中庭では、軽装の少年たちが年嵩《としかさ》の宦官の指導を受けて、杖《じょう》術《じゅつ》の練習をしていた。少し離れた木陰には、絵に描いたように美しい女装の通貞がふたり、榻《とう》に腰かけて書を読んでいる。

玄月は自らの官舎を学問所として開放しているが、武術も教えているらしい。中庭で鍛錬しているのは、遊圭と変わらない年ごろの少年たちだ。

遊圭に与えられたのは二階のふたり部屋だが、隣の寝台は空だった。

その空いた寝台には、洗いざらしの宦官服が畳まれてあった。枕元の小卓には、水差しと茶碗《ちゃわん》、水を湛《たた》えた水盆に手拭《てぬぐい》が用意されていた。昨夜連れてこられたときにはなかったので、眠っている間に誰かが置いて行ったのだろう。

「本当に宦官にされてしまうんだろうか」

目まいがしそうなほどの不安を、憂鬱《ゆううつ》なつぶやきで吐き出す。

玄月はかれが敬愛する趙婆《ちょうば》に、遊圭を助け守ることを誓約させられたという。しかし、玄月なら『命さえ守ればよいのだろう』などと、しれっと言いそうだ。それに、趙婆は遊圭が実は男子であることも知らない。いきなり宦官になっていたらびっくりはするだろうが、当たり前に宦官がいる世界で暮らしているのだから、それはそれで納得してしまうかもしれない。

「絶対にいやだ。死んでもいやだ。死んだら父さまたちに顔向けできないけど、宦官になって生きながらえても、家が再興できないんだから、顔向けできない」

とはいえ、下着姿でうろつくわけにもいかず、女性の衣裳《いしょう》も用意されていないのでは、今日のところは宦官服を着るしかなかった。

「男装って、忘れてたけど、ほんと楽だな」

遊圭の場合は、胸や腰に詰め物をして、さらにそれが動かないようにさらしを巻いていたのだ。暑苦しい上に、毎朝の支度は明々に手伝ってもらっていても大変だった。

「女に戻りたくないかも……」

そんな選択肢は自分にないことは十分にわかっている遊圭だが、一日も早く身軽で自由になりたい思いは耐え難い。

胸をふさぐ苦悩とは別に、空腹は容赦なく襲ってくる。水でごまかすのも限界ではあったが、通貞や宦官たちが騒いでいる階下へ、ひとりでおりていくのは恐ろしかった。甲高い笑い声や話し声に満ちた食堂で、遊圭が地声で話し出せばどんな反応が返ってくるか、考えただけで身震いしてしまう。

女たちの間では、かすれ声のささやくような話し方でなんとかやりすごしてきたが、同じ年ごろの少年たちはごまかせない気がする。

無意識に明々の姿を求めて顔を上げる。そのことに気がついた遊圭は、ひとりでは人前で行動できなくなっている自分に愕然《がくぜん》とした。

明々が遊圭の脛《すね》と自分のそれを見比べたとき、異性を感じて恥じらうよりも、その違いを隠すことを先に考えたのも無理はない。遊圭は守られることを、明々は遊圭の秘密を隠し庇護することが身についた習慣になってしまっている。

体の成長に、心が追いついていない。

とはいえ、悩んでいても仕方がないと、遊圭は心を決めて扉に手をかけた。が、開かない。扉は外から錠が下ろされていた。

そういえば、火災の原因がわかるまでは外に出ないようにと、玄月に言われていた。官舎に出入りする書生たちとも鉢合わせないよう、部屋からも出ず、共同の厠にもおるなと蓋《ふた》つきの壺を渡されたときには言葉を失った。

「だからってわたしを監禁することないだろう！」

遊圭は腹立たしさに扉を蹴《け》ったが、柔らかな布沓に包まれた爪先に鋭い痛みが走っただけだ。

官舎の料理人でもある用務の老宦官が薬と食事を運び、壺を取り換えていく。明々にも胡娘にも会えず、馬延《ばえん》が二日に一度往診に来るほかは、多忙な玄月にいたっては顔も見せない。

これでは、塔に幽閉されている永娥娘《えいがじょう》と変わりのない待遇ではないか。

あまりに退屈で馬延を質問攻めにする。状況を知らないのか、話すつもりがないのか、馬延が治療以外のことを話題にしないとなると、遊圭は馬延の施術のひとつひとつに説明を求めた。

馬延は苛立《いらだ》つことなく、淡々とたしなめる。

「興味本位に鍼《はり》や経絡《けいらく》を覚えたところで、極めなければ生兵法。自分自身の施術に失敗するならまだしも、この治療法はわずかでも刺す場所や補写《ほしゃ》の判断を間違えれば、いらぬ麻痺《まひ》を引き起こし、生涯不随の身体にしかねない。最悪の場合は殺しかねないのだぞ」

「健康で、壮健な人間でもですか」

「やり方次第ではな。だから、おまえさんがあまりにもうるさくし過ぎると、わしは気が散って打ち間違え、さらに病を重くすることもあるわけだ」

遊圭は思わず口を閉じた。その代わり、目をいっぱいに見開いて馬延の施術を注視する。馬延が針を抜くなり、いまのは写であったか補であったのか、気はどちらからどちらへ流れているのかと問い詰める。馬延はついに根負けして、針の種類と用法から説明を始めた。

「おまえさんが、薬や養生食の摂《と》れないときにでも、気の実《じつ》と虚《きょ》を調和させられるだけのことは教えてやる。だが、誓ってほかの人間に術を施すのでないぞ。正しい師について学び、鍼医《はりい》の免状を受け取るまではな」

「馬先生は、博士ではないのですか」

馬延は、宦官《かんがん》医となったいきさつを自ら語ることはせず、玄月もそのことに触れることはない。だが、その腕の確かさや教養の高さから、太医署《たいいしょ》で教育を受けた正規の医師であることは推察できた。

「鍼を打たずとも、経絡の流れや正邪の気を見極める技を知ることは、すべての医師や薬師《やくし》が知っておくべきと思います。それがひとの命を左右するものならば」

「おまえさん、本気で医師になるつもりか」

馬延は白濁した瞳《ひとみ》を、あたかも見えているかのようにまっすぐに遊圭に向けた。遊圭は首をかしげて斜めに相手を見つめ返すという、いつの間にか身についてしまった可憐《かれん》な動作で馬延に微笑んだ。見えてないことはわかっていたが、だからこそ素直におのれの感情を顔にだすことができたのかもしれない。

「ずっと、それを考えてきました。正式な医師になれるかどうかはわかりません。でもわたしの療母は国の医師免状は持っておりませんが、どの町医者にも十まで生きないだろうと言われたわたしを、この年まで育ててくれました。いまは薬には頼りながらですが、人並みに働いて生活できるようになりました。さすがに、無理をしたので病を引き込んでしまいましたが、次からは気を付けることができます。だから、どこかで独り立ちしなくてはならなくなったときのために、もっと医学を学びたいです」

馬延はまばたきもせずに、しばらく黙していたが、短い問いを重ねた。

「女医として？」

わずかに揶揄《やゆ》する響きに、遊圭は言葉を詰まらせる。姿を見ずに声だけを聴き、脈のみを診ていれば、遊圭が女子ではないことはすでにわかっているはずだ。だが、あくまでも女として扱うように玄月に命じられているのだろう。

「女医生として後宮に勤めて、病が篤《あつ》くなるまで医者にかからない女官の多さに驚かされました。馬先生はどうしてだと思いますか」

「金がないか、惜しんでのことではないか」

馬延は一言で決めつけた。

「それもあるかもしれません。でも、ほかにも理由はあります。よく知らない男性に体を見せることへの羞恥心《しゅうちしん》、家族や同僚に心配させまいとの遠慮。男に女の心身の痛みはわかりません。男はその痛みを理解せぬまま、『女子と小人は養い難し』などと云います。女の患者には女の痛みを知る、女性の医師が必要ではありませんか？」

馬延は見えない目を細めて口を動かしたが、何も言わなかった。遊圭の言葉のいずれかに、思い当たる節でもあったのかもしれない。

実に多くの女官が、身分や経済的な理由からだけでなく、男の医師に診られることを拒《く》む。特に出産時において、農村や市井そして宮廷にいたるまで、主導権を持つのは口伝《でん》と経験によって産術を学んだ産婆だ。産婆は分娩《ぶんべん》時に呼び出されて赤子を取り上げるだけで、妊産婦や新生児の体質や既往歴には特に注意を払わない。

『生きれば生き、生きなば死ぬ』

それが命がけで新しい命を産み出す妊産婦や、脆弱《ぜいじゃく》な体ひとつでこの世に生まれてくる新生児に対して、誰もが受け入れていることであった。

馬延の鍼術《しんじゅつ》のおかげか、遊圭は体が軽く感じるようになった。少しずつ薬を減らしては、絶えず抱えていた息苦しさやだるさは戻ってこないことに安心する。

青臭い豆漿《とうしょう》を添えた食事も完食できるようになり、間食も退屈にまかせて口に入れる日々が続くと、腕や背中、足腰がむずむずしてじっとしているのがつらい。苛々《いらいら》して走り出したくなる。

凜々《りんりん》に教わった鍛錬のうち、壁や床、椅子などを使って、狭い部屋の中でできる運動に励みつつ、囚人同様の日々を過ごす。

この官舎の主《あるじ》なのだから、玄月も同じ建物で寝起きしているはずなのだが、滅多に姿を見かけない。夜明け前には出勤し、公務は終わっているはずの午後は行方知れずで、日没後にようやく帰宅する。休日の朝は少年たちの学問や鍛錬を見ているようではあるが、すぐにいなくなる。用務の宦官に頼んで呼び出しても無駄であった。

皇帝の敵を排除したいま、使い道もなくなり、その秘密を守り保護する負担が重くのしかかってくるだけの遊圭の顔など、玄月も見たくないのかもしれない。

いい加減に火災の後始末も原因の調査も終わったのではないかというころ、用務の宦官が女装用の宮官《きゅうかん》服を置いていった。昼過ぎに玄月が訪れるという。女装しなくてはと思うと心が沈んだが、ようやく外出が許されるのかと思えば悪くはない。

遊圭は放置されていた苛立ちや怒りを通り越して、ふてくされた態度で玄月を迎えた。

「こんなに長い間閉じ込めておいて、わたしをどうするつもりなんだ。どうして明々に会わせてくれない?」

玄月は端然と構え、事務的に話を始める。

「結論からいくと、捜査は行き詰まっている。放火犯は見つからず、その後、特に不審な動きもない。そもそも建物の古い木造ばかりの養生院では、火の回りが早かったのは仕方がないという見方をする者が多い。どうやら失火という結論に落ち着きそうだ」

玄月自身はその結論に賛成しない口調である。

「李薫藤《りくんとう》は重傷を負って人前に出られないことになっていたが、そろそろ傷が癒えたことにして、脱走未遂の件に関して大家《ターチャ》に申し開きをする段取りをつけねばならない」

言葉を切った玄月は、手ぶりで遊圭に立ち上がるように促した。まっすぐ立った遊圭の目線は、玄月の肩を超えていた。玄月は遊圭の頭から足元までじろじろと眺める。

「身長はいかんともしがたいが、そなたより背の高い女官は珍しくない。多少は顔と顎《あご》に肉もついて、化粧をすればまだ女で通せそうだが、問題は声と目つきだ。そなたの目には、女らしい色も媚《こ》びもない」

明々や胡娘の目に、色も媚びも見た覚えのない遊圭だったが、反論する隙は与えられなかった。両手を上げて袖《そで》から手を出した玄月に、遊圭は反射的に肩をすくめ、身構えた。玄月は扉へふり返り、手をパンパンと叩《たた》く。

扉が開いて三人の若い宦官が入ってきた。そろいもそろって薄化粧をした美形の宦官たちだ。最後に入ってきたひとりは、碗《わん》や小皿を積みあげ、筆の載った盆を持っていた。

　ふたりの宦官が、驚き固まる遊圭の肩を両側から押さえつけた。

「何をすっ」

　抵抗の声を、右側の宦官が白い掌でふさいだ。

「野獣や死人にも化けられる、特殊な化粧術を誇る鐘鼓司《しょうこし》の俳優たちだ。そなたが大家《ターチャ》の閨《ねや》に侍《はべ》ることのできない理由をこしらえてくれる。公の場で、顔も声を出さずにすむ理由もな」

　玄月が目で合図をすると、左側の宦官が押さえつけられた遊圭の衿《えり》に手をかけた。

「胸までは開くな。鎖骨あたりからでよかろう。首から左耳の下あたり、頬に少しかかるくらいがいい。あまり醜くすると、逆に大家が深く同情なさってしまう」

　三番目の宦官が筆を持ち上げ、ぬちゃり、と生温かい粘液を遊圭の首に塗りつける。薄く塗っては乾かし、何度も塗り重ねてゆく。粘液が乾いて、皮膚を引っ張りつつ固まっていく感触が気持ち悪い。鼻をつく獣臭さから膠《にかわ》水の糊《のり》と推測できた。

　宦官はさらに、いくつか小皿を並べて色を溶かし練りはじめる。左右の宦官は遊圭が身動きできないよう押さえつけた。その理由はすぐにわかった。糊を塗られたところがかゆくなってきたからだ。じっとしていられない。

「自分で剝《は》がしてしまうことはないか」

　玄月が訊《たず》ねる。色を溶いていた宦官は、鳥のさえずりにも似た柔らかな声で返答する。

「簡単には落ちませんが、糊が肌に合わず、自分で剝がしたくなるほど痒《かゆ》みがひどければ、肌も無事ではすみません」

「いっそ、本当に火傷《やけど》していれば、こんな手間は省けたものを」

含み笑いをしながらの言い草は、本気で言っているとしか思えない。遊圭の背筋に悪寒が走る。

化粧役の宦官は、遊圭の耳たぶから首、頰と固められた糊に、色を溶いた膠水を塗り重ねる。赤と紫、黒ずんだ桃色。遊圭の頭上で、爛《ただ》れひきつれた皮膚の質感について左右から意見を交わし合い、議論をかわす。

作業を終えた宦官は、遊圭に痒みを我慢できるかと訊ねた。遊圭が力なく首を横に振ると、染料が完全に乾くまでは、触れたり爪で搔《か》いたりしないよう、両手に布をかぶせて巻いておくといいと玄月に助言する。

終わったかと遊圭がひと息ついたのも束の間、右側の宦官が遊圭の髪をつかみ、左側の宦官が懐から小刀を取り出した。

遊圭は本当に宦官にされるのかと肝を潰《つぶ》した。

「いやだっ」

「落ち着け。髪を切るだけだ」

玄月の愉快そうな口調はまったく救いにならない。

「なんのためにっ？」

「顔を火傷したのだぞ。髪が無事なわけがないだろう。それに髪が結えなければ、貴人の前でも被布をとらずにすむ。そなたの農民の出にしては気位の高い、生意気な目つきに気づかれる心配を減らせるではないか」

なぜ先に説明しないのかと、反論できない遊圭は歯噛《はが》みをする。

言われてみれば合理的なことでも、情報を制限し、いきなり強いることで遊圭を驚き慌てさせ、怖がらせるのが玄月の目的なのだ。

宦官《かんがん》がふたりがかりで、腰まで届く遊圭の髪を、首の生えぎわからいく束もの房に結び分けた。ざり、ざりと、ひと房ごとに髪に小刀を入れられる感触が頭皮に伝わってくる。

とうとう、髪を伸ばし始めた幼児のように、すべての髪を顎の長さにざっくりと切り落とされてしまった。これでは、男に戻れたとしても、髻《もとどり》も結えず冠もかぶれない。髪を小箱にしまってゆく宦官たちの丁寧な手つきを、遊圭は呆然《ぼうぜん》と眺めた。

もっとも無口であった宦官が、うれしそうに玄月に礼を言った。

「なかなか手に入らない上物です。髪の色艶《いろつや》が最も美しいときは、女も盛りですからなかなか切らせてくれません。金欲しさに髪を売る女は、見た目をかまう余裕もありませんから手入れも足りず、いまひとつ色艶にかける。これなら舞台用に良い鬘《かつら》が作れます」

新作の鬘について、ほくほくと語り合いながら三人の宦官が出て行っても、遊圭は怒りでものが言えなかった。絶えず滲《にじ》み出る悔し涙を袖で押さえる。

「明朝、謁見用の衣裳《いしょう》を持たせて、明々を寄こす。明々には、これまでそなたが隔離されていた理由は、専門の瘍医《ようい》を必要とする火傷の治療のためだと伝えてある。本当のことは知らせず、話を合わせておけ。明々が心からそなたを心配し庇《かば》うほどに、李薫藤の負傷は信憑性《しんぴょうせい》を増し、そなたの秘密に気づく者はいないだろう」

遊圭は首と頬の痒みをこらえつつ、演技でなくかすれた声で言い返した。

「明々を騙《だま》すことなんて、できません。明々はあなたが思うより、勘がいいんです」

「謁見の間だけでも、明々がそう信じてそなたを気遣えば、大家《ターチャ》と周囲の連中を欺くことができる。それだけで十分だ」

玄月は、不安げな眼差《まなざ》しをさまよわせる遊圭の前に立ち、細い喉《のど》に人差し指を当てた。遊圭は反射的に身を引くが、椅子の背もたれに阻まれる。

「まだ兆しは現れてはいない。しかし、いつ顕《あきら》かになるかわからぬ。これから暑くなるのに、首に布を巻く口実がそろそろ必要でもあった。人間は、目に映るものに騙される。そなたの喉に火傷のあとを見れば、喉の内側も傷ついて男のような声を発するものだと信じる」

玄月なりに対策を考え講じていたのはわかるが、説明もせずに無理やりというのが納得できない。状況もわからず何をされるかわからない立場に置いて、怯《おび》える遊圭を見て愉《たの》しんでいるようにしか見えず、実際にそうなのだから始末が悪い。

玄月は、自分が永遠に失ったものを、当然の権利として持ち合わせる遊圭に嫌悪感が抑えられないのだろう。にもかかわらず遊圭の安全と秘密を守るべき立場であるために、憂さを晴らせる嫌がらせの機会は最大限利用するのだ。

そのことが頭ではわかっていても、遊圭はいつまでも慣れることができない

「せっかくの災難だ。禍《わざわい》転じて福となせば、そなたも生き延びやすかろう。火傷の偽《にせ》痕《あと》は痒くても我慢しろ。そうすれば、そなたが痛みゆえにつらそうな顔をしているものとひとは勘違いする。それで明日、女として大家《ターチャ》を騙し通すことができれば、当分は誰にも疑われずにすむ」

部屋にひとり残された遊圭は、何度も枕を壁にぶつけて憤懣《ふんまん》をやり過ごした。縫い目がほつれ、中の真綿が飛び出してきてようやく、明日には明々に会えることに心の慰めを見出《みいだ》した。

翌朝、勢いよく扉を開けて飛び込んできた明々は、襦裙《じゅくん》に褙子《はいし》を羽織ってたたずむ遊圭を見るなり、顔中をくしゃくしゃにして泣きながら抱きついてきた。明々の勢いを受け損ねた遊圭は、そのまま重なり合って寝台に倒れ込んでしまう。

「遊々ぅ。ごめん。助けに戻れなくて。熱かったでしょう。痛かったでしょう、苦しかったでしょう」

この後の謁見のために施した化粧が、すべて涙で流れ落ちてしまう激しさで、明々は謝罪を繰り返し、怪我を見せろとすがりつく。頭巾《ずきん》の下から、ちらとのぞかせた火傷痕

は醜怪な引き攣《つ》れと色合いをしており、明々はいっそう激しく泣きだした。

「ごめんなさい、ごめんなさい。つらかったでしょう。ひとりにしてごめんなさい」

遊圭の不幸はすべて自分の責任だとでもいうように、明々は泣き止まない。何日も会えなかった明々の、元気そうな顔を見ることのできた嬉《うれ》しさと、明々を欺くことの耐え難い痛みが混ざり合い、遊圭はいまにも叫びだしそうだ。

明々に続いて入ってきた玄月の鋭い眼差しに逆らうこともできず、遊圭は「いまはもう痒いだけだから、たいしたことないから」と、そこだけは真実の言葉を、明々にささやくのが精いっぱいだった。

平凡な人間を絶世の美女から老人、そして物《もの》の怪《け》、醜悪な傷痕《きずあと》まで特殊な細工化粧をこなす鐘鼓司の技は完璧《かんぺき》で、明々は凸凹した遊圭の赤黒い頬を痛ましげに撫《な》でては、次から次へと涙をこぼす。

「そのうち色が薄れてくれれば、化粧でごまかせる程度のものだ。それより、支度を急げ」

玄月に急《せ》かされた明々は、がばりと跳ね起きた。泣き腫《は》らした目尻《めじり》をきっと吊り上げて、玄月に詰め寄る。

「どうして私に看病させてくれなかったんですか！」

遊圭は明々の袖《そで》を押さえた。いまここで争っても仕方がない。髪まで切られたことを知って、ますます激しく玄月を罵《ののし》る明々を、遊圭は心を込めてなだめた。

「明々、話はあとだ。いまは帝《みかど》に会って進退をはっきりさせることを考えなくちゃ」

明々はきりっと唇を噛《か》むと、玄月を一瞥《いちべつ》し、遊圭の支度を整え始めた。皇帝にまみえるのに、火傷を隠す必要はないと言われた明々は不服そうであったが、その方が都合がよいのだと説得されてしぶしぶと従う。せめてもと、きれいな右側に美しく化粧を施す。

一歩下がって仕上がりを確認した明々は、納得したようにため息をつく。遊圭は鏡をのぞきこんでも、それが自分だという実感がわかない。しばらく素顔と洗いざらしの古い宦官服だったせいか、ふたたび女装に戻れる自信はなかった。しかし、鏡に映るのは、背の高いほっそりとした姿のよい女官で、顔の左半分は影になっているが、右側は文句なく品のある理知的な顔立ちが良家の令嬢らしい。

淡い桃色から紫を基調にした曲裾袍《きょくきょほう》が、とてもよく似合っていた。

覆いのある箱型の輿《こし》に揺られて、皇帝の宮殿へと向かう。

道々、明々は遊圭の療養先が秘密にされていた間のことを話してくれた。明々は旧来の主人であった蔡才人《さいさいじん》のところに預けられ、毎日双六《すごろく》の相手をさせられていたという。

「もう、全然勝てなくて。このまま遊々に会えなかったら、せっかく貯《た》めたお金を全部すっちゃうんじゃないかと思ったわ」

世婦《せいふ》の位にある内官、蔡才人は後宮の寵《ちょう》争いには全く興味がない。実家の扱う化粧品を後宮の女官たちに売り、双六賭博《とばく》で貯蓄に励んでいる。遊圭の手ほどきでさらに双六に強くなった蔡才人だが、遊圭の療養中に明々に賭博を教え、金を巻き上げていたとは。

蔡才人は遊圭の居場所に関しては言を左右にして教えてくれず、数日おきに訪れる玄月と小声で話し合っては、遊圭は無事だと告げるばかりだった。火災の原因がわかるまで『李薫藤』を逆恨みしている者たちを警戒している、特に明々は見張られているかもしれないと言われれば、黙って待つほかになかった。

「そういえば、わたしたちが脱走した件で、蔡才人にはお咎《とが》めがなかったのかな」

いまさらながら、やたらと厄介ごとを引き寄せてしまう遊圭と明々を、面倒がらずに引き受けてくれる蔡才人の度量に感心させられる。

「脱走のことは、玄月さんがうまく揉《も》み消してくれたからね」

遊圭と明々を乗せた二台の輿は紫微宮《しびきゅう》の本殿の前につけられた。

本来は、逃亡罪に問われている宮官を、皇帝自らが取調べることなどあり得ない。あり得たとしても、宮殿の右翼に位置する内閣書院《ないかくしょいん》といった、内廷《ないてい》における公の場において、幹部や刑司《けいし》の宦官《かんがん》を集めた前での申し開きであるべきであった。

それが、いきなり本殿に上がるように言われたので、遊圭たちは戸惑ってしまった。

玄月に導かれて居間に通される。驚いたことに、控えていたのは皇帝の近侍《きんじ》ばかりで、玄月の父、陶名聞《とうめいぶん》など重職にある宦官の顔は見当たらない。

一行の到着を知らされた陽元が、奥から出てきた。頭には略式の冠、淡黄色の曲裾袍に黄土色の帯といった、簡素ないでたちだ。陽元が部屋着で姿を現したことは、玄月にとっても意外だったらしい。拝跪《はいき》叩頭《こうとう》のために膝《ひざ》を折るのを忘れて陽元を見つめている。

「待ちかねたぞ」

着席し、朗らかに迎える陽元の笑みに、我に返った玄月が膝をついた。遊圭と明々も玄月にならって拝跪する。

「三人とも、面を上げよ」

命令の重厚さとは裏腹に、陽元は手にした笏《しゃく》を落ち着きなく左右に揺らした。いつの間にか、近侍たちは陽元と遊圭たちの声の届かない居間の隅へと移動していた。

玄月が口上を述べようとするのを、笏をもって押しとどめる。

「今回のことは、私の勇み足であった。李薫藤が、まだ十五にもなっておらなかったのを考慮せずに内官を命じたのは、こちらの責である。かといって、一度口にしたことを容易に覆すのも皇帝にあるまじきことと、側近どもがうるさいからな。内官への昇進は李薫藤が成人を迎えるまで保留とする」

闊達《かったつ》な笑みとともに、それだけを一気に話し終える。脱走に関しては不問ということらしい。玄月がまばたきをして念を押した。

「しかし、大家《ターチャ》。それでよろしいのですか」

「なんだ、不満か。いつも『過ちては改むるに憚《はばか》ること勿《な》かれ』などと、うるさいのは紹のほうではないか。『君子は豹変《ひょうへん》す』とは、このことだな」

そう自画自賛して得意そうに笑い、被布《ひふ》を顔に垂らした遊圭を不思議そうに見つめる。

「どうして布をとらぬ」

玄月が代わりに答える。

「李薫藤は、養生院が炎上したおりに、顔に火傷《やけど》を負いました。大家《ターチャ》の御前でうら若い娘が傷を晒《さら》すのも気の毒かと、被布を許可しました」

「なんだと。どういうことだ。いや、怪我をしたというのは聞いていたが」

陽元はびっくりして立ち上がった。被布をあげて見せるように促され、遊圭は被布の先を摘《つま》んで、隠しきれずにはみ出した頬の偽痕《にせあと》をちらりと見せた。

心から痛ましげに顔を歪《ゆが》ませる陽元に、遊圭は罪悪感でいたたまれない。

陽元が初めから遊圭たちの申し開きも必要とせず、嬪《ひん》への昇進を保留にするつもりであるとわかっていれば、要らない小細工であった。あるいは今後、怪しまれずに後宮に居続けるためには必要な変装と口実かもしれないが、皇帝に対してまで玄月と共犯して小さな嘘を重ねることは、遊圭にとってはひどく恐ろしく感じられる。

陽元はわざわざ席を立って遊圭の前まで来た。膝をかがめ、骨太の逞《たくま》しい手を伸ばして被布を持ち上げる。遊圭は作り物の火傷痕を見破られるのではと、冷や汗を流す。

陽元の声から朗らかさが消え、おそろしくまじめな硬い口調となる。

「養生院の火災は、刑司の李万局丞《りまんきよくじよう》は失火であろうと言っていたが、紹はそうは考えてはいないのだったな」

「御意。旺元皇子と、香蘭公主の行方もいまだにつかめておりません」

陽元の眉間《みけん》にしわが寄る。

「旺元本人が後宮に潜入していることは、考えられぬか」

皇族であれば、遊圭が知り得た暗渠《あんきょ》や抜け道の知識があっても不思議ではない。

「充分に考えられます。優しい顔立ちの小柄な方でございますので、ひげを剃《そ》れば宦官を装うこともできましょう。呉俊信《ごしゅんしん》の門下に図れば、後宮に入り込むことは可能かと」

ふむ、と息を吐いて、陽元は遊圭たちがまだ膝をついたままであったことに気がついた。近侍の宦官を呼びよせ、椅子を勧めさせる。

「李姉妹には、とんだ巻き添えを食わせてしまったな。郷里に帰るのが望みだと聞いたが、しばらくは無理と思ってくれ。養生院の件を思えば、後宮が安全とも言い難いが、目の届くところにいてくれれば、すぐに対応できる。護衛も増やそう。ところで、先の弾劾裁判の功労にまだ報いてなかった。退官したいという希望は保留しておくが、そのほかに何か叶《かな》えて欲しい望みはあるか」

椅子に腰を下ろした遊圭は、恐る恐る口を開いた。

「ひとつ、あります」

緊張のあまり、演技でなく声がかすれる。遊圭のか細い声を聞き取ろうと、陽元が身を乗り出した。

「外戚《がいせき》族滅法を廃止することは、できますか」

あまりに唐突で、直截《ちょくせつ》だったかもしれない。

だが、暗渠の蓋《ふた》を破壊し、錦衣兵《きんいへい》まで動員した宮官の脱走騒ぎを、皇帝の一存でいとも簡単に不問にしてしまえるのなら、一代に一度か二度きりの法律もまた、陽元の一声でなくしてしまえるのではないかと、遊圭は思ってしまったのだ。

「何と言った？」

ついさっきまで気さくに話しかけてきた陽元が、おそろしく真剣な表情で聞き返す。まさに目の前で豹変されたことに、遊圭の心臓は喉元《のどもと》まで跳ね上がる。

「あ、いえ。前《さき》の皇太后さまが、あのようなことを企《たくら》まれたのは、族滅法があったせいではないかと思いまして。族滅法さえなければ、麗華《れいか》公主さまもお悲しみになることはなかったのではと……。同じ悲劇が繰り返されぬよう、族滅法がなければ良いと、ずっと病の床で考えておりました」

息も絶え絶えに、遊圭は言葉をつぎはぎしてそれらしい口実を並べた。麗華をだしにしてしまった罪悪感を嚙み締めつつ。

陽元は笏の先で自分の額を撫《な》で、嘆息した。麗華のことを突かれると弱いらしい。

「外戚族滅法は、太祖《たいそ》の定めた法であり、かつ国法だ。私の家庭である後宮内の理《ことわり》を、家長である私がどうこうするのとわけが違う」

助言を求めるかのように横目で玄月を流し見て、陽元はふたたび嘆息した。希望を言下に折り取られた遊圭は、がっかりしてうつむいた。

「だめ、ですか。帝《みかど》のお力をもってしても」

落胆する遊圭に、陽元は憂い顔になる。手の中で笏をもてあそびつつ、ふたたび玄月に視線を向ける。玄月が発言しないので、陽元は思い切ったように話を続けた。

「御嫡母様《ごちゃくぼ》が、あのような陰謀に走った悪因が族滅法にあるのではと、私も考えた。外戚がいようといまいと、李徳《りとく》のように、外戚なき国母《こくも》を取り込んで利を得ようとするやからがあとを絶たないことも、な」

賛同を示す陽元に、遊圭はほのかな希望を見た。しかし、ゆるみかけた口元が、陽元の鋭い眼差《まなざ》しに固まってしまう。

「私は、三代目だ」

わかりきったことを重々しく告白する。さりげなく周囲を見回し、近侍たちが持ち場を離れてないことを確認してから、遊圭たちに視線を戻した。

「ここ二百年、中原《ちゅうげん》を制覇した帝国はみな三代で滅んでいる。それも外戚の専横によってだ。そのことは知っているか」

遊圭はうなずいた。なかには皇位を簒奪《さんだつ》し何年も内乱を招いた外戚もいた。それゆえ、金椛《ジンファ》帝国の太祖は外戚族滅法を定めたのだ。

陽元は居住まいをただし、身を乗り出した。

「私は即位して二年も経っていない。しかもようやく二十歳になろうという若輩だ。皇帝とはいえ、慣例に従えば、あと二年は摂政を必要とする身である。その私が、摂政たる皇太后を廃し、私が生まれる前より朝廷に仕えてきた兵部尚書《へいぶしょうしょ》を弾劾した。心の内では弾劾された李徳に同情し、豎子《じゅし》に過ぎぬ私に反感を抱いた者もいるかもしれない。あるいは、うしろ暗いところのある者は、次は自分が痛い腹を探られるのではと戦々恐々としていることだろう。かれらが疑心暗鬼となり、窮鼠《きゅうそ》猫を噛《か》むような行動に出ぬよう、私としては政務に関与するにあたって、薄氷を踏んで進むが如く、非常に注意深くならねばならぬ。特に太祖のご遺志をないがしろにすると受け取られかねない、国法の撤廃という挙動は慎むべきであろう」

感情を隠さず、思ったことを口に出す、闊達《かったつ》で奔放な印象を与える陽元だが、宮廷の中心で育っただけの用心は具《そな》わっているらしい。政治や政争のこととなると、ひとが変わったように言葉が重く、瞳《ひとみ》には鋭い光が宿る。

「また、外戚族滅法を廃止した場合、皇子を擁する妃《きさき》とその親族は皇位を求めて運動を始めるだろう。皇族を戴《いただ》き、行政軍事の実権を握る官僚たちが後宮に手を伸ばせば、玲玉と翔も、そして私自身も、政争の堤防となる外戚を持たない」

遊圭と明々に聞かせながら、言葉の区切りごとに玄月の顔に目をやる。まるでどこまで話すべきかを、玄月に確認しながら進めているようであった。遊圭は玄月の横顔を盗み見た。この場のやりとりにはまったく無関心であるかのように、その秀麗な面にはなんの感情も表れていない。陽元は何を合図としているのだろう。

「つまり、族滅法をいま廃したところで、だれも得をしない。しかし、そなたが麗華を気遣い、この国の将来を慮《おもんぱか》ってくれたことは、礼を言おう。なにか、他に望みはないか」

遊圭は、肺を患っていたときに見ていた夢の中に、引き戻されていくような錯覚を覚えた。底のない闇の沼に、ずるずると引き込まれていくあの夢だ。どこにも行き場のない、後宮という深淵《しんえん》に呑《の》み込まれていく自分。

つい無意識に、玄月の横顔に視線がいく。まるで助け船でも期待しているかのように。そのことに気づいた遊圭は、気を取り直し必死で頭を働かせた。

玲玉を守る親族がいないまま族滅法を廃止すれば、ほかの皇族の外戚が入り込んで玲玉の立場が危うくなる。その可能性を、遊圭は考えつかなかった。

玲玉の安全を思えば、自分が日陰者として生きていけばそれですむことかもしれない。だが、息子の夭折《ようせつ》で皇后の位を危うくした永娥娘と似たような不幸や、彼女の孤独につけこんだ李徳のごとき野心家が現れることが、この先ないとは限らない。玲玉や翔を守る砦《とりで》としての外戚なら、ここにひとりいるではないか。すでにその身を張って、玲玉を亡き者にしようとした一味を葬り去ることに、一役買った自分が。

だが、いまここで自分の正体を明かすことが遊圭にとって有利かどうか、判断できかねた。国法をもっとも遵守せねばならない立場にある陽元が、先帝に殉ずるべき一族の生き残りが目の前にいると知ったら、どのような反応をするのだろう。

国政において、感傷や人情に流された決断をしないために、天子となるべき者は希薄な家族関係に置かれて育てられる。向かい合えば闊達《かったつ》で気さくな陽元だが、胸に抱いた疑惑を悟られることなく永娥娘に孝養を尽くし、ぎりぎりのところで渡り合って生き延びた若者だ。

陽元に信用されている玄月でさえ、遊圭の秘密を隠し通すため、顔に傷痕《きずあと》の偽装まで思いついたのだ。都合の悪い真実はできるだけ包み隠し、慎重に慎重を重ねるに越したことはない。

迷いに迷う遊圭を、ねだる褒美も思いつかない無欲な少女と受け取った陽元は、目尻《めじり》を下げた気のいい笑みを浮かべる。

「ゆっくり考えるがいい。どのみち、後宮内外に潜む李家の残党が一掃されるまで、そなたらには不自由させることになる。のんびりと火傷《やけど》の治療をするといい。痕が残らぬよう、優秀な瘍医《ようい》を手配させてもよいな。紹」

唐突に名指された玄月は、その白蠟《はくろう》のような肌の下で何を思っているのかはともかく、ひと言「御意」と返して頭を下げる。

「あ、望みは、あります」

うわずった甲高い声を出したのは、明々だった。三人の視線が一斉に自分に向けられたことに萎縮《いしゅく》して首をすくめた明々だが、陽元に促されてどぎまぎと言葉を継いだ。

「医薬の勉強を、続けたいんですけど」

陽元は面白い冗談を聞いたかのように、歯を見せて笑った。

「明々は、医者になりたいのか」

皇帝に問われて、明々の顔がぱっと明るく輝く。

「私の生まれた村には、お医者さんがいないんです。だから、故郷に帰れたら遊々と診療所が開きたくて。あ、診療所を建てる資金なんかもご褒美に含まれていたら、もっとうれしいです」

遊圭は驚いて明々の横顔を見つめた。

外戚族滅法の廃止について葛藤《かっとう》する遊圭の横で、空気のように黙り込んでいた明々が、生き生きと未来の夢を語りだす。

陽元が笑い声をあげた。

「女が医師を務める診療所とは。前代未聞だな」

「でも、遊々は試験に受かったんですよ！」

明々は、遊圭が男子であることは横に置いて強く主張する。

「あの医生官試験は、長生宮に女医生を送り込むための方便であったから、臨時であったし、かなり点数は甘くしたのではなかったか。紹」

先ほどまでの、遊圭の緊張と不安が一瞬にして蒸発した。女官の医生官試験はいかさまであったという馬延の言葉が耳に蘇《よみがえ》って、頬から耳元へふつふつと熱い血がのぼってくる。喉《のど》がからからに渇いてひきつりそうだ。

よく考える前に、遊圭は顔を上げて陽元の顔をまともに見つめた。

「女は医師になれないということですか。医生講の女官たちは、正規の医師になるため、必死で勉強してきたのに！」

試験に通っていようがいまいが、胡娘は十歳まで生きられないといわれていた遊圭を育て上げた。つい最近も肺炎で死線をさまよっていた遊圭を治してくれたではないか。本人は薬師だと言い張るが、ひとを癒す知識と意欲を持った胡娘が、医師でなくてなんだというのだ。

「女が正規の医生官試験を突破するのは、族滅法を廃するのと同じくらい、不可能なことではないか」

陽元はしたり顔で断言した。同列に語るにはまったく異質な案件ではあるが、遊圭はわずかに光の射し込んだ突破口を逃すまいと食いついた。

「この世に不可抗力はあっても、不可能なことはありません。あるとしたら、それを成さねばならない者が、能力の欠如を認めたくない言い訳に過ぎません。わたしたちが正規の医生官試験に受かったら、陛下も族滅法を廃する勅命を出していただけますか」

遊圭は明々の怯《おび》えた顔も、玄月の興味深そうな目つきにも注意を払わない。被布の下から上目遣いにのぞく遊圭の挑戦的な眼差しを、陽元は目を細めて見つめ返した。

「面白い。だが、そなたらが医生官試験に受からなければどうする」

「受かってみせます」

遊圭は試験に落ちることなど、思いもしないようだ。

明々は、自分も医生官試験に合格しなければならないのかと、大いに焦って遊圭と陽元の顔を交互に見比べた。挑発しあう少年と青年の間に割り込めるのはただひとりと、美貌《びぼう》の宦官《かんがん》に救いを求めて目配せをするが、玄月はむしろこの展開を面白がっているようだ。薄い唇が生まれたての繊月《せんげつ》のように細い弧を描いている。

陽元は右手の笏《しゃく》で左の掌《てのひら》をパンと叩《たた》いて豪快に笑った。

「よろしい。男学生と同じ本試験を受けて女医生が誕生したときは、外戚《がいせき》族滅法を廃止しよう。だが、そなたらが試験に通らなければ、そのときはおとなしく内官に上がるといい。姉妹ともに嬪宮《ひんきゅう》を授けよう。そうなっても、決して逃げ出したり、まして自害を試みることは許さぬ。何かあれば、郷里の村人すべてが罰を受けると心得るのだな」


皇帝の宮を辞してのち、遊圭は輿《こし》に揺られながら明々に罵《のの》られ続けていた。

「なんで私まで試験を受けないといけないの？　なんで帝《みかど》に逆らうのよ！」

そもそも明々の発言が巻き起こした難題なのだが、そのことはすでに念頭から去っているようだ。ずっと黙っていた遊圭は、ついにたまりかねて言い返した。

「医生官試験そのものは、丸暗記でなんとかなる！」

薬医学の教育機関である太医署に入学し、正規の医生になるには、医経《いけい》四巻を通読し筆記試験に合格しなくてはならない。太医署では基礎の座学と並行して、臨床や実践を学ぶことになるため、基礎的な学問や知識は独学で身につけなければならなかった。

「だからって！　なんで私まで太医署に通わなくちゃいけないのよ」

明々は泣き声を上げた。

医生を志す書生たちには、受験準備のために太医署において予備講座で学ぶことが許されている。医経を通読していれば問題のない試験のはずだが、自己の解釈を確認できる講義と、下書き論文の添削なくして、試験合格は望めない。太医署の業務だけでも忙しい男性の医学博士が、後宮内に日参して講義を行えない以上、女官たちが男子学生に交じって太医署の予備学に通うしかないのだ。

男女が同じ場所で学問をするなど、それこそ前代未聞の椿事《ちんじ》である。癇癪《かんしゃく》を起こしている明々から目を逸らした遊圭だが、不機嫌の気《オーラ》を全身から発散させている玄月が視界に入ってさらにげんなりする。

皇太后派の残党狩りがはかばかしくない上に、その残党に命を狙われている可能性のある遊圭が、後宮と太医署を行き来するとなると、護衛の手配や監視のために、玄月の仕事が増えてしまうからだろう。

遊圭の視線を感じ取った玄月が、顔だけをこちらに向けて皮肉な笑みを浮かべた。

「試験に落ちたときは、大家《ターチャ》の閨《ねや》に侍《はべ》る覚悟はできているわけだな」

男とばれて首を飛ばされる覚悟など、あるはずがない。

「落ちませんよ。絶対に」

「そなただけではない。明々も合格せねばならないのだぞ」

「わたしは、明々とわたしが合格すれば、とは申し上げませんでした」

玄月の瞳《ひとみ》から小馬鹿にしたような光が消える。遊圭は輿の窓から顔を出した。

「そのことで、玄月どのに相談したいことが、あるのですが」

遊圭は急に口調を改め、玄月に対して下手に出た。玄月は先を促すように遊圭の輿に歩調を合わせる。

「医生講に出席していた女官たちは、どうしてますか」

五、男女不同席

「遊々！　明々！　無事だったのね！」

医生講の女官たちがいっせいに遊圭に駆け寄ってきた。歓声を上げて迎える彼女らに、遊圭はむしろ面食らってしまう。

医生候補として後宮中から才女が集められた当初、遊圭は明々の女童にすぎなかった。正規の宮官《きゅうかん》でもないのに玄月に選ばれ、最年少で医生官試験にただひとり合格した遊圭に、好意的な女官ばかりではなかったからだ。

遊圭もまた、女装がばれるのを懼《おそ》れて彼女たちから距離をとっていたこともあり、とくに仲良くしていた女官もいなかった。それにもかかわらず、全員の顔もよく覚えていなかった遊圭の帰還を、彼女たちは喜んでくれている。

思えば、李徳の弾劾裁判にかかわったのが厳冬のころ。それから脱走未遂、養生院で闘病、火災に巻き込まれさらに療養が続き、気がつけば春も盛りだ。

三か月近く彼女たちに顔を見せず心配させていたことに、遊圭は申し訳なさとありがたい思いで、言葉をつっかえさせながら礼を言った。

遊圭が被布をとらない理由を知った医生講の女官たちには、遊圭の可憐《かれん》な容貌《ようぼう》を惜しみ同情して泣き出す者もいた。

「頭の中身は無事なんでしょう？　髪はまた伸びるし、傷が残ったって、医薬の知識と技さえしっかり身につけていれば、誰にも貶《おとし》められたりはしないから！」

候補生たちの主導格でもある周秀琴《しゅうしゅうきん》が、励ましの声をかける。

「美醜なんて、どうせ男に縁のない私たちには関係のないことだわ。まして遊々は後宮から逃げ出すほど、帝のおそばに上がるのもお断りだったんだし」

合いの手を入れるのは秀琴の妹分、周秀芳《しゅうしゅうほう》だ。このふたりは姓は同じで名前も似ているのだが、赤の他人である。しかし、医生講で初めて知り合った彼女たちは、顔立ちもよく似ていて馬も合った。どこかで縁がつながっていると信じて義姉妹《ぎきょうだい》の契りを交わし、周囲からは秀琴は秀姉《しゅうし》、秀芳は秀妹《しゅうまい》と呼ばれて親しまれている。医生講を実質切り盛りしているのはこのふたりだ。

髪型も化粧の仕方もそっくりなので、遊圭には正直なところ見分けがつかない。だが、次の医生官試験の準備に、誰よりも真剣なのが秀琴と秀芳であった。

秀琴は商家の出身で計数に巧みであり、秀芳は豪農の生まれで、兄弟から国士《こくし》を出している。どちらも教育水準の高い家で育ち、学問を好んだ。

「あら、遊々が脱走したのは、帝に抗議するためじゃなかったの？　女性初の医生官、このままいけば女性初の医官になって、末は女博士か侍御医《じぎょい》という逸材を無駄に散らしてしまおうなんて、いくら帝でも横暴すぎるわ」

秀琴が言い返し、秀芳がうなずき返す。

「帝のお気まぐれぶりは、皇太子時代から有名ですものね」

もはやどっちがしゃべっているのか、遊圭にはわからなくなっていたが、医生官試験に受かるとしたらこのふたりだ。無駄話を切り上げて大事な計画を打ち明けなくてはならない。

「お姐《ねえ》さんたちに、聞いていただきたいことがあるのですが」

皇帝を始め、太医署《たいいしょ》の医師たちは、女が医官になれるとは本気で思ってはいないこと、次の医生官試験で誰も合格者が出なければ、この女官のための医生講は解散させられてしまう、ということを語り始める。

これはあながち嘘ではなかった。そもそもの発端が、新規の女官も宦官も受け入れようとしない皇太后の長生宮《ちょうせいきゅう》に、新人女官を送り込む口実の女医生育成であった。皇太后の陰謀が暴かれたのち、費用や手間のかかる女医生の教育を続ける意味は、少なくとも皇帝側にはない。もちろん、遊圭はそんな裏事情は話せない。まして、陽元と交わした取引についても、族滅法とはなんの関係もない彼女たちを巻き込んでの賭《か》けだとは、口が裂けても言えない。

出自を隠し、性別を偽って生きるということは、嘘をつき続けるということだ。目的を果たすために他者の助けを必要とするときでも、正直に事情を打ち明けて協力を求めることもできない。

遊圭は積み重ねられていく嘘に、ほとほと嫌気がさしていた。まるで自分の存在そのものが嘘であるかのような気がしている。実際、李遊々という名の人間が嘘だ。

できるなら、この『正規の医生官試験を突破した最初の女官〈たちのひとり〉』という大きな嘘を最後に、陽元に外戚族滅法の廃止を認めさせ、星遊圭という人間に戻って、叔母《おば》の前に立ちたいと思う。陽元と玲玉が外戚の存在を不吉と思うならば、帝都から出て行って二度と宮廷にかかわることはないであろうし、翔を守るための盾となることを求められるのなら、ここに留《とど》まって星家を再興してみせる。

「でも、五日に一度の、それもやる気のない助教の講義では、難関の試験を突破するのは無理なんじゃないかしら」

遊圭よりもずっと年上だけあって、秀琴たちは現実の限界を把握していた。

「実は、わたしが医生官試験に合格できたのも、麗華公主の診察をする女官が早急に必要だったために、本来の試験よりは採点を甘くしてあったとも、帝に言われました」

女たちは顔を見合わせ、憤慨の声を上げた。

「公主さまがお元気になったうえに、皇太后の庇護《ひご》をなくされたから、遊々を内官にするおつもりなのかしら」

「ひどいわ。私たちはどうなるの」

遊圭はひと息ついて、本題に入る。

「わたしは、帝《みかど》にこう申し上げました。女にも学問に才のある人間はいます。男と同じように機会を与えられれば、医生官試験に合格することはできますと」

「どういうこと？」

秀琴と秀芳は顔を見合わせた。明々がいそいそと膝《ひざ》を進めて口を添える。

「私たち、太医署の予備講座を受けさせてもらえるのです。秋の試験日まで予備学に毎日通えて、博士に論文の指導までしてもらえるのですよ」

合格する女官が、明々である必要はないと諭されてから、読み書きに優れた女官たちを説き伏せる役に協力的である。

「太医署の、予備講座に出られるの？」

「現職の医学博士に教えてもらえるの？」

「やる気のない万年助教や宦官《かんがん》医でなくて？」

一瞬瞳を輝かせた秀琴たちだが、すぐに顔を曇らせる。

「でも、それって、後宮の外よね、私たち、ここから出て行けないのよ。それに、太医署って男のひとたちがいっぱい」

全員が不安な顔を見合わせ、押し黙る。

「陶局丞《とうきょくじょう》が、本気で医師になりたい者がいるならば、護衛の娘子兵《じょうしへい》と送り迎えの宦官を、毎日つけてくださるとお約束してくださいました」

秀芳が、唖然《あぜん》として遊圭の顔を見つめる。

「でも、どうやって私たちが太医署に通える許可を帝にいただいたの？」

「嬪《ひん》を辞退して逃げ出した理由を問われましたので、医師になりたいのだと申し上げました。すると女が医師になれるはずがないとお笑いになるので、学問をするのに男も女も関係ありませんと。そしたら、証明してみせろと仰せになって。まあ、売り言葉に買い言葉ですね」

「帝を相手に、売り言葉に買い言葉」

ふたりとも遊圭の言ったことを鸚鵡《おうむ》返《がえ》しにつぶやき、かぶりを振った。

「じゃあ、遊々がもう一度、殿方たちと同じ医生官試験を受けて、合格すれば、女医生講は存続するわけね」

「いえ、わたしひとりではだめです。皆さまのうち、できるだけ多くの女官が、正規の医生とならなければ、あとが続きません」

話を聞いていた周りの女官たちは、不安げに互いの顔を見合わせ、あるいは床に視線を落として考え込む。いまのゆるやかな講義でさえ、ついていけずに悩んでいる者は、ぼんやりとあさっての方向を眺めている。

「私、乗るわ！」

秀芳が両手を握り締めて叫んだ。

「私は子どものころ、国士太学《こくしたいがく》に進まれたお兄さまより文字を覚えるのは早かったのよ。読んだ書も、ずっと多かったし、詩作だって上手だったのに。女は童試《どうし》を受けられず、持ち込まれる縁談は、親の土地にあぐらをかいて女を見下すくせに、字もろくにかけない頭の悪い匹夫《ひっぷ》ばかり。私はそれが嫌で後宮にやってきたのよ。遊々の言うとおり、学問に男も女もないわ。男子にも難関の医生官試験、見事受かってみせて、落ちた男子どもを笑ってやりましょう」

　秀琴は苦笑してうなずいた。

「世間では、女が教養を積むのは自分の才を活《い》かすためでなく、その知識でわが息子を教育して国士太学に入れるためだって、誰も疑わないんですものね」

　女に学があるのは結婚に有利ではあるが、それは女性が自立するためでも尊敬されるためでもない。ひとえに生まれてくる男子の教育を任すためだ。遊圭の母親も良家の出身で、聡明《そうめい》な女性であったが、その教養は家政の切り盛りと長男の教育に費やされた。遊圭の父親は、自身もまたそういう母親に育てられ、正妻の家政に満足し、円満な家庭を築いていた。

　しかし学のない男性が賢い女性と結婚すると、そつなく家政を切り回す妻に頭が上がらなくなる。気詰まりした夫は妾《めかけ》を増やしたり妓女《ぎじょ》に入れあげたりするようになり、妻をないがしろにして、たいていの正妻は不幸になってしまう。秀芳はそうした実例を散々見てきたのだろう。周囲に教養も学識も備えた夫候補が見つからず、結婚に見切りをつけて後宮に職を求めてきたのだ。

秀琴も手を叩《たた》いた。

「私も、太医署の講義を受けます。これまで勉強してきたのですもの、殿方たちを向こうに回して、どこまで通用するか試してみたいわ」

なにやら雲行きが男対女という構図になってしまい、遊圭にとってははなはだ居心地が悪くなってきたが、彼女たちがやる気になってくれたのはありがたいことだ。

また、後宮を出て新鮮な外の空気を吸いたいために参加する者、年頃の男性見たさに加わる者など、さらに十五人が手を挙げた。

遊圭の見立てでは、基礎学力を備え、試験を受けられるほど医経の理解も進んでいるのは、周義姉妹《ぎしまい》くらいではあった。しかし、やる気に満ちた女官たちの顔を見ているうちに、陽元や馬延《ばえん》の考えをひっくり返すのに充分な数の女性たちが医生官となり、やがては医師の試験も突破するのではという希望が湧いてくる。

報告を受けた玄月は、送り迎えの車や護衛の都合から、遊圭、明々、胡娘を含めて最終的にもっとも優秀な十二人に絞った。ひとりひとりの女官に護衛として娘子兵がつき、掖庭《えきてい》局から一行を監視する宦官がふたり随行する。

総勢二十六名の一行が、延寿《えんじゅ》殿のある後宮の門を出て、太医署に通うことになった。

遊圭は胡娘が参加を許されたことが何よりうれしい。

「よく、永寿宮《えいじゅきゅう》から出してもらえたね」

「当然だ。皇后の薬食士が、国の定めた医生の資格くらい持たなくてどうする」

高飛車に断言してから、遊圭の耳に口を寄せた。

「護衛は女官にひとりずつしかつけられないが、遊々にもうひとりつける口実を探していると、玄月が大后《おおきさき》さまに申し上げていたんだ。私が乗馬もできるし、弓も鞭《むち》も使えると言ったら、玲《れい》お嬢さんのあと推しで即採用になった。表向きは学生だが、実は遊々の護衛だ。遊々は私のそばを離れるなよ」

と、西国風に片目をつむる。

遊圭の出自を正しく推測した玄月が、星家の次男には胡人《こじん》の療母がいたことを調べ上げるのは難しくはなかったはずだ。そして、この胡人が星家の次男を逃がすために錦衣《きんい》兵《へい》をさんざん攪乱《かくらん》しては、行方をくらましたことも知り得たであろう。そして遊圭とほぼ同時期に楽人として後宮に入り込んだ胡人の女が、実は本職の薬師であり、遊々に非常に好意的であり、脱走の手引きまでしたことは、決して偶然とは思っていないはずだ。

「わかった。ずっと胡娘のそばにいるよ」

一歩下がって、遊圭のうしろを護衛としてついて歩くのは、玄月の腹心の凜々だ。並の男よりも背が高く、肩幅広く胸の厚い凜々は、豊かに盛り上がった胸がなければ、どこかの田舎の好青年に見える。すでに変声期を終えた遊圭よりも声が太く、太医署の教授や学生に、遊圭の性別に疑いを持たせないための役割も果たしている。

養生院での類焼を防げず、遊圭を焼死の危機に曝《さら》したことを、凜々は自分の過失のように考え、再会したときには地面に額をこすりつける勢いで謝った。

「燃える建物に飛び込んでわたしの命を救ってくれたのは、凜々じゃないか。凜々に大きな恩を抱えてしまったのは、わたしの方だよ。謝ったりしないで」

遊圭は、地面に這《は》いつくばる凜々の盛り上がった背中を、とんとんと叩いてなだめなくてはならなかった。自分が焼け死ぬ危険を冒してでも、炎に巻かれた遊圭を救い出さねばならなかったほど、玄月の命令は凜々にとって絶対なのだ。

延寿殿の外門には、宮人らが押すふたり乗りの箱車が六台、女官たちのために用意されていた。

後宮の外もまた、高い城壁に囲まれた宮城の内であったが、そこには群衆であふれかえった城下の市井と、なんら変わりのない風景が広がっていた。石壁に挟まれた細長い大通りには、戸外の労働者に食品や料理を提供する屋台がひしめきあい、各種の官衙《かんが》の並ぶ通りは、官僚や役人のほかにも隊を組んで行進する兵士や、宮城に出入りする商人、一日中通りを掃き続ける宦官らであふれかえっていた。女たちは箱車の窓を開けて、好奇心に満ちた目を、忘れかけていた外の世界に向けてはしゃぎあった。

官僚の登竜門である国士太学やその予備学、薬医学の府である太医署のほかにも、さまざまな分野の学問所や、専門職員の養成所、いくつもの書院を抱える図書寮《ずしょりょう》の並ぶ区画に入り、講堂のひとつに着く。

車から降りてきた華やかな女官が、色鮮やかな深衣《しんい》の袖《そで》をひるがえし、茉莉花《ジャスミン》や薔薇《ばら》の香りをふりまく。何の行事かと好奇心からついてきた官吏らも加わって、ひとだかりができる。

先導の宦官《かんがん》が講堂の番人に書類を見せ、女たちに入るようにと身振りで促した。

まさにその講堂を目指していた一般の学生たちは、ポカンと開けた口を閉めるのも忘れて、目の前を行き過ぎる見目麗しい女官たちに釘付《くぎづ》けとなった。

時鐘の音に講堂の扉が閉まるのを見て、学生たちは中へと駆け込む。外に取り残された通りすがりの男たちは、好奇心を丸出しにして周囲を見回しつつ、何が起きているのか誰に尋ねたものかと噂話に興じ始めた。

医生を目指す女官たちが、太医署の予備学に受け入れられたという噂が宮城中に知れ渡るのに、翌日まで待つ必要はおそらくないであろう。

講堂の中は騒然としていた。妙齢の香りよい美人の群れが席につき、その横に兵装の女たちが控える。娘子兵たちは、筆と書籍より重たいものを運んだことのなさそうな学生よりも、逞《たくま》しい体つきと意志の強そうな顔つきであたりににらみをきかせた。付き添いの宦官は講堂のうしろで、目立たないように全体を監視する。

学生たちの反応はさまざまだった。若い女性の存在と匂いに落ち着きをなくし、集中を欠く者。鼻をつまみ、「脂粉《おしろい》や香料臭い女、卑しい宦官のいるところで学問ができるか」と、講師に抗議する者。無言で椅子を蹴《け》って立ち去る者。状況の説明を要求して声を張り上げる者。女は出て行けと大声で叫ぶ者。

蜂の巣をつついたどころか、学生たちの怒声や机を叩く音が講堂内に反響して、隣の人間の声も聞こえないありさまであった。

兄弟姉妹であろうと、男女七歳にして席を同じゅうせず、とは云う。しかし、女性が公に学問を修めることをここまで拒絶するとは、家が滅ぶまで外の世界を知らないまま後宮に逃げ込んだ遊圭は、想像もしていなかった。

秀琴と秀芳は顔を赤くして歯を食いしばり、ほかの女官たちは互いに肩を寄せ、袖でこみ上げる涙を押さえている。明々も恐ろしさに遊圭にすがりつき、胡娘は興味深げに男たちを見回していた。凜々と娘子兵は、まったくの無表情である。

壇上の講師が、銅鑼《どら》を激しく鳴らした。これはさらに耳を聾《ろう》する轟音《ごうおん》で、しかも堂内にいつまでも反響した。誰もが耳を押さえて壇上に顔を向ける。

講師が大声で宣言した。

「後宮に正規の医生女官を配置することは、皇帝陛下のご意思である。ここにいる女官たちは、次の医生官試験の準備のために出席を許された。この講義に異を唱えるものは、皇帝陛下のお言葉に異を唱えるものなり」

皇帝の権威を持ち出されては、学生たちは振り上げた拳《こぶし》をおろさざるを得ない。しぶしぶと席につく。

しかし、この日の講義に身を入れて学べた者はおそらくひとりもいなかっただろう。

質疑もほとんど実のあるやりとりは為されず、好奇や怒りの感情が、浮つき苛立《いらだ》った空気となって講堂に満ち満ちていた。

休憩時間に手を洗おうにも、固まって行動しなくては何をされるかわからない。通路ですれ違いざまに舌打ちをされたり、足元に唾《つば》を吐かれたりも、一度や二度ではない。そもそも女性が安心して入れる廁《かわや》そのものが存在しないのだ。

ちょうどその日は遊圭がもっとも気になっていた、太陰陽明論《たいいんようめいろん》についての解説もあったのだが、まったく耳に入ってこない。遊圭は落ち着いて学べる環境を整える、その問題点から書き出していかねばならず、医学の履修どころではなかった。

初日から、前途多難であった。


恐ろしく消耗した一日のあと、女医生候補の講義所も兼ねる後宮の薬司《やくし》所に戻った女官たちを、頬に薄い笑みを張りつかせた玄月が迎えた。

「どうでしたか。初めての講義は」

遊圭以外には、一日の疲れを癒してくれる甘美な微笑であったらしく、女たちはげっそりとした頬を赤らめてうつむいたり、うっとりと見とれたりした。最年長の周秀琴がかれより年上であるせいか、玄月の口調は礼儀正しく物腰は丁寧だ。

玄月の指図で若い宦官が茶を淹《い》れて回る。玄月にしては親切な手配に、遊圭はかえって警戒心を強めた。茶碗《ちゃわん》を持ち上げ匂いを嗅《か》いだが、茉莉花茶の上品な香りが鼻腔《びこう》を満たすだけで、何か怪しいものが使われているわけではなさそうだ。

遊圭が緊張をほぐす香りとともに茉莉花茶を口に含もうとしたとき、周秀芳が突然嗚《お》咽《えつ》を漏らした。みなが一斉にそちらを見る。

「ほんっとに、男ってどうしてああなのかしら！　自分が受かる自信がないから、私たちが試験を受けられないように、ああやって邪魔するのよ！」

洟《はな》をすすり、目を真っ赤にして、秀芳はお茶を一気に飲み干した。秀琴がその背中を撫《な》でて落ち着かせようとする。秀芳はまぶたをこすり、音を立てて茶碗を卓に置く。

「私の兄がそう！　私が兄よりも難しい書物を読んでいたら取り上げて隠したり、兄が落ちた童試の問題を私がみんな解いて、家庭教師を驚かせたものだから、面子《メンツ》を潰《つぶ》されたって折檻《せっかん》したり。私の作った詩を、お父様のお客様が褒めたときなんか、私の服を裂いた上に水車小屋に閉じ込めて、筆を折らなければ村の悪童をけしかけるとまで脅したの。あのときの兄の高笑いは、一生忘れないわ」

そのときの恐怖を思い出したらしく、秀芳は衿《えり》を押さえて、ぶるぶると震えた。

秀芳の家は地方の豪農だ。家からひとりでも官僚を出して中央につながりをつけようと、親も親族も必死になって男子を教育する。秀芳の兄が、器量に見合わぬ期待を背負わされていたことは容易に想像できた。その努力が報われない鬱屈《うっくつ》が、自分より優れた妹に向けられた可能性も。

遊圭は、兄の伯圭《はくけい》が書物を貸してくれなくなったときのことを思い出した。時間があれば、遊圭のために書を選び読んでくれた兄が急に冷淡になったことがある。それは、遊圭の家庭教師が、長男より次男のほうが出来がいいと父親に自慢したのが原因だった。伯圭は三度めの童試を控えて、かなり気が立っていた時期でもあった。もしも家庭教師の勧め通り、ふたりが同時に童試を受けるようなことになっていたら、伯圭は弟の受験を妨害しただろうか。あるいは、遊圭が妹だったら秀芳と同じ目に遭っていただろうか。兄が故人となったいまでは知りようもないが。

遊圭がぼんやりと考えていると、玄月がみずから秀芳の茶碗にお代わりを注いだ。とろけるような優しく低い声で、いたわりの言葉をかける。

「怖かったでしょう。ほんとうに彼らは卑劣で、自分たちの才能や努力の足りなさを棚に上げ、より優秀な人間によって損なわれるであろう、おのれの面子ばかりを気にかける。理不尽なのはあちらですが、分が悪いのはこちらのほう。大家《ターチャ》の宮官たるあなた方に、もしものことがあっても禍根を残す。危険を冒してまで無理に医生官試験を受ける必要はありません。いまからでも中止したければ、そのようにはからうことはできます」

滑らかで透き通った低い声には、抗《あらが》い難い吸引力がある。秀芳は袖に顔を埋《うず》め、すすり泣きながらうなずいた。

遊圭は自分の目と耳を疑った。女たちに医生官試験を受けさせることに同意し、助力を約束したにもかかわらず、玄月は秀芳たちのやる気をくじき、試験をあきらめさせようと口説いている。遊圭は椅子から立ち上がって玄月を詰《なじ》った。

「玄月さま、女官の医生教育を始められたあなたが、わたしたちの決意を揺るがすようなことをおっしゃってどうするのですか」

　玄月は口元にのみ儀礼的な微笑を湛《たた》える。

「私の発案では、女官の医生講は後宮の外へ出ていくものではなかった。あなた方が男子と同じ講義を受けることを希望したので、主上《しゅじょう》の許可を得て手配はしましたが、やはり無理があったと、いまでは考えています。そもそも学問所とは男の領域。そこへ女人が入り込み、対等に競おうというのは、隣国の領土に侵略してその土地を耕すのと同じこと。戦なみの反撃を予測してしかるべきでした」

　木に登らせておいて梯子《はしご》を外すようなことをする。遊圭はまた玄月の掌《てのひら》の上でもてあそばれているという自覚がありながら、腹立ちを抑えることができずに言い返した。

「学問をするのに、男も女も身分も関係ないとおっしゃったのは、玄月さままではありませんか！」

「学問を好むことは個人の問題ですが、国設の学府を巻き込むとなると別問題です。あなた方は、金椛《ジンファ》帝国の常識と慣習を覆《くつがえ》そうとしている。並大抵の覚悟で成し遂げられることではない」

　真綿にくるんだ鋼の刃のような鋭さが、その低く澄んだ声音に感じ取れる。

『女が正規の医生官試験を突破するのは、外戚族滅法を廃するのと同じくらい、不可能なことではないか』

陽元の言葉が、遊圭の耳に蘇《よみがえ》る。

女性が国家に認められた医師になるためには、個々が必要な学力を証明するだけでは充分ではない。彼女たちの能力と将来性を、頭から否定する学府との闘いを覚悟しなければならないのだ。

外戚族滅法の廃止は、陽元の政権を足元から揺るがすものになるかもしれず、どちらも、社会の慣習を打ち壊す、国を巻き込んだ制度の改革を断行するものであった。

自分は、そんな大それた挑戦を陽元に叩《たた》きつけてしまっていた——遊圭は呆然《ぼうぜん》とする。

さらに、自身の視野の狭さから、女たちを危険に曝《さら》してしまった責任感で、胸から苦渋がこみ上げ、言葉も出ない。

胡娘が卓上の茶碗を横に押して身を乗り出した。青灰色の瞳《ひとみ》を晴れた空のように輝かせて、周囲を見回す。

「つまり、われらは金椛《ジンファ》帝国の学問の府に、戦争を仕掛けたところなのだな」

戦に故国を追われ、金椛帝国には戦争奴隷として売られてきた胡娘は、本物の戦争を知っている。星家が滅んだ日、遊圭を守るために、金椛帝国軍の精鋭である錦衣兵たちにひとりで立ち向かっていった胡娘の目から見れば、武器も持たずに騒ぎ立てる学生たちなど、恐れることなどないのかもしれない。

不安に満ちていた空気に、かすかな興奮が走る。

「どうしますか。緒戦で撤退しますか」

玄月は、こちらの気持ちをひるませるようなことを言うかと思えば、いまは胡娘の言葉を受けて逆に焚《た》きつける言い方をする。その白皙《はくせき》に張り付けた微笑の真意は、遊圭には読み取れなかった。

おそらく、いまも遊圭の決意や進退がどう転ぶか、面白がって眺めているのだろう。

胡娘はそんなかれらの思惑を知ってか知らずか、大笑して言い放った。

「医師とはひとの生死を扱うのが仕事だ。医師を目指す者が命のやり取りを怖れてどうする。まして女の空拳《くうけん》で戦う相手が国なら不足はないぞ」

後宮でいろいろな人間と仕事をするようになったためか、胡娘は星家にいたときに比べると、金椛《ジンファ》語がとても流暢《りゅうちょう》になった。『空拳』なんて言葉、日常ではあまり使わないものなのに、いつ覚えたのかと遊圭は場違いなことに感心してしまう。

女たちに胡娘の熱気が伝播《でんぱ》し、秀琴らの瞳にも力がこもる。泣き止んだ秀芳が顎《あご》を上げるのを見て、遊圭ははっと我に返った。女が試験を受けることすら許せないやからが、物理的な妨害に出ることはあり得る。

「たしかにおとなしく試験勉強はさせてはもらえないでしょう。それでも、本当の戦争のように命までとられる心配はない、と思うのは楽観に過ぎるでしょうか」

「逆に言えば、命さえ取らなければ、どんなことをしてもいいと考える者はいる。それを事故に見せかけたり、あるいは誰がやったかわからないように工作されれば、当局は罰のくだしようがない」

玄月は冷静に指摘する。秀芳がしゃくるような音を立てて息を吸い込み、口を開いた。

「い、嫌がらせくらいで引き下がるのは嫌だわ。私たちは医学を学ぶことができればいいのですから、成績以外では闘わずにすむよう、学生たちを刺激しない工夫は必要かもしれません」

秀琴もうなずいて自分の考えを提案する。

「私たちからは講師だけが見えるように、学生との間に衝立《ついたて》を立ててはどうでしょう。あのひとたち、女が怖がったり動揺したりするのが見たくて騒いでいるんですもの」

「私たちのお化粧や香料が臭いって言ってましたものね。学問には必要なかったかもしれません。外にでかけられると思って、ついおしゃれしてしまったけど、衣裳《いしょう》も簪《かんざし》も、講堂では不要でしたね」

「別にあのひとたちのために装っているわけじゃないのに」

女官のひとりが不満を漏らし、秀琴は微笑んで応じる。

「そういえば、みすぼらしい袍《ほう》の学生もいたわね。仕送りがぎりぎりの学生もいるのではないかしら。そういう中へ、後宮と同じように着飾って行ったのですからね。浮かれ女がひやかしに来たのだと思われても仕方なかったかもしれない」

女官たちがしょんぼりしたのを見て、明々が声を励まして言った。

「だったら、一生けんめい勉強して、医生官試験に合格しましょう。そして、帝《みかど》に羽冠《うかん》をいただくときにはうんときれいにお化粧するの。一番上等の曲裾袍《きょくきょほう》をまとって、茉莉《まつり》花の香《か》りをそこら中に振りまいて、男どもを見返してやりましょうよ」

合格者として羽冠授与式に並ぶ自分たちの姿を思い描くうちに、女たちの顔から憂いの色は薄れ、少しずつ明るくなっていく。

「衣裳も、学生たちと同じ浅緑の袍にしたらどうでしょうか」

「髪も低く結って、遊々のように頭巾《ずきん》に包んでしまいましょう。尼僧みたいに筆を持つ指先だけ出せば、あのひとたちも私たちの怖がる顔が見えなくて、拍子抜けするのではないかしら」

先ほどまで意気消沈していた女たちが、互いの顔を見合わせて意見を出し合う。

遊圭は妨害や偏見に負けようとしない女たちに励まされる思いで、誇らしげな笑みを玄月に向けた。秀琴は秀芳のそばに立ち、成り行きを見守っていた玄月を見上げる。

「あの、男装するとか、できるだけ目立たなくしますから、続けることはできますか」

化粧も控えて男装したら、自分はもう女には見えないのではと、遊圭は不安になる。

「男装、ですか」

玄月が訊《き》き返す。作りものであった笑みが震えている。目の端で遊圭の表情を盗み見て、込み上げるおかしさをこらえているのだろう。

金椛《ジンファ》では、衣裳の男女差は丈や身幅ぐらいである。袍も深衣も、裁ち方に大きな違いはない。最近の流行では、男物はよりゆったりと布を使い、女物は帯幅が広く腰回りを強調する袍の着付けとなっているが、上着を羽織ればそれほど顕著ではない。

「縫製舎《ほうせいしゃ》の宮官服が控えめな青色でちょうどいい。余っているのを人数分借りてこさせましょう。ほかに、不便に思ったことがあれば、申し出てください」

女たちが次々と意見を出し合い、空気が和やかになってきた。遊圭は小さくほっと息をつく。

＊　＊　＊

陽元は、即位後に自分の住居となった紫微宮《しびきゅう》にあるいくつかの殿舎のうち、もっとも広く、奥まった場所にある青蘭殿《せいらんでん》から調度を運び出させ、広々とした鍛錬場に造り替えさせていた。

政務を終えたあとの午後を、宦官兵《かんがん》を相手に青蘭殿で鍛錬に励む。即位してから趣味の狩猟を取り上げられた陽元のささやかな楽しみであった。しかし、それすら型稽古《げいこ》ばかりで、全力で打ちかかってくる度胸のある者はいない。

「罪は問わんから、本気でかかってこられる者はおらんのか」

体術で宦官兵を五人ばかりのしたあと、陽元は出された水をひと息で飲み干し、愚痴を漏らす。錦衣兵などの、家族眷属《けんぞく》を背負って朝廷に仕える兵士や、高位の軍人では遠慮もあるだろうが、後宮に入った時点で係累を去ったはずの宦官でさえ、保身が先に立って満足のできる立ち合いの相手にはならない。

「武術以外のご趣味をお持ちになってはいかがですか」

低く澄んだ声が、陽元の背後から話しかける。陽元がふり返ると、書類を抱えた玄月が涼しい顔で控えていた。いつの間にか青蘭殿に参上して稽古を見物していたらしい。

「武術のほかに面白そうなのは馬上打毬《ポロ》くらいだな」

陽元は壁に沿って並べられた得物から、稽古用の鉾《ほこ》を持ち上げながら言った。

「あれはいっそう危険なので、大家《ターチャ》ご自身が参加なされては競技者が集まりません」

陽元は苛立たし気に鉾を振って瞬時に止めた。鉾の穂先が風を切る音を残して空気を震わせる。近侍《きんじ》の宦官は首をすくめたが、苦言を呈した玄月は眉《まゆ》ひとつ動かさなかった。

それ以前に、言葉遣いだけは丁寧だが、皇帝の前に参上したときに必ず行うべき拝礼や応答の際の口上も省略している。にもかかわらず、周囲の宦官は立ち話を始める陽元と玄月に、驚いたようすもない。

青蘭殿を鍛錬場に改造したのは、その内部では儀式ばったことをすべて省略し、ひたすら趣味の武芸に没頭できる場を確保するためだ。ゆえに、青蘭殿に出入りが許されるのは皇太子時代から陽元に仕えてきた、気心の知れた者ばかりであった。ここには、お目付け役の陶名聞《とうめいぶん》ですら入ってこない。

太平の時代に生まれてしまったが、陽元は机にしがみついて礼楽《れいがく》や学問に励むより、体を動かしている方が性に合う。また、歴代の皇帝や王侯たちが好んできた絵画や彫刻などの芸術、鍛冶《かじ》や焼窯《やきがま》といった工芸などにも興味がない。大陸の歴史上、どの王朝の開祖も、その生涯の半分以上を馬上に過ごし、東奔西走して中原《ちゅうげん》を統一したというのに、その子孫ときては城壁と護城濠《ほり》で囲まれた宮城から外に出ることが滅多にない。

　陽元の父、第二代の皇帝は金椛《ジンファ》王朝による改暦に臨んで天文に興味があったが、郊外に近い天文台の完成を見る前に他界してしまった。

「祖先が命をかけて奪い、いまは自分が治める国土も民も、この手に触れ、この目にすることがないというのは、なんという矛盾ではないか。私は祖父《じい》様が異民族を蹴散《けち》らしたという西方の沙漠地帯を、わが愛馬で思い切り駆け抜けてみたいぞ」

　両手を広げて宮城の外への憧《あこが》れを語る陽元に、玄月は事務的に答える。

「喪が明ければ近郊への行幸を催すこともできます。国境地帯は無理でしょうが、西都への二、三年おきの行幸はむしろ定例行事。また盛夏における河北《かほく》宮での避暑は、先帝も先々帝におかれましても、恒例であらせられました」

「避暑！　まもなく夏だ！　河北宮の苑園《おんえん》はいまごろ獲物であふれているだろうな」

　陽元は両手をすり合わせてうれしげに笑った。苑園とは皇族専用の狩猟場のことだ。園内に山も川も湖もある。大規模な巻き狩りが催されるのは、代々この河北宮であった。

「この夏はまだ喪中です。大家《ターチャ》」

　玄月の指摘に、陽元は肩を落とした。

「喪中でも夏の暑さは変わらぬが？」

「去年の夏は、特に暑さに不平を仰せられませんでしたが」

皇帝となった最初の夏は、陽元は自殺とされていた亡母の死の真相を、陶親子に調べさせていた。密《ひそ》かに調査を進めているうちに、皇后玲玉に毒が盛られるという事件が起き、女官たちの背後関係から皇太后の関与が疑われた。自分の疑惑を継母の永皇太后に勘づかせないまま、玄月との密な連絡を必要とする以上、陽元はさすがに自分だけ避暑地に逃れるということはしなかった。

口では勝てない陽元は、玄月の澄ました顔をにらみつけたが、すぐに破顔する。

「では、私の憂さ晴らしには紹《しょう》がつき合わねばならぬな」

陽元は控えていた宦官に、稽古用の鉡をもうひとつ持ってくるように命じた。玄月は薄墨色の直裾袍《ちょつきょほう》を脱いで、鉡を持ってきた宦官に手渡す。直裾袍の下には裾の短い筒袖《つつそで》の中着と、脚衣には細身の袴《こ》を穿《は》いていた。

「用意がいいな」

陽元は満足げに微笑んだ。

近侍の宦官が急いで革の防具を用意し、陽元の身体に装着していった。稽古のために刃はついてないとはいえ、勢いのついた金属の鉡が当たれば、軽い怪我ではすまない。

玄月は宦官帽を取った。万が一髷《もとどり》がほどけても髪が邪魔にならぬよう、渡された鉢巻きを赤い傷痕の残る額に巻き、自分のために用意された防具を身に着ける。

鉡の重さを計りながら、筋《なず》を伸ばしつつ型をなぞる玄月の体が温まるのを待つ間、陽元はふと思い出したことを訊ねる。

「そういえば、太医署の講堂は、けっこうな騒ぎだったそうだな」

「お聞き及びでしたか」

鉾を回し、滑らせ、突く、という一連の型を滑らかに踊るように繰り返しつつ、玄月は息を切らすこともなく返答する。

「遊々は、あきらめたか」

「遊々よりもむしろ、女たちの負けぬ気を刺激したもようです」

ほう、と陽元は興味深げな笑みを浮かべた。だがその笑みはすぐに退《ひ》き、探るような瞳《ひとみ》を準備運動に余念のない玄月に向ける。

「遊々——李薫藤とは、何者だ？」

「学問好きの、田舎娘です」

「私に嘘をつくなよ。紹」

右手から左手へ、あるいは両手で鉾を操りながら、一瞬も止まることのない鉾の動きに目を配る玄月は、陽元の顔を見ずに応じる。

「庶子であったとかで、戸籍にも出生の届けはなく、義姉の李明蓉《りめいよう》の家に引き取られる前の経歴は、一切不明です。農村生まれの孤児にしては、かなり高度な学問を修めたように見受けられますが、証拠もない憶測は、申し上げられません」

「その憶測とやらを、聞きたい」

「ご命令とあれば申し上げますが、大家《ターチャ》に要らぬ先入観を植えつけることを怖れます」

型を数回繰り返した玄月は、ぴたりと鉾を掲げて陽元と対面した。陽元も鉾を構える。

「ではひとつだけ訊《き》こう。あれは、まことに女か。答えよ」

相手の瞳を射貫《いぬ》くような陽元の視線を、玄月はまぶたにも頬にもさざ波ひとつ立てずに受け止める。

「あそこまで非力で華奢《きゃしゃ》な者は、女にも通貞《つうてい》にもなかなかおりません。お疑いでしたら、大家がご自分でお確かめになってはいかがですか。奴才《わたくし》には女官の身体を調べる権限がございませんので」

互いの鉾先《ほこさき》を合わせて、双方隙を窺《うかが》いつつ呼吸を整える。

「玲玉に拒否権を出された以上、私が剝《む》くわけにいかぬ。宮正《きゅうせい》に検査を命じてもいいが、女たちが本当に医生官試験を突破できるか、見てみたい気もする。合格者が女でなければ、賭《か》けは無効にできると思わぬか」

「御意。ところで、まことに手加減しなくてよろしいので？」

「くどいな。むしろ机仕事で鈍っている紹には、こちらの手加減が必要ではないのか」

言い終わる前に、陽元は素早く踏み込み、鋭い突きを繰り出した。

金属が激しく打ち合う音と、気合をかける声が、殿内に反響する。たびたび静かになっては、武器を替えたらしく異なる響きの金属音や、杖《つえ》の打ち合う音に変わることを繰り返す。青蘭殿の扉は日暮れ近くまで閉ざされたままであった。

六、憂恚《ゆうい》無言

不本意ながらも、遊圭は玄月の有能さを認めざるを得ない。

太医署の学生たちとともに講義を受けるための設備は、二日目にはもう整えられていた。もしかしたら、秀琴《しゅうきん》たちがあきらめようとあきらめまいと、どう転がってもいいように、騒動の報告を受けた時点で手配をしていたのかもしれない。

女たちの席は、講壇がよく見え、かつほかの学生たちの視界を遮らない位置に衝立《ついたて》で守られるように用意されていた。分厚い衝立は男たちが背伸びをしてものぞけない高さがあり、冷やかされたり罵《ののし》られたりする恐怖をかなり減らしてくれた。さらに、講堂の出入り口と四隅には、武器を帯びた錦衣兵《きんいへい》が直立して、学生たちを威圧する。

さらに驚いたのは、講義の開始前に礼部《れいぶ》の高官が壇上にあがり、女官の医生教育に関する勅諚《ちょくじょう》を読み上げたことだ。

《朕《ちん》思フニ――》で始まる皇帝の意思を表明する短い勅旨は、女医生の存在は後宮における妃嬪《ひひん》や幼い皇族たちだけでなく、上下の隔たりなく女官たちの健康状態に配慮するために必要な処置であることを訴えた。そして、千年の昔より中原で培われ金椛《ジンファ》帝国に受け継がれた、正しい医学知識を持つ女官の育成は、帝国の発展にもつながるものであるという天子《てんし》の展望を述べて結ばれていた。

遊圭は陽元の配慮に涙ぐみそうになった。陽元は、遊圭が挑戦に込めた暗号――陽元に対して『陛下』と呼びかけた理由を、玲玉たちを守る外戚《がいせき》がここにいるのだという意味を、きちんと受け取ったのだと思った。

数日後には、女医生官候補のために仕立てられた淡青色の直裾袍が届けられた。同じ布で頭から肩まで覆う頭巾《ずきん》も用意され、女たちが固まっていると誰が誰だか見分けはつかない。講堂内の控室が二部屋、女医生候補の休憩室に供され、食事も手洗いも男学生と同じ場を使わなくて済む。男女の接触は可能な限り減らす工夫が、いたるところに為されていた。

思いがけなく、遊圭にとっても顔や声を露出する必要のない環境になった。外の男たちと向き合わねばならないという精神的障壁が取り除かれ、遊圭は勉学に集中できる。

数日は何事もなく講堂と後宮を往復し、午後には秀琴たちとその日の講義をおさらいし、それぞれが独習でつまずいたところを話し合う。

さらに、薬司《やくし》所に近い官舎に寮が用意された。個室を与えられて勉学に専念できる環境が着々と整えられる。こうしたことなどからも、玄月が遊圭を個人的にどう思っていようと、借りた恩義は必ず返すという言葉に違《たが》わない、信義の持ち主であることは確かなのだ。

遊圭は次に玄月の顔を見たら礼を言わねばならないと思う。

「思うんだけどさ」

自室の寝台に仰《あおむ》向けになって、明々が読み上げる医経を聞いていた遊圭だが、つい入ってきた雑念にひとりごちた。

「ねぇ、ちゃんと正しく読めているか、聞いてくれてるの？」

明々が苛立《いらだ》ちをあらわに問い詰める。

「うん、聞いてたよ。間違ってないから、ちょっと集中力が飛んじゃったんだ」

十五になってから読み書きを始めた明々は、おそらくどんなにがんばっても次の医生官試験には受からない。読むのも書くのも、秀琴たちの三倍以上の時間がかかる。秀琴ら玄月に選ばれた女医生候補たちはみな、官家や富豪の出だ。女将軍の伝記を書き上げたという玄月の祖母のように、子どものころから多くの書籍に触れて、学問に打ち込む男兄弟に刺激され、自らの意思で筆をとった女たちだ。基礎学力の面で十年近い後《おく》れをとる明々が必死になって取り組んでも、彼女たちに追いつくには何年もかかるだろう。そして明々が医生官試験に合格できる学力を身につけたころには、遊圭も明々も後宮にはいない。

そんなことは遊圭はもちろん、明々も百も承知でいるのだが、遊圭は明々に手を抜いていいとは言わなかった。明々もそんな風に言われたらきっと顔を真っ赤にして怒るに違いない。この機会に学べることは、極力吸収して将来に備えたいと、明々は真剣に考えているのだろう。

医師の免状が問われるのは、帝都とその周辺だけだ。明々がこれまで学んできた薬《やく》食《しょく》と生薬《しょうやく》の知識だけでも、地方の農村で薬屋を開くことはできる。その日まで、できるだけ多くのことを学びたい。明々のそんな姿勢を遊圭は尊敬する。

その明々に、何を考えていたのかと問い詰められた遊圭は素直に白状した。

「玄月がいろいろと手を回してくれたお蔭《かげ》で、みんなが安心して学べるようになったなぁって。まるで、玄月自身が初日の現場にいたみたいに、わたしたちが怖いとか不便に思ったことが全部、ごっそり解決されているんだ」

「そうよー。なんだかんだで、いつも良くしてくれるじゃない。痒《かゆ》いところに手が届くとはこのこと。遊々より女心がわかってるんじゃないかしら。ちゃんと玄月さんにお礼言っときなさいよ」

書を膝《ひざ》の上で閉じた明々は、うんうんとうなずいた。遊圭はなんとなく面白くない。

「だけど、必ず嫌がらせの種を仕込んでくるじゃないか。ずっと頭巾で頭も首も出さなくていいなら、この偽の火傷痕《やけどあと》もとっちゃってよくないかなぁ」

火傷の偽痕《にせあと》は、二日おきに馬延《ばえん》とともに鐘鼓司《しょうこし》の俳優が貼り直しに来る。最近は気温が上がってきたせいか、汗もかくため痒みがつらい。これがいつ出てきてもおかしくない喉骨《のどぼね》を隠すための工作だと知った時には、明々は安堵《あんど》の涙を流しながらも、火災まで利用してしまう玄月の発想にひたすら感心した。

「貼っておいたほうがいいよ。いつ何があるかわからないし。もし弾みで頭巾がとれちゃっても、そっちの傷痕に目がいって、声や喉は見落とすかもしれないじゃない？」

まだ喉骨は出てきてはいないが、試験は数か月先なので油断できない。また、傷痕《きずあと》の印象を強く残しておけば、後宮を脱出したあとで学生の誰かと街で行き合っても、遊圭の顔を見分けることはないだろう。そう明々に諭されて、遊圭はしぶしぶと偽痕の上から痒い皮膚を掻《か》いた。

しかし、学問好きな秀琴たちと受験勉強に打ち込める意欲的な日々は、長くは続かなかった。

伏兵は思わぬところにいたのだ。

太医署の、当の博士や教授たちである。

広い講堂で大勢の学生との講義にも慣れてきたころ、秀琴が講師に質問を投げかけた。講師は秀琴の声が聞こえなかったらしく、別の学生の質問を取り上げて正しい解釈を示し、講義を進める。こうしたことは二度、三度と続き、女性陣の疑問は取り上げられることなく未解決のまま放置されていった。

遊圭は秀琴たちの疑問を書き留め、講師に提出した。ほかの学生たちも、時間内に解決されなかった質疑はそのようにして翌日へと持ち越されていたからだ。

だが、女たちの質問状が翌日や翌々日の講義でも取り上げられることはなかった。

「爺《じじ》ぃども、明らかに無視を決め込んでいるわね」

女医生寮では、明々が女たちを代表して気炎を上げる。

「女医生の育成は、帝《みかど》のご意向なのに」

女官のひとりが震える声でつぶやく。遊圭もため息交じりに応じる。

「暴力に訴えない妨害も、考慮すべきってことでしょうか」

「わからないままだと、論文も書けないわ。試験で間違った解釈を書いてしまったらどうしましょう」

秀芳《しゅうほう》が不安で顔を歪《ゆが》ませた。

とりあえず、医経に立ち戻って互いの解釈を議論する。臨床では薬学については一日の長がある胡娘が頼りになるが、天文から五行陰陽学《ごぎょういんようがく》まで含む金椛《ジンファ》帝国の医療を理解しているわけではない。心もとないまま、ほぼ独学の日々が過ぎていく。

十日ごとに提出する小論文も、添削された形跡がないまま戻される。

思い余った秀琴が抗議のために壇上に上がり、講師に詰め寄ったが、「学生は平等に扱っている。論文はちゃんと目を通している。添削がないのは訂正の必要がないため」との一点張りだ。

忙しい玄月をつかまえ、事態の改善を申し入れても「大家《ターチャ》の威を笠《かさ》に着てゴリ押ししろというならそうしてもいいが、添削では逆に間違った解釈を刷り込まれるという妨害をされても、そなたらに正誤の判断がつくのか」と言われれば遊圭は手も足も出ない。

「女官を太医署予備学に入れただけでも、国士監《こくしかん》の重鎮どもは『今上陛下《きんじょうへいか》の横紙破り』と不平を言っているそうだ。このうえ大家に対する官僚の反感を募らせては、族滅法の廃止案も官僚たちに握りつぶされるのではないかな」

国士監とは、国士太学や太医署、図書寮《ずしょりょう》、あるいは各種の専門職を養成するための、国設の教育機関を統括する組織だ。

遊圭は陽元に仕掛けた挑戦が、実に国家を巻き込んで進んでいたことをあらためて思い知らされ、膝が震える思いだ。

自分でなんとかしろと突き放された遊圭にできることは、四巻の医経を何度も読み返すことだけだ。丸暗記ならできる。だが、何通りにも受け取れるような記述をどう解釈すればいいのか。初めて見る単語の意味するところは、誰に訊《き》けばいいのか。

各章毎に提出する小論文が添削されることのないまま、月試験の日を迎えた。予備学でも、本科の医生と同じように、大量の小論文を書かされ、毎月、毎季と試験があり、合格点に達しない者は篩《ふるい》にかけられる。

この試験で、半数の女医生候補が落第点を取った。残ったのは遊圭、秀琴、秀芳、胡娘を含む六人だ。月試験に落ちた明々は、後宮へ戻るまでは呆然《ぼうぜん》として足元も覚束《おぼつか》なかった。寮に戻ると文字通り号泣し、誰も声をかけられない。遊圭はずっと明々のそばについてはいたものの、どう慰めてよいのかわからず、おろおろするばかりだった。

「半数になりましたか」

さほど共感の情のこもらない口調で、陣中見舞いに訪れた玄月が声をかける。

「予備学は本科ではないので、不合格だからといって退学させられるわけではありません。ただ、風当たりはきつくなるでしょうね。むしろ合格点に達した者が本試験に集中できるよう、少数精鋭で臨むのが得策です。警護の負担も、軽くなりますし。今回落ちた方々は、各宮で臨床を積み重ねながら学び続け、来年の本試験に備えた方が有利でしょう」

あまり励ましにはならないが、合理的な助言に秀琴たちは不承不承うなずいた。しかし来年があるかどうかは、遊圭や秀琴たちの本試験合格にかかっている。そして、遊圭ひとりが合格しても陽元との賭《か》けに勝ったことにならない。少なくともふたり以上の女性が、医師として才知人格を備えていることを証明しなくてはならない。

玄月の脇から、しわがれた甲高い笑い声が上がった。

「半分も残ったか。思ったよりやるのう」

「馬先生」

遊圭は驚いて立ち上がった。この日は遊圭の診察日ではない。わざわざ足を運んだのは、月試験の結果に興味があったのだろう。女たちは馬延の笑い声を不快そうに聞き流した。秀琴らは、馬延が腕のいい鍼師《はりし》であることは知っていたが、顎《あご》を突き出し、焦点の合わない白く濁った目でにらみつけてくる馬延を気味悪がってもいた。

「教授たちがちゃんと教えて下さらないのです。質問はすべて無視され、論文には目を通した跡もない。疑問が解決されないまま試験に臨めば、受かるものも受かりません」

遊圭は秀琴たちのために弁解したが、馬延は一笑に付した。

「それは言い訳だな。予備学に行かずとも、独学のみで本試験に通る者もいるからの」

ぐうの音も出ない。だがそういう人間は医者の家に生まれるか、あるいは早いうちから町医者に師事した者たちだ。基礎から理論と実践を並行して、現場で学んできたかれらにとって、医生官試験は単なる確認手続きに過ぎない。

遊圭ははっと閃《ひらめ》いた。師事できる経験豊富な医師なら、目の前にいるではないか。

遊圭は馬延の足元にひざまずいて、揖礼《ゆうれい》を捧《ささ》げた。馬延には見えていないはずだが、おそろしく勘がよく、相手の気配と呼吸でその位置を特定してしまう人物だ。

馬延が正確に遊圭の頭を見下ろした。秀琴たちは驚いて馬延と遊圭を見つめる。

「馬先生。どうぞ、わたしたちに医学を教えてください。女医生育成のために勅諚《ちょくじょう》まで出していただいた帝と、太医署の教授たちのあいだに、これ以上の確執を作り出したくありません。わたしたちの可能性を信じてくださった帝の御恩にお応《こた》えせねばならぬことはもちろん、女医生の誕生は後宮中の女たちの悲願なのです」

馬延は錆《さ》びついた閂《かんぬき》をこするような音を立てて笑う。

「目の見えない宦官《かんがん》医に、なにを教わりたいのだ。経書はおろか、おまえたちの論文を読むこともできんのに？」

「馬先生はかつて、侍御医でおられたのでしょう？　この国最高の医師の地位にまで登り詰めた方が、視力は失くしてもその知識が失われるはずはありません。経書も論文も、私たちが読み上げます。質問に答えていただき、口頭で添削していただければ、一同望外の喜びです」

馬延の顔から笑いが退き、白く濁った目が横上の玄月に向けられる。
「わしの経歴を話したのは、玄月、おまえさんか」

玄月は首をかしげた。
「話した覚えはございませんが、長く勤めている者は知っていることではありませんか。遊々は趙婆《ちょうば》と懇意ですから、そのあたりから聞き出したのでは」

馬延は腹立たし気に鼻を鳴らし、手にした杖《つえ》で床を三度、音を立てて突いた。
「わしの教授料は、安くはないぞ」

馬延が宦官になったいきさつは誰も語らないものの、かれが一流の医師であったことを知らない古参はいない。馬延の要求する医療費も法外に高いと評判だが、遊圭自身が知る通り、その診断は正確で治療は適確だ。

現役医師の教授が受けられると知って、秀琴たちの頬に希望の赤みが射す。次々と遊圭の横やうしろに並んで膝《ひざ》をつき、馬延に師事を願い出た。
「馬叔叔《しゅうしゅ》、ずいぶんと女性にもてることですね」

玄月のひやかしに、馬延はますます不機嫌になった。
「宝《バオ》を失くしてから女にもてても、どうにもならん」

こうして、六人に減った女医生官候補たちは、講義では理解できなかった部分を、馬延に教えてもらえることになった。

秀芳たちが馬延を椅子へと導き、お茶を淹《い》れ菓子を勧め、それを口にいれる暇もないほど、質問を浴びせる。賑《にぎ》やかな寮を無言で立ち去ろうとした玄月を、遊圭は玄関の外で呼び止めた。

「馬先生を連れてきてくださって、どうもありがとうございます」

玄月は遊圭を見下ろし、無表情に指先で鬢《びん》を掻《か》いた。

「馬先生とはたまたま途中で行き合い、世間話ついでに同行されただけだ。礼を言われるようなことは、何もしていない」

「たまたまでも、わたしたちは救われました」

玄月はふん、と笑った。

「救われたと思うのは、まだ早い。本試験に合格してから礼を言うのだな」

言い捨てると、踵《きびす》を返してさっさと大股《おおまた》で立ち去った。

遊圭は、このところ会っていない麗華《れいか》がどうしているのか訊《たず》ねたかったが、玄月に礼を言うだけで気力を使い果たし、もういちど呼び止める勇気を持たなかった。

馬延による補講のお蔭《かげ》で、二度目の月試験では女医生候補から脱落者は出さなかった。男子学生は三分の一が合格点数を下回ったことからも、この結果は女医生候補たちの優秀さを知らしめた快挙ともいえる。

しかし、その成功を叩《たた》き潰《つぶ》そうとするように、講義の内容は予備学生を対象とするには難しすぎる内容となっていった。

「天文とか五行陰陽学は、さわりだけわかっていればよかったのじゃないの？」

秀芳は頭を抱えた。筆を投げるふりをする者もいる。受験のために与えられたのは医経四書だけであり、他分野の専門書は女官たちの手の届く範囲にない。

遊圭はふたたび延寿殿《えんじゅ》に走り、玄月に助けを乞《こ》う羽目になる。なぜか秀琴たちは遊圭を遣わせば解決が早いと思い込んでいる節がある。

「玄月さまって、遊々には気安く話しかけるものね」

そんな覚えは遊圭にはまったくない。女官の多くは玄月より年上なので、言葉遣いも態度も恭しく接するが、成人していない遊圭には敬語を使わないせいだろう。

遊圭の本音を知る明々が、一緒に行こうかと申し出る。

「いいように使われてなくても、いやならいやだって言えばいいんじゃない？」

「まあ一番年下だからね。近いし、使いっ走りには文句は言わないよ。運動にもなる」

同情する明々にはそう言い、遊圭は延寿殿へと向かった。

「天文書と陰陽学の書？　たかが候補生に太医署の博士たちもやることがえげつないな」

さすがに玄月も女官たちへの同情を示す。遊圭についてくるように手招きし、延寿殿の奥へと連れてゆかれた。延寿殿の書院にはいくらかの学問書が並んでいた。

遊圭では届かない棚に積まれた古い竹簡の天文書を、玄月が引っ張り出す。小さなうめき声とともに、玄月は竹簡を取り落とした。竹簡が石の床に叩きつけられ、古くなっていた紐《ひも》が千切れて冊が飛び散り、埃《ほこり》が立つ。

派手な音に驚いた遊圭は、玄月がうめきつつ左手で右の上腕を押さえているのを見て、さらに啞然《あぜん》とする。

「だ、大丈夫ですか。玄月さま」

「大丈夫なら竹簡をばらまいたりするわけがなかろう」

右腕をさすりながら、玄月は散らかった冊を集め始める。遊圭も慌てて冊を拾うのを手伝い、玄月に渡した。

「怪我を、されたのですか」

「単なる打撲だ」

遊圭は玄月が誰かに恨みを買って襲われたのかと、驚愕《きょうがく》する。

「だっ、誰に打たれたのですか」

玄月は遊圭の蒼《あお》ざめた顔を、眉《まゆ》を上げて見返した。

「鍛錬では日常茶飯事のことだ」

いったいどんな鍛錬をしているのか、遊圭はそれ以上は怖くて訊ねられない。

遊圭の体力作りのため、凜々が懸垂や走ることを勧めたり、石錘《せきすい》を使った筋力を上げる運動を指導してくれたりしたが、文官の玄月が武術までやっているとは驚きであった。

「負けたわけではない。打たれると同時に対手《たいしゅ》の肩に突きを見舞ったので、先に杖を離して地に手をついたのは対手の方だ。実力で敵《かな》わぬ対手には隙を見せて誘い込み、油断させて急所を突く。肉を切らせて骨を断つ、という戦法は知っているか」

玄月が常にあらず饒舌《じょうぜつ》なのは、対戦の興奮を思い出したせいだろう。表情も心なしか誇らしげに微笑んでいる。

どう相槌《あいづち》を打っていいのかわからずに、ただ首を上下に振る遊圭に、玄月は関係のありそうな書籍を出して並べた。古い書籍は竹簡に書かれているので、何冊にもなると遊圭がひとりで運べる量ではない。玄月は部下を呼び出し、これらの書籍を女医生寮に運ぶように命じた。

荷を背負った宦官について行こうとする遊圭を、玄月が呼び止めた。

「あれらは、かなり古く、あまり詳しくはないかもしれない。求める知識が見つからなければ、国士監の図書寮から書籍を借り出せるよう許可証を発行する。少し待て」

四半刻《しはんとき》ほど待たされたのち、遊圭は図書寮管轄の書籍の閲覧と、書院の使用許可証を受け取った。女たちの待つ寮へと急ぎ足で戻る。

延寿殿の蔵書は秀琴たちの理解を助けたが、女官たちの提出する小論文の質が上がるたびに、添削もせずに返しておきながら講義の内容は難解になっていく。瞬く間に遊圭たちはさらに詳細な陰陽学の専門書が必要となってきた。

「意地でも私たちを合格させない気なんだわ」

悔しさに秀芳が袖《そで》を噛《か》んだ。

「図書寮の書院に通って、専門書を借りてくるしかないですね」

遊圭が提案した。金椛《ジンファ》帝国の叡智《えいち》が詰め込まれた国士監の図書寮に入れると思うと、遊圭の胸は熱くなる。その興奮が顔に出ていたのか、明々が不安そうに訊ねた。

「でも、男の役人や学生が出入りする場所でしょ。また初日みたいに唾《つば》を吐かれたり罵《のの》られたりしないかしら」

明々の瞳《ひとみ》はそれ以上の心配を遊圭に向けている。男子学生に近づきすぎて、遊圭の性別がばれやしないかと怖れているのだ。女医生候補から早々に脱落した明々は、遊圭に同伴して講義を受けられず、日がな寮でほかの女官たちと薬司所の仕事を手伝い、医薬について学びながら、遊圭たちの帰りを待っている。胡娘や凜々がついているのだから大丈夫だと遊圭が言えば、なぜだかいっそう不満に唇を尖《とが》らせるのだ。

「役人や学生と話すのは凜々や付き添いの宦官《かんがん》だからね。外の男たちはそもそも、女官たちと口を利くのも禁じられているんだ」

遊圭が男たちと直接接触することはない。そう言い聞かされても、明々の眉間《みけん》の曇りが晴れることはなかった。

＊　　＊　　＊

「ここの薬食士はどうした」

永寿宮《えいじゅきゅう》を訪れた陽元は、苛々《いらいら》した口調で玲玉に訊ねた。

「シーリーンは女医生候補として、太医署の講義に通っています。陽元さまはご存じありませんでした?」

榻《とう》に腰をおろし、陽元は左肩を撫《な》でた。

「そうだったな。湿布薬を調合させようと思ったのに」

玲玉は困惑し、早足で陽元のそばに寄って袖に触れた。

「お怪我なさったのですか。シーリーンでなくても、侍御医に薬を用意させればよいのではありませんか」

「侍御医に診せれば、打ち身がばれるではないか」

玲玉は、まばたきを返す。

「ばれる、という言い方は、なにか外聞のよくないことをなさったので、お怪我されたのを侍御医に知られたくないということですわね」

「その通りだ」

開き直る夫に、玲玉は怒ったように目じりを上げる。

「見せてください」

夫の衿《えり》に手をかけて開くと、肩の内側、関節ぎりぎりのところに蒼黒《あおぐろ》い痣《あざ》が浮かんでいる。玲玉は息を呑《の》んだ。

「誰がこのようなことを」

「誰でもない。むしろ関節を避けて打ち込んできたのだから、褒められるべきだな。脱《だっ》臼《きゅう》でもしていたら、さすがに侍御医にもばれる」

　玲玉はあきれて何も言えないまま、冷やした布を陽元の肩に当てた。その一方で、近侍の女官に湿布薬の調合を依頼する手紙を書かせる。その手紙を足の速い宦官に持たせ、胡娘のもとへ遣わした。

「鍛錬もほどほどになさいませ。玉体を損なうようなことがあっては、天下がおさまりません」

　年上の正妻にたしなめられ、陽元は所在なげに肩を撫でた。

「私は皇帝に向いてない。じっとしているのが苦手なのに、朝廷では玉座に座ったきり、動くことも話すこともほとんどない。執務も同じ姿勢でひたすら書を読まされ、印を捺《お》し続けている反動か、内廷《ないてい》に戻ったらとにかく暴れたくなるのだ」

　玲玉は陽元の横に座って、その若々しく精悍《せいかん》な、しかし元気のない顔を見つめた。

「政務の最中、臣下にお言葉を賜《たまわ》ることはないのですか」

「言うべき言葉は予《あらかじ》め決まっている。自分の考えや思いつきは、外廷《がいてい》では口にできない」

　夫の痛む肩をいたわりつつ、玲玉は微笑んだ。

「陽元さまが皇帝に向いてないなんてことはありません。じっとしているのが苦手な人間が、朝政の間ずっと黙って座っていられるはずがありませんから。予定にないことを口にして、臣下に侮られるのを怖れておいでなら、それは考え過ぎです」

　陽元は無事な右側に肘《ひじ》をついて、憂鬱《ゆううつ》なため息をついた。

「御嫡母様は私の放漫を戒めたことが一度もなかったので、我慢することが苦手になってしまったのだと思う。紹の考えでは、御嫡母様は私を暗君に育てて国政から関心を逸らし、思うままに操り実権を握るつもりだったのだろうと」

生母を暗殺し、さらに正妻を排除して、ゆくゆくは継子《ままこ》の陽元を廃位させて皇太子の翔を傀儡《かいらい》の幼帝に仕立てようとした継母を、陽元はいまだに『御嫡母様』と呼ぶ。

永娥娘《えいがじょう》が甘やかしたためか、本人の気質かはともかく、皇太子の不行跡を叱る者のない後宮において、陽元がかつては手の付けられない悪童であったことは事実だ。通貞《つうてい》らを引き連れて後宮を闊歩《かっぽ》し、女官たちを悩ませていた陽元の予測不可能な行動は、陶名聞《とうめいぶん》が太子師傅《しふ》として陽元の教育に当たり始めてから改善されたという。名聞はじっとしていられない陽元のあふれる血気を狩猟や武術の鍛錬で発散させ、体力的に疲れ果てさせてから学問に誘導した。

「陽元さまは暗君ではございません。必要なお仕事もおふるまいも、きちんとこなされますし、内廷でもそんなには暴れたりなさらないではありませんか」

暴れる場所を限定しているからではあるが、玲玉には知らされていない。

「でも、ここまで激しく鍛錬なさらなければならないほど、表の仕事に鬱屈《うっくつ》を溜《た》めておいでなら、変えるべきは内廷でのおふるまいではなくて、外廷での在り方ではございませんか。もっと官僚たちと意見を交わして、お考えを表明なされては」

肘掛にずるずるとだらしなく寄りかかりながら、陽元は力なく微笑んだ。

「綸言《りんげん》汗の如し、といって、君主はあとで訂正できないようなことを、うっかり言ってはならないのだ。とはいえ、私は自分から君主になりたいと言った覚えはないのだがな」

子どものように駄々をこねる夫に、玲玉は思わず苦笑する。しかし、陽元が言われたことを額面通り受け取る傾向があることに思い至り、頰を引き締めた。

「なにもお言葉すべてが完璧《かんぺき》である必要はございません。公式なことでなければ冗談くらいは仰せになってもいいのですよ。失言したかなと思われたら、言行録係に記録しないように命じればいいのですから」

それでは言行録をつけさせる意味がないのだが、玲玉は湿布を替えつつ進言した。

「御嫡母様はとにかく私がいかに無思慮で短気で短慮であるかということを、折に触れて仰せになっていた。名聞は、そうした欠点を矯《た》めるために帝王学を学ぶのだと言うのだが、いまだによくわからない。やはり私は暗愚なのではないかと思う」

皇太子の師傅を任じられた陶名聞は、親族の弾劾に巻き込まれ、その地位を長くは保てなかった。しかしかれを慕っていた陽元に請われて宦官となり、その後もずっと内廷で陽元を薫陶し続けてきた。現在は宦官最高位の司礼太監として、外廷における陽元のあるべきふるまいを裏方から指導しているが、陽元にとっては荷が重いようである。

陽元を傀儡とする目論見《もくろみ》のあった永娥娘は、陽元と表の官僚との交流を極力阻害した。そのため、外廷の臣下との信頼関係を構築しないまま即位したことも、陽元の自信不足の一因であった。

「名聞は、朝政の間は臣下の発言に耳を傾け態度に注目し、誰が信義忠の士であるか、信頼できる人物であるか見極めろという。しかし、何百人も同じ朝服を着た人間が並んでいるのを眺めているうちに、漫然としてしまう。眠気をこらえるのが大変だ」

朝政の時間が長すぎて、じっとしているのを我慢しているだけで精一杯の陽元は、気がつけば朝堂を吹き抜ける風に気を取られ、天井に巣をかけた燕《つばめ》の雛《ひな》の鳴き声に耳を澄ませてしまう。

玲玉は少しばかり思案に首を傾けていたが、やがてにっこり微笑んで提案した。

「やはり、ひとりひとりと対話するしかないのではありませんか。こちらから質問し、なるべく聞き役に回って、相手の顔を見ながらお話をするのです。不安なら、紹に言行録役を申し付けてはどうですか」

「紹か。これ以上仕事を増やせば、さすがに怒り出すだろう」

陽元は形よく削られた爪で、鼻の頭を掻《か》いた。

「何をおっしゃいます。陽元さまの最も忠実な内臣ではありませんか。そろそろ掖庭局《えきてい》以外の部署も、経験してよいころです」

「それはそうなのだが、紹は本音のところでは、私のことを嫌っているのではないかな」

玲玉は陽元の痣のある肩に手を添えた。

「これは紹に打たれたのですか」

陽元は否定しない。身じろぎしたはずみに痛みで呻《うめ》いた。

「あいつには勝てない。体格も腕力も私の方が上であるし、技量的にはそれほど変わらぬのに。体力も、先に疲れてくるのは紹の方だが、ここで取ったと思った瞬間、殺気を放って打ち返してくる。私はいつも紹の殺気に呑まれてしまう。いつか紹に殺されるとしても、私は驚きはしないよ」

きれいにそろえた自慢のひげを引っ張りながら、陽元は物憂げに告白した。

夫の不吉な予言に、玲玉の指先が震えた。

少年期よりの学友であり、現在はもっとも近い腹心である玄月でさえ、互いに腹の内を知ることがないのなら、どうして外廷の官僚たちと信頼関係を結べるだろう。周囲の都合で皇帝の椅子に押し上げられた陽元の意欲の低さを、未熟さとか若さゆえとか、適性の不足などといったものさしで評価できるものではなかった。

「紹はいまでも私を恨んでいると思う」

広い肩を丸めて、所在なげにつぶやく陽元を、玲玉は滑稽《こっけい》とは笑えない。

「秀才の誉れ高かった紹を、宦官《かんがん》にしてしまったことをですか」

「それもあるが。それ以前に、紹は私に父親を奪われたと思っている。紹が国士太学の受験勉強に打ち込んでいたとき、名聞は私の教育にかかりきりでほとんど自宅に帰らなかった。私が、いつでも名聞を呼び出せるよう宮城の東宮書院《とうぐうしょいん》に引き留めたからだ」

「まあ」と玲玉は袖《そで》を口に当てて嘆息した。

官家に育った玲玉は、兄弟や甥《おい》、従兄弟《いとこ》たちが国士太学に入学するために、血の滲《にじ》むような努力を重ねて学問に励む姿を目の当たりにしてきた。親の期待が受験生を潰《つぶ》すこともあるが、支えて励まし成功へ導くのも、やはり親の存在がものをいう。そうした時期に父親が帰宅しなくなれば、子としては見捨てられたと恨むかもしれない。

「でも、紹は聡明《そうめい》ですから、父親の仕事も宮廷の事情も理解しておりますし。まして娥娘さまのお企《たくら》みが明らかになったいまは、紹が昔のことを引きずっている心配はないと思いますよ」

　玲玉は言葉を選んで年下の夫を慰め励ます。

　陽元は実母を早くに亡くし、義母と宦官と女官に育てられ、実父の先帝とは儀礼上のやりとりのみで育った。その陽元が知る親子の情にもっとも近いものは、教育熱心な名聞とのかかわりだった。自身に家族と呼べる存在を持たない陽元には、名聞にその帰りを待つ家族や息子がいることなど、想像もつかなかったのだ。

　過ぎた時間は取り戻せない。玲玉は陽元の服のしわを直し、その膝《ひざ》の下に息づく若い気の流れをなだめるように静かに掌《てのひら》を当てた。

　皇太后一派の陰謀を暴くために陽元と玄月が打った芝居が、思いがけず陶父子の確執を明るみに引き出し、いつまでも尾を引いている。他者の立場や情動を斟酌《しんしゃく》する習慣のない陽元にとって、臣下であり伴友でもある玄月との距離は測りがたい。

「ではまず、紹と正面から向き合いなさいませ。陽元さまがどのような皇帝になりたいのか、紹がどのような君主に仕えたいと望んでいるか。そうしたことを、腹を割って話し合ったことはございますか」

陽元は金椛人《ジンファ》には珍しい二重まぶたの大きな目を瞠《みは》った。少年期はともに机をならべていたこともあって、即位までもたびたび帝王学や政治に関して議論することはあったが、いま玲玉に示されたようなことは話したことはない。玄月が儒学や帝王学に託して訴えてきたことはあるのかもしれないが、あまり回りくどいことを言われても、陽元には伝わらない。

「そうだな。紹とは、顔色を変えずに腹を探ったり、言質《げんち》を引き出したり、そんな練習しかしてこなかった気がする」

陽元は起き上がり、玲玉の腹に手を当てた。

「もう心《しん》の臓は動いているのか」

「侍御医の使う器具を当てれば、鼓動は聞こえるそうです」

うつむき玲玉の腹に耳をあてて、陽元は低い声で訊《たず》ねる。

「玲玉、この子たちに、外戚《がいせき》がいた方がよいか」

顔の見えない陽元の急な問いに、玲玉は口を閉ざした。まばたきもせず、陽元の発言の真意を測る。

「祖父様は、なぜ外戚の族滅法など定めたのだろう。父上は、なぜ族滅法を継承したのだろう。旺元《おうげん》が捕まらないのは、李徳《りとく》一族の残党が匿《かくま》っているからだ。私に何かあったときのことを思うと、そなたには親兄弟が、翔やこの子には母につながる叔父《おじ》や従兄弟がいたらと思うぞ」

すでに父母も亡く、母方につながる人間がひとりもおらず、父方の親族とは君臣の壁に隔てられた陽元の孤独。

夫の肩に手を置いた玲玉は、言葉を紡ぐこともできずにうつむいた。

じっと息を殺し、正妻の腹に耳をあてた陽元は、すでに何人かの内官との間に子を生《な》しているというのに、胎児のときにその心音を聞くわが子はこれが初めてであることに思い至る。

翔が昼寝から覚めたらしく、子どもの笑い声が宮の奥から聞こえた。

七、東方仙界

宮仕えを終えた官吏は、午後には帰宅する。太医署《たいいしょ》の予備生たちもまた講義を終えて帰宅する時刻だが、遊圭一行は後宮へは戻らず図書寮《ずしょりょう》へ向かった。

各種の太学《たいがく》や書院、寮が立ち並ぶ学府は、それだけでひとつの街であった。学生相手の文具店だけでなく、食堂や屋台は賑《にぎ》わい、物売りや炊事女の姿もちらほらと見受ける。

尼僧のようないでたちの女官と、同じ数の娘子兵《じょうしへい》、前後を宦官に案内された行列を、官衙《かんが》を行き交う人々は無遠慮に眺め、立ち止まっては見送り、噂の種にした。

何度も突き刺さるような視線を感じて遊圭はあたりを見回したが、物見高い人々がこちらを指差して話に興じているのを見て嘆息するだけだ。

図書寮では、申請の間たっぷり待たされた。書籍を借り出してから後宮に戻って昼食をとろうと考えていたが、陰陽学科の書院に連れていかれたときにはすっかり空腹になっていた。

書院は思いのほか利用者が多く、どの閲覧卓もいっぱいで、遊圭たちは必要な書籍を確認し、選ぶ場所も見つからない。

学生たちは女官たちを直接は見ないように目の端から注視し、近づくと聞こえるような舌打ちをする。少人数で大きな卓を使う学生に場所を借りようと近づけば、わざとらしく積み上げていた書籍を広げて無視を決め込む。

先導する宦官を転ばせようと足を出した学生は、悪意を察して一歩先に出た胡娘に足を踏みつけられた。悲鳴を上げ、苦情を言おうとして立ち上がったその学生は、武器を携えた凛々《りんりん》に鋭くにらみつけられ、あたふたと退散する。

うんざりしながら書物を選び、貸出しを申し込めば、係の役人に禁帯出だと断られる。

「この目録によれば、借りられるはずですけど」

秀琴《しゅうきん》が真っ向から抗議の声を上げるが、役人に「借りられるのは教職か本学生だけだ」とにべもなく追い払われる。書院で全巻の全文を書き写して持ち帰ることでしか、みんなで読み回す方法はなかった。

途方に暮れた遊圭と胡娘がふたたび閲覧室に戻ると、利用者が少し減って、ひとりだけが使用している閲覧卓を見つけた。勇気を出して近づけば、ひげもない十代後半と思われる学生が、遊圭の接近に気がつかないほど集中して書物を書き写していた。

「ここを使ってもいいだろうか」

後宮の女官であるという自覚が甚だしく欠落している胡娘が、外部の男性とは宦官を介して話しかけるべき鉄則をあっさり踏み越える。

声をかけられた青年は顔を上げた。肌は赤ん坊のようにつるりとして、鼻筋は通っているのに先端の小鼻は丸い。胡娘の顔に釘付《くぎづ》けになった青年は、丸顔の輪郭に沿って口をぽっかりと開けた。黒々と弧を描いた眉《まゆ》の下の、それもまた丸っこい目を大きく瞠る。とにかく何もかもが丸く、その表情を見ているだけで笑みを誘われる。

「それ、本物ですか」

ようやく青年の口から飛び出した意味不明な問いは、遊圭が聞いたことのない訛《なま》りと抑揚を含んでいた。後宮には帝国内外から女官や宦官が集まっていることもあり、たいていの方言は聞き分けられるのだが、この学生の発音には馴染《なじ》みがない。

「本物とは？」

胡娘が訊《き》き返すと、学生は慌てて立ち上がり、手をおろしたまま頭を下げた。遊圭たちのいぶかしげな表情に気がつき、慌てて手を組み拱手《きょうしゅ》して礼をやり直す。

「その、青い目。話に聞いてたですけど。玻璃《はり》みたいな。びっくりです。胡人と話す初めてで。その髪も、生まれた時から、その色ですか」

たどたどしい言葉遣いで、ずいぶんと失敬な質問をするものだが、胡娘はにこにこと被布からはみ出していた麦藁《むぎわら》色の髪をひと房つまんで引っ張り出した。

「目玉も髪も本物だぞ」

学生は目を輝かせた。陽光を受けて金色に透き通る胡娘の髪をうっとりと見つめる。

「すごいなぁ。代宛《だいえん》からですか？　康《こう》宇国？　それとも戴月《たいげつ》？」

聞き取りにくい発音で、遊圭も知らない国の名前を口にする。

「もうちょっと西だ。ところで、書き写したい書物があるので、卓のこちら側を使いたいのだが」

おろおろしている宦官《かんがん》を無視して、胡娘は卓の反対側を指先で示した。学生は慌てて書物や文具を自分の側に引き寄せ、「どうぞ、どうぞ」と勧めた。

胡人を珍しがるということは、東方の留学生らしい。金椛《ジンファ》帝国の南北と西側は、いくつもの国と国境を接し、多様な民族が行き交うが、東の果てには大洋が広がっている。その海を渡ってさらに東方へ向かう西方人は稀《まれ》であった。

学府の事情に疎く、遊圭たちが後宮の女官であることを知らないのだろう。これ幸いと、遊圭たちは空いた場所に書物を広げ、文具を出して写本を始めた。

空腹と闘いながら、一刻も早く寮に戻ろうと猛烈な勢いで写本をする女官たちを、留学生は感心して眺める。立ちっぱなしの凜々や宦官にも、いそいそと椅子を持ってきて勧めた。凜々は丁重に断り、一般の男性に礼儀正しく扱われることのない宦官たちは、ひどく恐縮して壁際まで下がった。

「さすがは中原一の金椛《ジンファ》帝国です。女性も専門書を読みこなし、すらすらと書き写す」

腕を組み、うんうんと首を縦に振りながら、女たちの手元をのぞきこむ。胡娘の隣で書を写していた遊圭の手蹟《しゅせき》を見て、その横顔に目を移し、感嘆の声を上げた。

「まだ子どもじゃないか。小《ち》っさな女子に、これほどもの字の書けるとは。すごいです金椛帝国」

留学生の言い回しのおかしさに、遊圭は思わず噴き出した。外見は金椛人と大差なく、黙っていれば異国人とはわからないのでなおさらだ。

「あなたは、どちらの国からいらしたのですか」

細く作った遊圭のかすれ声も、留学生は奇異に思わなかったようだ。

「東瀛《とうえい》国です。海の東の向こう」

そこは国交の始まったつい数世代前まで、仙界にある伝説の島と信じられていた。海路で行き来する辺境の国は少なくないが、東瀛国は四辺を海に囲まれた島国で、何日もかけて海流と風を頼りに大海原を渡らねばたどりつけない化外《けがい》の地だ。船が遭難し、転覆して命を落とす使節や商船は少なくないという。

積み上げられた書物を見て、これを今日中に写本するのかと訊《たず》ねる。胡娘が是と答えると、それは無理ではないかと手伝いを申し出た。

自国の男たちにも親切にされたことのない女たちは、驚いて一斉に顔を上げた。美しい女たちの、十二の瞳《ひとみ》に見つめられて、留学生は首まで赤くなる。

「あ、書くのは、金椛《ジンファ》語の練習になるので。これ、ちょうど、先週やったところ。繰り返して写すと、よく覚えます。自分のためです」

胡娘は大きな口を頬いっぱいに引いて、満面の笑みで礼を言った。

「助かるぞ。これとこれを任せた」

二巻の書と紙の束を留学生の前にどんと置く。留学生は渡された紙の質にさらに驚き感心した。言葉遣いとは対照的に、少し角ばった美しく正確な文字を書く。そして恐ろしい速さで、経書《けいしょ》を写本していった。

一巻を書き終えては、墨が乾くのを待って、ほかの者が写した書写版と交換し、原本の経書と照らし合わせ、一字一句間違いがないか確認していく。

役人が閉院の時間を告げに来て、遊圭たちはようやく手を止めた。顔を上げ、肩をもみ首を回している留学生に微笑みかけ礼を言う。

「助かりました。まだ、お名前をうかがってませんでしたね」

「ここでは橘子生《きっしせい》で通ってます」

秀琴たちは思わず笑いそうになる口元を袖《そで》で押さえた。橘子生は、文字通り果実の橘子《みかん》を思わせる丸顔を、橙色《だいだいいろ》に染めて恥ずかし気にしていたからだ。

「変ですか？　よく笑われるんですけど」

秀芳が慌ててそんなことはないと謝った。

「いいえ、むしろとっても縁起のいい、おめでたい名前ですよ。橘《きつ》が姓なのですか」

「ええ、金椛《ジンファ》にはない姓でしょう。この広い大陸で、橘子生は僕ひとりです。母国ではタチバナと発音しますけども」

なぜか誇らしげに胸を張って、橘子生は答えた。しかし、平坦《へいたん》な東瀛《とうえい》風の発音は遊圭たちの耳を素通りして、だれも覚えることはできなかった。

「それでは、あとで宦官にお礼を届けさせるのに、お住まいを探させるのは難しくないですね。橘子生さん」

秀琴が一行の長らしく、親切な留学生に礼を言って書院を後にした。


その後もたびたび、橘子生とは書院で顔を合わせた。留学して半年ということで、どの書院の、どの書架に遊圭たちが必要とする専門書があるのか、まるで歩いて物を言う目録のように詳しかった。

話す言葉の拙《つたな》さと、頭の中に詰め込まれた金椛《ジンファ》語の知識と理解度は、比例しないものらしい。文章を読ませるといきなり流暢《りゅうちょう》になり、訛りも気にならない。

「橘さんは、どうしてそんなに親切なんですか。この国の男たちは、女が筆を持つのも嫌がるというのに。私たちが試験を受けられないよう、邪魔ばかりするんですよ」

秀芳が親しみのこもった笑みで訊ねる。橘子生は逆に驚いて訊き返した。

「女性も教育するんだと、さすが金椛は中原一の先進大国と思うてました」

「では、東瀛《とうえい》国では、女性は教育を受けないのですが」

「貴族や豪族の娘なら、親が家で教えることはあります。でも、こんな公的な教育は、ないですね。高貴な女性は、家族以外に顔を見せることはありません」

そこは金椛と変わらないらしい。

祖国の話はあまりしないのか、橘子生は天井に目をやり、記憶に対応する言葉を拾いながらとつとつと話す。

東瀛国では、宮仕えに上がる貴族や豪族階級の女性は教養が求められるが、かといってやたらひけらかすのは傲慢《ごうまん》で小賢《こざか》しいと受け取られる。しかし後宮内における帝《みかど》の世話や取次ぎ、事務や総務から厨房《ちゅうぼう》、燈明《とうみょう》の管理、また内親王の教育もすべて女官がする。そのため、自国の文字と文章を読みこなすだけでなく、文学素養の基本であり、公文書《こうぶんしょ》にも使われる金椛語をも読み書きできる女官は重宝されるという。

「帝のお世話も後宮の事務も、みんな女官がするの？　東瀛国の後宮には、宦官はいないのかしら」

「いませんねぇ。お妃《きさき》方の血縁や、女官と夫婦関係にある官吏は身分も高くて、後宮に出入りが許されてますし。ひまさえあれば歌や手紙を交わしてます」

橘子生が宦官にも礼を尽くし、親切な理由はそこにあるのかと遊圭は察した。東瀛国の男性には成人後もひげを剃《そ》る習慣があり、宦官を見ても違和感は覚えなかったらしい。そして付き添いの男ふたりが宦官だと知ったあとも、態度は変わらなかった。

官僚をめざす学生たちは、宦官とすれ違えば鼻を摘《つま》んだり唾《つば》を吐いたり、袖でも擦れようものなら汚物にでも触れたように顔をしかめ、罵《のの》しりの言葉を吐く。橘子生はそういった学生たちの態度が逆に理解できないようだ。

橘子生《きっしせい》の属する社会に、物言う家畜とみなされる宦官は存在しないのだから、差別意識の持ちようがないのだろう。

秀芳にせがまれて、橘子生はさらに故国の宮廷について語り続けた。

「自分の妻や姉妹、娘を宮廷や有力大臣の館《やかた》に出仕させるのが、官吏には出世の近道なんですよ」

さらに、女官はたびたび実家や夫の家に里帰りを許される。夫が地方の長官となれば、宮廷を辞してともに下るとも。

「そもそも、皇居がこんなたいそうな城壁や濠《ほり》で囲まれてないので、目当ての女性とどうしても会いたければ、塀を乗り越えて忍び込むのは難しくないですよ。妃候補のお大臣の姫君に恋焦がれて、ついに盗み出した貴公子もいたことですしね」

しかも連れ戻されたのち、どちらも斬首されなかったという。男のほうは左遷されて生涯閑職に甘んじたようだが、なんとも生ぬるい。国を治める立場にある男女がそのように公私の区別も曖昧《あいまい》に交流し、后妃《こうひ》の住まう禁裏に男が気軽に出入りするとは。

官吏の登用が試験でなく宮廷内の縁故で決まってしまうことも、その宮廷内に政治のみならず男女の情愛が入り乱れていることも、遊圭にとってはまったく信じがたいほどに、野蛮で不道徳な異国の風習であった。

しかし秀琴たちは別の感想を抱いたようである。命をかけた異国の恋愛譚や、恋に殉じる愛人たちに寛容な社会を思い浮かべ、うっとりと目を潤ませた。

「女官も休みには家に帰れて、殿方と文通や結婚ができて、好きな時に退職できるなんて、そんな夢のような国があるのね」

まったく想像のできない世界に、秀芳が小声で秀琴にささやく。それに応《こた》えた橘子生の話には、さすがに一同が仰天した。

「ぼくの国では、女性も帝に立つことあるから、それでかな」

女王だの女帝といった存在は、野蛮で未開の国の風習だと決めつけるのが金椛《ジンファ》の常識だ。秀芳でさえ掌《てのひら》で額を押さえ頭を振り、ものも言えないほどあきれ返る。

「それでちゃんと国が治まっているの？」

「この国では牝鶏《ひんけい》が時をつくると国が滅ぶと言うのよ」

秀芳たちは疑問や驚きを次々と橘子生に浴びせる。ただひとり、胡娘がなるほどなるほどとうなずいているところを見ると、西方でも珍しいことではないらしい。

「へぇ。むしろうちでは、後継者が揉《も》めて国が危ないときに、女帝ががんばるんですよ」

橘子生は飄々《ひょうひょう》と応じる。遊圭は秀芳たちに笑いかけた。

「金椛帝国では自明で当然のことが、違う国ではおかしくて変なことかもしれませんね。女性が政《まつりごと》をして、男が機織《はたお》りをするのが当たり前の国が、きっとこの世界のどこかにあるのかも」

女たちはその光景を想像して、かしましく笑い声をあげた。

男の遊圭がそう考えるのもおかしな話ではある。とはいえ、朝晩飲まされる豆漿《とうしょう》や、女性の若さ美しさを保つのに有効という数々の食材や生薬のせいか、いっこうに筋肉のついてこない遊圭は、このままでは男として活躍できる未来が想像できない。男社会との接触がない上に、有能な女性に囲まれ、宦官《かんがん》より能力のある男性を見る機会がないせいもある。比較のしようがないのだ。

遊圭の知る男性といえば、父と兄、陽元。玄月は無意識に数には入れない。そしてこの冬に遊圭によって弾劾され、失脚させられた李徳兵部尚書《へいぶしょうしょ》くらいなものだ。皇太后を手駒に謀略を企てたほどの野心家であり、軍務を統括する尚の長官まで務めたのだから、李徳は相当に有能な政治家であり官僚であったはずだ。しかし、手駒であり同時に後ろ盾でもあった皇太后の庇護《ひご》に油断して、無力な少年宦官を装った遊圭に薬を盛られ、謀略を吐露して身を滅ぼした。実務能力と人格は、また別の問題なのだろう。

遊圭は五番目に知る成人男子、橘子生の専門を訊《たず》ねたが、どの学問を履修しているということはないという。金椛《ジンファ》語に堪能《たんのう》なところを選ばれて、あらゆる文献に目を通し、国の大学に持ち帰る書籍を選別、購入して送りだすのがかれの任務らしい。特に親しい学友がいるようすもない。どうりで書籍類の知識は素晴らしいが、金椛帝国の常識、学府内の噂や情報に疎いわけであった。

「留学期間中に目録を作れたら、帰国の船が来るまで学問をしてもいいので、詩をやりたいです。けど東瀛《とうえい》でもこちらの国でも、詩はたしなみ？　という感じ？　本職や専門がある役人や学者の片手間のあそびというか。絵画や工芸品には職人がいて報酬くれるのに、詩や小説のように千年残る芸術を作っても、詩人が食べていけないの変でしょ」

金椛《ジンファ》帝国の文物は、東瀛国ではとても人気がある。庶民も親しめるよう、平易な東瀛語に翻訳したものは、貴族から中流階級の男女に引っ張りだこだ。橘子生はそういったものを見つけては注釈を入れたり翻訳したりして、東瀛国へ向かう商人に売りつけては、滞在資金の足しにしているという。

「うちの国も面白い物語あるんで、金椛語に翻訳したら商売になると思うんですけどね。女性の書いた恋愛物語とか、こっちの国でも需要がありますかね」

「東瀛国では女性が小説を書くの？　読んでみたい！」

異国人の常識に囚《とら》われない発想に、秀芳が目を輝かせる。

遊圭は玄月の祖母が書いたという、男装の武人を主人公にした恋愛戦記小説を、そのうち橘子生と秀芳に紹介しようと思った。明々が言うには、女性が書いたからといって世に出せないのはもったいない傑作らしい。明々の読書力を飛躍的に伸ばした小説だが、遊圭は主人公の冗長な心理描写にいまひとつ入り込めず読了できなかったので、明々の感想を玄月に伝えたことはない。

橘子生の冗談や異国の話、辺境の港から都へ向かう旅の体験談を聞いていると、遊圭がときおり感じる、出所のわからない刺すような視線も気にならなくなる。

凜々も宦官たちも、女医生候補たちに非協力的な太医署や図書寮《ずしよりよう》の職員よりも、見返りも求めず図書寮を駆けずり回ってくれる橘子生が女官たちとかかわることに、目をつぶることにしたようだ。


「異国人の学生と親しくしているそうだな」

書籍を返還するために延寿殿に訪れた遊圭の顔を見るなり、玄月はそう問いただす。

「はい。お蔭《かげ》で、必要な経書はすべて閲覧することができました。教授や役人たちに頼んでも、なかなか紹介してもらえない書籍をすぐに見つけ出してくれたり、役人が禁帯出だといって貸してくれない本を、自分の学生証で借りてきてくれるのです」

遊圭は意気込んで橘子生の親切を褒めたたえた。興奮気味の遊圭にかまわず、玄月は頰から顎《あご》を撫《な》でながら「何が目的かな」とつぶやく。

「書籍の買い付けだそうです。帝からの賜物《たまもの》だけでなく、図書寮で吟味した書籍や文物を市場で購入したり、売ってないものは筆写して本国に送るのが仕事だとか」

顔を上げた玄月は、胡乱《うろん》なものを見る目つきで遊圭の紅潮した顔を見つめる。

「そなたは、あまり賢くないようだな」

「え？」と訊《き》き返したものの、どう答えたものか遊圭は思いつかない。

「自分が李徳一族の残党に狙われていることを、もう忘れたのか」

「あ」と小さくつぶやいて、遊圭は黙り込んで下を向いたが、すぐに顔を上げる。

「でも、話し方も発音も金椛《ジンファ》人のではありませんでしたし。無意識にやってしまうようなふるまいや仕草も異国的で、突拍子もない東瀛《とうえい》国の風俗や官制にも詳しかったです」

玄月は開け放した窓から吹き込む生ぬるい風に顔をしかめ、しばらく考え込んでいたが、やがて遊圭に向き直った。

「まあいい。凜々やほかの学生がいる前でどうこうはあるまいが。いま留学生名簿を確認させている。公式使節団の一員としてではなく、僧や商人について私人として留学してくる者は、本国への身元確認が難しく厄介だが」

そして、橘子生の身長や体格、人相について詳しく訊ねてきた。

ひとつひとつの問いに丁寧に答えながら、袖《そで》の中で拳《こぶし》を握りしめる。だんだんと耐え難くなってきた遊圭は、喉《のど》から絞り出すようにして断言した。

「誰もかれも疑ってかかるのが賢さだというのなら、わたしはいくら勉強しても賢くはなれないと思います」

玄月は少し間をおいて、うつむく遊圭を観察する。

「十やそこらで童試に通る学力を身につけた者は、神童と呼ばれてもてはやされるが、年を経るにしたがって並の人間かそれ以下になり、どうかすると使いものにならなくなる。なぜだかわかるか」

十二で童試に通り、二十歳にもならないうちに管理職に就いている玄月が、なぜそのようなことを言いだすのか。答えられず黙ってしまった遊圭に、玄月は指先で自分の額をトントンと叩《たた》いた。

「知識は無批判に呑《の》み込み、詰め込むためのものではない。『学びて思わざれば則《すなわ》ち罔《くら》し』。学問は思考するための道具だ。目の前にあること、相手の話すこと、それが真に何を意味するのか。自分の頭で考えることを覚えろ。生き延びたければな」

そう言い放ち、玄月は横に積み上げられた書類に手を伸ばす。会見は終わりという合図だ。言い負かされて立ち去るのも悔しく、遊圭はずっと気になっていたことを、ようやく訊ねた。

「あの、公主さまは、お元気ですか」

玄月は広げた書類に落とした目を上げずに答える。

「麗華公主は、毎日二度、永氏の塔へ通われている」

「長生宮からですか」

「そうだ」

長生宮に残った妃嬪《ひひん》や異母姉妹の公主から、麗華がどんな扱いを受けているのか、女官たちにも侮られていないかと気がかりなまま、遊圭は寮へ戻らなければならなかった。

歩きながら、急に悔しくなってきた遊圭は歯を食いしばった。

物覚えがいいと親に期待され、親族にちやほやされていたときは、自分は兄よりも賢いのではないかといい気になっていた。後宮に来てからは家で詰め込まれた知識は確かに役に立ったが、そのために危険に巻き込まれ、玄月に利用される羽目にもなった。

読むのも書くのもひとより速く、覚えたことも忘れない。知識は系統立てて理解でき、試験の答案は時間内にほぼ完璧《かんぺき》に仕上げられる。だけど、それだけでは生きていくのに充分ではないことは、家が滅んでから骨身に沁《し》みて思い知らされてきた。

本当に頭が良かったのなら、たとえ誰かを助けるためでも知識をひけらかしたり、機転を働かせるべきではないのだ。合理的に、効率的に目的を果たすため、もの考えぬ奴隷を演じて下を向き、与えられた仕事を黙々とこなし、ただじっと脱出の機会を窺《うかが》っていただろう。

有能な官僚であったはずの李徳が油断と好色という罠《わな》に落ちたように、自らの能力を隠すことのできない、愚かな少年に過ぎない自分を、遊圭は認めざるを得ない。

だがもはや、医生官試験に合格しなくては生き残る道がない以上、韜晦《とうかい》することにはなんの意味もない。全力で与えられた課題に取り組み、最高の結果を出さなくてはならない。橘子生が皇太后・李徳派の残党によって送り込まれた間諜《かんちょう》や刺客であろうと、役に立つ間は信じてつきあっていくしかないのだ。

「あれ？」

遊圭は立ち止まって口を押さえた。ついひとりごとが漏れる。

「わたしも玄月みたいに、無関係な他者を自分の目的のために利用することを、当たり前に考えてしまうようになってる。まるで息でも吐くように」

自己嫌悪から脚の力が抜け、そこにしゃがみ込みたくなる衝動をこらえて、遊圭は一歩一歩地面を踏みしめるようにして歩き続けた。

夏季試験の結果が返された。合格点に達したのは六人の女医生候補のうち遊圭、秀琴、秀芳の三人だけだった。胡娘は「退学の義務はないのだろう？　継続して何が悪い」とその後も講義に通ったが、あとのふたりは燃え尽きてしまったらしい。来年に賭《か》けたいので、遊圭たちの健闘を祈ると言って、脱落してしまった。

「はぁ、減っちゃいましたね。みなさんすごい勉強してるのに、ついていけないとは。金椛《ジンファ》の医学は、ほんとうに水準が高い」

橘子《きっし》生《せい》は童顔の丸っこさそのままに、のほほんと同情と感心を表す。

最近では、あらかじめ指定された書籍を橘子生に借り出してもらい、女医生候補の休憩室に配達してもらっていた。橘子生はごく自然にひとつの席を占め、そのまま女たちと一緒に写本を手伝う。公共の書院で学生や役人の嫌悪や非難の視線にさらされながら作業するより、ずっとはかどるからだ。

写本を続けながらの雑談は、ほぼ毎日の習慣になっていた。

「男子学生でも、半分近く落ちてますよ。言わないで通い続けているから誰が水準以下かわからないだけで」

秀琴の愚痴に、胡娘が口を挟む。

「合格点に達してない連中は顔色でわかる」

「でも、胡娘さんは合格者の余裕たっぷりですよね」

秀芳が言い返せば、一同から笑い声が上がる。

男子学生もついていくのが困難になっているのは、教授たちが本来は本科で学ぶような内容も予備学に持ち込んでいるためだ。つまり秀琴たちはすでに医生官試験を突破できる学力がついているということだろう、と遊圭が指摘する。

「だからといって、油断はできません。あのひとたち、女が男より優秀な成績を上げたら、男の面子《メンツ》が潰《つぶ》されると信じているんですもの。試験で負かせないとわかったら、どんな手を打ってくるかわかったものではないわ」

「金椛《ジンファ》の女性は、大変ですねぇ」

橘子生は、眼尻にも口調にもたっぷり同情をたたえて嘆息した。

「東瀛《とうえい》国の女性は、男と同じように医師になれるの？」

橘子生は腕を組み、うーんと唸《うな》りつつ記憶を絞り出す。

「どうだったかな。典薬寮《てんやくりょう》は男ばかりと思う。けど、内裏《だいり》の内薬司《ないやくし》には女医博士もいるらしい。ぼくは殿上《てんじょう》に上がれる身分でないから、よくは知らないけど。結婚する前に、采女《うねめ》をやっていた友人の奥さんの叔母《おば》さんの従姉《いとこ》から聞いた話」

秀芳は机の上で組んだ手にぎゅっと力を込めて、目に涙を溜《た》めた。

「私、東瀛国に生まれたかった」

秀琴は秀芳の肩を握って励ます。

「私たちが、変えていけばいいのよ。後宮の医療は女医博士がみるべきなんだわ」

胡娘がパチパチと手を叩き、遊圭もつられて手を叩いた。

秀芳は「ちょっとあんたたち！　何を手なんか叩いているのよ、ひとごとみたいに」と目を怒らせながら肩を押してくる。

秀琴と秀芳は、きっと試験に受かるだろうと遊圭は思った。

自分からは見返りを求めない橘子生だが、女たちが持ってくる調理済みの肉や漬物、菓子などはありがたく受け取っていた。持ってきた滞在費は残り少なく、仕送りの銀を積んだ船はいつ入港するかわからないし、波間に沈むこともある。本国へ送りたい文物の値段はしばしば生活費を削り落とすとかで、食事もままならないらしい。

「その割には福々しい顔をしているな」

そう胡娘に言われると、橘子生はきまり悪そうに両手で頬をつまんで引っ張った。

「金椛の食べ物は、肉や油脂が多くて、ちょっとの量で腹も顔も膨れるのです」

女たちは笑い転げ、秀芳は橘子生に食べたいものがあれば、用意すると請け合った。

後宮の厨房《ちゅうぼう》には、東西南北の果てから様々な食材が届けられる。手に入らない食べ物など、ないのだと豪語した。

＊　＊　＊

外廷における公務中に頭に載せておく玉冠が重いのは、朝政の間にうっかり居眠りさせないための拷問具ではないかと、陽元はしばしば考える。ふっと気が遠くなるたびに、玉簾《ぎょくれん》が煩わしい音を立てて注意を引き戻し、こっくりと頭が前に落ちそうになると、重心の移動にぐきりとした痛みが首に走る。玉座で少しでも物音を立てると、文武百官が一斉にこちらを見上げるのが耐えられない。

顔の前に垂れ下がる玉簾は、天子の尊顔を臣下に見せぬためだというが、本来の目的は退屈しきった顔を隠すためではないか。さらに笏《しゃく》を口元に添えれば欠伸《あくび》をかみ殺すところも見られずにすむ。

即位後は司礼太監の陶名聞《めいぶん》の助言通り、発言する官僚たちの言うことに耳を傾けていたが、最近はたびたび襲ってくる睡魔と闘うのが大変だ。文武百官ともいう、壇下の広間に分かれて並ぶ文官と武官が、実際に百人いるのか数えてみたこともあるが、百八十三を超えたところで気が遠くなってやめた。

「せめて朝堂に居並ぶ官僚の顔と名前と役職名は憶《おぼ》えていただきませんと」

と、陶名聞の息子、陽元と同い年の玄月は言う。

「二百人だぞ⁉　どうやって憶えるのだ？」

青蘭《せいらん》殿では儀礼ばったやりとりは一切禁止している。運動不足の解消のほかに、玄月ら同年代の宦官《かんがん》と即位前と同じ調子で会話をするのも、陽元にとっては息抜きであった。気の短い陽元は、公式の場でも拝礼や口上を省略して要点だけを報告、議論すれば、朝政の時間は半分に縮められて、みなも早く家に帰れるのではと、陶名聞に提案したことがある。結果、たっぷり一刻は礼の在り方と政《まつりごと》の正道について説教をされた。

「奴才《わたくし》は後宮の内官百二人と、各尚各宮の宮官幹部《きゆうかん》百二十名、掖庭《えきてい》局の上司同僚部下八十六名の顔と名前、役職と経歴をすべて記憶しておりますが」

切れ長の涼し気な目を不遜《ふそん》に細めて、玄月は不平顔の主君に言葉を返す。

「そなたは、父親自慢の天才児だからな！　物を覚えるのに、苦労したことなどないだろう！」

玄月は激しい鍛錬で乱れた髪を掻《か》き上げて、薄く笑う。

「暗記力に恵まれておりますのは否定しませんが、努力をせずに片端から記憶できているわけでもありません。こちらから話しかけて相手の印象を頭に刻み込んだり、すぐに名前を思い出せない相手にはさりげなく近況を訊《たず》ねて確認を怠らないなど、忘れない工夫は欠かしておりません」

陽元は目に落ちる汗を手の甲で拭《ふ》き払い、嘆息した。

「努力か。玲玉が大勢いるのが気が散るのなら、ひとりか少人数ずつ呼び出して話を聞くのはどうかと言う。紹はどう思うか」

「良いのではないですか。各尚ごとに個別に聴政《ちょうせい》を行うのなら、執務の時間は確実に午後にずれてしまうでしょうが」

近侍の宦官に湿った亜麻布で背中の汗を拭かせながら、陽元はうめき声を上げた。

「官吏どもが勤務を終えて退城したあとも、皇帝だけがひとり残って書類をさばいて印を捺し続けるわけか？　だったら私は皇帝じゃなくて官吏になりたかったぞ」

「中書令《ちゅうしょれい》に命じて、書記の人員を増やせばいいではないですか」

「そうする」

陽元は素直に玄月の助言を容《い》れた。

「ところで、大家《ターチャ》。旺元皇子の行方がいまだ判然としないそうですが」

玄月が話題を変え、逃走中の弟皇子の消息を訊ねる。

「東廠《とうしょう》の長官は、はかばかしい報告を持ってこない。李家にゆかりの邸宅や所領はすべて捜索させたが鼠一匹でてこないそうだ。すでに都を逃げ出した可能性もあると、地方へ捜索を広げさせている。国外へ亡命されたら、どうにもならんがな」

「国内に潜伏されては、不満分子を糾合されたり、内乱を起こされる心配がありますが、国外逃亡なら亡命先に圧力をかけて孤立させ、刺客を放てばよいのですから、人手も省けてむしろ好都合でしょう」

陽元は眉根《まゆね》を寄せ、団扇《うちわ》で扇がせても流れる汗を自分の袖《そで》でふき取った。

「澄ました顔で、さらりと言うものだな。私の弟だぞ」

「大家《ターチャ》を弑《しい》し奉ろうとした李徳の甥《おい》です。母親も従姉《いとこ》も伯父《おじ》の謀略に加担していたのですから、旺元皇子だけが蚊帳《かや》の外とは考えられません。李徳の後押しさえあれば、帝位につけたお立場ですし」

「族滅法があるのだから、李徳が血縁の旺元を皇位につけるのは無理だったろう」

そのための外戚族滅法である。

「法律は、絶対不変ではありません。翔太子を傀儡《かいらい》として玉座にまつり、族滅法を廃止させた後に、旺元皇子に譲位させるつもりだったのかもしれません」

――お前が李徳だったら、そうするか――

という軽口を叩くには、いまこのときは暑すぎる。

「旺元は、私と張り合うのが生き甲斐《がい》のような男だからな。私が持っている物は何でも欲しがっては、御嫡母様に叱られていた」

ひとつ違いの異母弟と過ごした幼年期をたどる陽元の額から、玉の汗が流れ落ちる。灼熱《しゃくねつ》の戸外に比べれば、緑陰に囲まれた天井の高い青蘭殿の内側は風通しもよく涼しいものだが、激しい鍛錬のあとは、なかなか汗が退かない。水を浴びたいと思いつつ、玄月がいるときは水浴の用意をさせるのも躊躇《ちゅうちょ》される。これほど暑い日に鍛錬に励んで汗をかけば、つきあわせた宦官たちにこの場での水浴びを許すことは厭《いと》わない陽元だが、玄月は固く辞退することだろう。

玄月と腹を割って話し合えと玲玉には言われたものの、腹どころか肌も見せようとしない相手に、どう切り出せばよいのか。手の届かない距離、あるいは見えない壁のような何かが、陽元と玄月を隔てている。玄月の父、陶名聞はそれは君臣のけじめだという。

暑さで煮えたったような頭からそれまでの話題が蒸発し、陽元の底に沈んでいた疑問がふわりと浮かび上がる。

「紹は、私が皇帝でよいと思っているのか」

玄月は予期せぬ問いにまばたきを返した。そっと息を吸い込み吐き出すほどの間をおいて、淡々とした言葉が返ってくる。

「奴才《わたくし》にとりましては、皇帝は大家《ターチャ》のほかに考えられません」

ほかに答えようがないことくらいわかっているのに、わざわざ言わせてしまった陽元は会話の糸口を失ってしまった。暑苦しい空気に戸外の蟬の声が滲《し》み込む。

鉢巻きをほどいた玄月の白い額に、上昇した体温のため傷痕が赤く浮き上がる。

昨年、玄月が皇太后派に寝返る口実を作る工作のために、内廷の幹部らの前で陽元が激しく笏を打ちつけた傷だ。芝居のはずが、思いのほか大怪我になってしまった。

その傷痕に無意識に触れようとした陽元が手を上げると、玄月はびくっと肩をすくめて一歩下がった。

「驚くことはない。まだ痛むのではと気になっただけだ。ずいぶんと赤い」

身体をすくめた反応とは対照的に、玄月の表情に怯《おび》えはない。淡々と言葉を返す。

「もう、なんともございません。呉俊信《ごしゅんしん》が疑いを挟む隙もないほど、手加減をされずに打つように申し上げたのは奴才《わたくし》です。大家《ターチャ》がお心を煩わせることはありません」

「大変な出血だった」

自分が痛い思いをしたかのように、陽元は顔をしかめる。

「頭は少し切っただけで、驚くほど血が出ます。裂傷そのものは痛みはほとんどありません。むしろ大家と奴才の立てた計画通りに、ことが運んだことをお喜びください」

「では、どうして私が手を伸ばしただけで、いちいち身をすくめる」

陽元が拗《す》ねた語調で詰問する。玄月は眉《まゆ》を曇らせ、初めて口ごもった。

「これは——大家の行為とは無関係の——宦官の習い性です。見習い時代の——」

宦官となるものは、手術を終えて回復したのち、後宮に入る前に宮廷の作法や掟《おきて》、そして絶対の服従を徹底的に心身に叩き込まれる。覚えが悪かったり、少しでも粗相や間違いを犯したり、あるいはたまたま教官の虫の居所が悪かったりすれば、立ち上がれなくなるまで容赦なく杖《つえ》や棒で折檻《せっかん》されるのは日常茶飯事だ。

当時十二歳の陽元はそんな裏事情は知らなかった。宦官に世話をされ養育される皇族の男子にとって、宦官は家族も同然の、おのれの手足のような存在だ。それゆえ、外廷の官吏が宦官に抱える偏見も嫌悪も持たない。陽元の懇願で死罪を免れた陶名聞が、宦官となり親子で後宮に仕えることを承諾したときには無邪気に喜んだ。

腐刑とも云われる去勢手術の苛《か》酷《こく》さや、宦官に落とされることが陶親子にとってどれほどの屈辱であったかなど、おそらく現在でも実感できていないのかもしれない。

　しかも、どういうわけか宮刑《きゆうけい》後の玄月は陽元の宮に配属されなかった。陶名聞が手術後の回復に時間がかかり、内廷での任官が遅れていた数か月の間、玄月が後宮のどこで何をしていたのか、本人の口から話されたことはない。

妃嬪《ひひん》の宮を飾る、生き人形のごとき艶《なま》めかしい女装の通貞《つうてい》らに淫靡《いんび》な印象を抱いていた陽元もまた、かれらを隔てた瘡蓋《かさぶた》のような空白の期間については、あえて触れようとはしなかった。

　玄月が少し視線をずらして黙ってしまったのは、この話は避けたい、ほかに用がなければ退出したいという意思表示だ。

　そもそも、今日はこんな昔話をしている場合ではなかったはずだ。居心地の悪い沈黙を守るこの生真面目な忠臣に、国事について話さねばならないことがあるのに、あまりの暑さに陽元はどう切り出してよいか頭が働かない。

　できれば陽元も知りたくはなかった、かれの政権を足元から崩壊させるであろう内憂がすぐそこまで迫っている。玄月の意見を聞きたいのだが、皇帝としての自分を見限られそうな不安が勝る。それゆえ、陽元はその短気な性格に反して、ここ数日を悶々《もんもん》として過ごしていた。

　今年の夏は例年よりも暑く、雨が少ない。旱魃《かんばつ》の怖れがあるという報告と、そしてさらに――

「そういえば、天文博士がそろそろ日蝕《につしよく》がおきると言ってきた」

「いつですか」

玄月は、不定期だが恒例の行事でも提案されたように驚くことなく応じる。

国家の祭事と政治は、天体の運行と密接に絡み合っている。特に日蝕の前後はすべての催事を中止して忌み控えなくてはならないので、前もってあらゆる行事を前倒しにしたり、優先度の低いものは先送りにしなくてはならない。

「それが、わからん」

「は？」と、玄月は陽元の顔を正面から見つめ、思わず訊《き》き返す。ほかの場であれば不敬と責められても申し開きできない態度だ。

「私も、つい先日知ったのだ。祖父様がこの国を建てたときに、前王朝の官衙《かんが》は三分の一が燃えて、古い天文資料もかなり焼けてしまったという。最後の日蝕から数えてもまもなくのはずなのだが、肝心の資料が失われたために、天文博士たちがいつ起きるのか正確に周期を算出することが難しいそうだ」

玄月が顔色を変えた。

「それは、一大事ではありませんか！　そんな大事なことが、なぜいままで——」

天子の権威が祭祀《さいし》中心であった古代から、富と軍事力に移行した現在でも、暦を作りひとびとの生活を支配することは、国政の根幹的な事業であった。天体の運行と、不規則な動きをする彗星《すいせい》や蝕、惑星を観測し、天の禍《わざわい》や吉祥の兆しとして、蒙昧《もうまい》な国民の迷信を鎮め、あるいは巧みに利用して人心の安寧を図ってきた。

それは革命によって支配者が替わろうとも、天文陰陽学を担う学者たちが守り伝えてきた民族の遺産である。それが建国時に焼失していたことは現王朝にとっては極秘事項の不祥事であった。そして陽元の代には、間近に迫る日蝕を予測し、各部署に予定の繰り合わせを通達しようにも、正確な周期が計算できない事態に直面している。

国政のみならず祭祀の長たる天子が、天下を治めるために必要な天体の運行を予測できない。それは陽元が『天命』なき皇帝であることを露呈し、かれの政治生命と現王朝の存続を断ちかねない醜聞であった。

「父帝が天文を趣味とし、天文台まで急ぎ作らせていたのは、この醜聞を隠しつつ、解決策を探らせるためだったのだな。なぜ私には伝えられていなかったのか」

陽元は沈んだ声でつぶやいた。玄月は蒼《あお》ざめ考え込む。

「永氏が、大家のお耳に入らぬよう、握りつぶしていたのでしょうか」

「考えられる。いつ蝕が起きるにしろ、私を廃位に追い込むには有効な切り札だ。まして嫡母を幽閉し、兵部尚書を断罪した直後に、日照りと日蝕が重なっては、私の天子としての徳も疑われること間違いなしだ」

汗を拭《ふ》く亜麻布で両のまぶたを強く圧して、陽元は弱音を吐く。

明日か、それとも何年も先か。いつおきるかわからない異変現象に、善後策など誰に立てられるだろう。

――私が天命を喪《うしな》い玉座をおろされても、おまえたち親子は私についてくるか――

喉元《のどもと》まで出かかった鉛のような問いを陽元は呑《の》みくだし、背筋を伸ばした。

「明日の午後、天文博士と接見する予定だ。紹も近侍として出席してくれ」

「御意」

玄月は拱手《きょうしゅ》して拝礼し、緊張した面持ちで青蘭殿を退出した。

日向《ひなた》に出た玄月は目を細めて空を見上げる。空を焦がす夏の太陽に翳《かげ》りは見えない。

八、幽鬼逍遥

受験の準備に忙殺されていても、遊圭はできる限りかつて世話になった趙婆《ちょうば》の見舞いに通った。馬延《ばえん》も鍼《はり》治療のために趙婆の邸《やしき》に通っているというので、遊圭は同行を申し出る。

「おまえさんの歩調は合わせやすくていい。玄月の寄こす宦官《かんがん》どもは、やたら元気で歩くのが速すぎるか、わしを年寄り扱いして苛々《いらいら》するほど遅く歩く」

遊圭に手を引かれながら、馬延は上機嫌で言った。

「玄月さんは馬先生を叔叔《おじさん》と呼んでますけど、おふたりは親戚《しんせき》同士なんですか」

姓が違っても、姻戚《いんせき》であれば叔父《おじ》甥《おい》と呼び合っても不思議はない。かつては侍御医《じぎょい》であった馬延が宦官になったのは、陶家の獄に巻き込まれたせいだろうか。

「いや。陶家があんなことにならなければ、玄月とわしは親戚になっていたはずだ。それで玄月はいまでもわしをそう呼ぶんだろう」

なかなか複雑な背景がありそうである。興味はあるのだが、あまり根掘り葉掘り訊くのも気が退ける。遊圭は侍御医も匙《さじ》を投げたという趙婆の病状について話題を変えた。

趙婆の枕元に通された遊圭は言葉を失った。暑さのため食事もほとんど口にできないとかで、去年のいまごろとは別人のように痩《や》せ細り、五十を前にして七十近い老婆のようになっていた。

「玄月は来ないねぇ」

馬延の宦官服を見分けた趙婆は、うわごとのようにつぶやく。

「わたしではお気に召しませんか」

馬延のうしろから声をかけた遊圭は、病人を相手に子どもじみたことを言ってしまったと後悔する。

「もちろん、遊々に会えるのはうれしいよ。最近は見舞ってくれる女官もめっきり減ってしまったからね。みんな忙しいんだね」

遊圭は枕元で風を送っていた女童から団扇《うちわ》を受け取り、趙婆を扇《あお》いでやる。退屈な仕事から解放された女童は、喜びいさんで厨房《ちゅうぼう》に走り去った。

「帝《みかど》からは、お見舞いが寄こされますか」

「果物とか、送られてくるのがそうじゃないかね。大后《おおきさき》さまも、なんだかんだと送ってくださる。ありがたいことだ。こんな年寄りにまで親切な帝と大后さまに治められるわたしたちは、ほんとうにしあわせな民だね。千歳万歳」

しわびた両手を合わせて目をつむり、趙婆は陽元夫婦の御代に繁栄を祈る。

馬延の施術を受けながら、趙婆は遊圭の学業がどうはかどっているか、楽しそうに耳を傾ける。聡明《そうめい》で将来有望な女医が後宮に増えたら、自分のように手遅れになるまで我慢する女官はいなくなるだろうと、なんの関係もない無数の他人のために心から喜ぶ。

「そんなことになったら、わしは商売あがったりだな」

馬延はふん、と鼻を鳴らして不機嫌に吐き出す。

「馬先生は、どうせ貧乏人からは金をとってないんだから、かわりゃしないよ。遊圭、知ってるかい？　このごうつくばりの爺《じい》さんは、現役の女官からはふんだくるが、薬を買えない養生院の老女官には、ただで痛み止めの鍼を打ってやるんだ。たいした人徳者だよ。閻魔大王《えんまだいおう》さまも、馬先生にはお目こぼしくださるさ」

見た目はかなり衰弱しているのに、口は相変わらず達者な趙婆に、遊圭は安堵《あんど》する。

馬延は呵々《かか》と笑い飛ばした。

「ああいう年寄りどもはな、枕や布団の下、衿《えり》の裏に金粒だの簪《かんざし》だのしまいこんでいるもんだ。こちらから頼みもせんのに、これでなんとかしてくれって白髪頭にゃとまらんような珊瑚《さんご》やら瑠璃《るり》の歩揺《ほよう》やら、玉佩《ぎょくはい》をこの袖《そで》に放り込んでくる」

趙婆も笑い返す。

「どうせ冥土《めいど》には持っていけやしないからね。ありがたくもらっておくがいいよ。私の簪も持っていきな。あんたの孫娘の、嫁入り支度の足しにしてくれ」

「おまえさんからは十分にもらっているよ。自分にどれだけ手当が出ているのか、ちっともわかってないんだな」

　趙婆を疲れさせないよう、手早く施術をすませた馬延を、遊圭は官舎へ送っていく。

　宮城の外に自宅のある馬延だが、輿《こし》を使える身分ではなく、徒歩の通勤は年齢的につらいので家に帰るのは休みの時だけという。何度か趙婆の見舞いに付き添い、かれらの世間話からわかったことは、馬延が城下に構える自宅には、老妻と婚家から戻された娘の母娘《おやこ》が、女ばかり三人で暮らしているということであった。

「趙婆は、あとどのくらいもつのでしょうか」

　考えたくはないが、覚悟はしておいたほうがいいのだろう。自分たちが試験に合格して、正規の女医生が誕生するところまでは見届けて欲しい。

「わからんな。消渇病《しょうかつ》は、邪気を取り込んでほかの病を併発しなければけっこう生きるものだが、悪い風邪にでもかかるとコロリと逝く。この暑さでだいぶん消耗しておるから、もってもこの秋ではないか。風の変わり目に気をつけることだ」

　難しい医学用語で飲水病《いんすい》を説明する馬延は、遊圭を医学生として接している。馬延はこの病気の原因と療法、薬事に関して質問を浴びせ、遊圭は思い出すかぎり答えては、間違えるたびに馬延の杖《つえ》で肘《ひじ》を容赦なく叩《たた》かれた。

酷暑も和らいできたある日、講義を終えた遊圭が秀琴《しゅうきん》たちと休憩室兼自習室に入っても、そこに橘子生《きっしせい》の姿はなかった。大卓の上には筆記具の箱が昨日片付けられたままである。

「頼んでおいた経書《けい》が見つからなくて、まだ探しているのかもしれません」

秀芳《しゅうほう》は心配そうに扉へ戻って、こちらに向かう人影がないかと首を伸ばす。

とりあえず昼食をとりつつ、後宮へ戻るか、それともこの日の講義をさらいながら橘子生を待つべきか話し合っていると、廊下から引きずるような足音と、小物がぶつかり合う音が近づいてきた。秀芳が飛び上がって扉を大きく開く。

「やあ、遅くなりまして」

「橘さん！　その顔、どうなさったの？」

橘子生の左頰は蒼黒《あおぐろ》く変色し、大熊猫《パンダ》のような黒痣《あざ》が左目の周りを囲っていた。右のこめかみに貼り付けられた白布には血が滲《にじ》んでいる。書籍を抱えた両手も、袖の下に包帯が巻いてあるのが見えた。

橘子生は片足を引きずりながら部屋に入ってくると、よっこらしょと経書の束を卓の上に置いてひと息ついた。

「昨夜、友人に飯をおごってもらった帰り道、酔っ払いにからまれました」

秀芳は大騒ぎしながら橘子生を椅子に座らせた。額や頰の傷を調べ、ほかにも打ち身や打撲がないかと袖をまくり衿を開く。

後宮の女官が外の男性の肌に触れるなど、とんでもない禁止事項だ。控えていた宦官が驚いてやめさせようとするのを、胡娘が威圧を込めた目配せで止めてしまう。

凜々《りんりん》は基本的に護衛以外のことでは口を出さない。橘子生は秀芳と秀琴に挟まれて、むしろ幸せそうな顔でふたりの美女から手当てを受けていた。

橘子生は五人組の青年にからまれ暴行されたらしいが、服装や冠の色から太医署の学生と思われる。

「卑怯《ひきょう》な手段に出たわね。私たちに手が出せないから、書籍をこれ以上借りられないように邪魔しようというのよ。でも留学生にこんなことするなんて！」

悲惨な面相にもかかわらず、橘子生はさほど怒ったふうもない。

「まあ、外国人だからって理由で小石や柿の種を投げつけられることも、よくありますから。あと、ほら、ぼくはひげがあまり伸びないので、宦官と間違えて意地悪する学生もいるんです。あなたたち、大変ですね」

いきなり話を振られた付き添いの宦官たちは、びっくりして姿勢を正した。かれらは用がない限り、影のように控えてほとんど口を利かない。こんなときも首を横に振ったり、手を広げて是非の意思表示をするくらいだ。

「頭では敵《かな》わないから、力ずく、というわけか。これが学生の暴走でなく、教授たちもからんでいるとなれば、卑劣極まりない」

胡娘が顔を上げ、凜々に目配せをする。凜々は一歩前にでて、暴行を受けた場所と近辺の酒楼名、暴行者の特徴をさらに詳しく橘子生から聞き出した。

「届けてはおきますが、たぶん犯人は捕まらないでしょう。城下での喧嘩沙汰《けんかざた》は日常茶飯事ですから。念のため、玄月さまにも報告しておきます」

凛々の指示で、娘子兵のひとりが足音を立てずに部屋から滑り出た。

「ああ、でも大事にはなりませんでした。通りすがりの武人が助けてくれたので」

橘子生は慌てて両手を広げる。不祥事を起こしたとして、留学許可を取り消されるのを怖れているらしい。

「ぼくと体格は変わらないのに、それはかっこうよく無頼学生どもをのしてしまいました。金椛の拳法《けんぽう》とか武術は見るのも美しい。あれを学んで帰りたいです」

秀芳が「なにを呑気《のんき》なことを言ってるんですか！　その方が通りかからなかったらどうなっていたことか！」と半泣きで叱りつける。

「秀妹《まい》さん、ほんと大丈夫ですから。今日だってこんだけの荷物をちゃんと運んでこれましたでしょう？　あれ？　僕を待たずにお昼始めちゃったんですか。今日もうまそうな、おや、この季節に柑子《こうじ》ですか、いたた」

秀芳に頭の包帯をぎゅうぎゅうに締め上げられて、橘子生は悲鳴をあげた。

「新春に採れた柚《ぶんたん》よ。食べごろになったから持ってきてあげたのに。まだ酸味が残ってて口の傷に沁《し》みるから、お預けです！」

「そんな殺生な」

橘子生は悲愴《ひそう》な泣き声をあげた。

写本を始める空気にはならず、秀琴はこの日はおひらきを提案する。娘子兵と宦官《かんがん》をつけて橘子生を下宿まで送り届けるよう、秀芳は凜々に頼み込んだ。

さらに後宮に帰ってからも、秀芳は湿布薬や痛み止め、化膿《かのう》止めを籠《かご》に詰め込んで、手近な総菜や果物も包んで宦官に持たせ、橘子生の下宿まで届けさせる。そして火を灯《とも》す時刻になってもまだ、暴漢らの非道さと、太医署のお偉方の卑劣さ、橘子生の無防備な呑気さにぶつぶつと文句を言い続けた。

「遊々、秀妹さんに気をつけた方がいいよ」

いまや寮の家政を引き受けて切り回している明々が、遊圭の部屋に来て忠告した。

「なにが？」

遊圭は明々の深刻な顔つきに、きょとんとして訊《き》き返す。

「秀妹さんて、その橘子生ってひとのこと、好きなんじゃない？」

午後の顚末《てんまつ》を思い返した遊圭は、確かに秀芳の狼狽《ろうばい》ぶりは平常心を欠いていたかもしれないと同意した。しかし明々は橘子生に会ったことはない。

「見た目のぱっとしない、成長不良の大熊猫《パンダ》のようなひとだよ、秀妹さんより年下だし、明々が阿清《あせい》やわたしをかまいたがるのと同じさ。心配しなくていいと思う」

明々は年の離れた弟をかわいがっており、後宮に入ってからも仕送りを絶やしていない。遊圭のことも、いまだに年端のいかない弟のように世話を焼きたがる。

だが明々は、橘子生への謝礼に秀芳が自分の装飾品まで渡していることを指摘する。

「お礼どころじゃないよ。貢いでいるって感じ。今日だって、わざわざ柚を持って行ったんでしょ。ほかに持っていく食べ物がないわけじゃなし。おかしな誤解されたらどうするの」

「明々、橘さんは外国人だから、わたしたちの習慣なんか知らないよ。秀妹さんも単に橘《きつ》さんの姓に合わせた洒落《しゃれ》のつもりだろ」

遊圭がいかな世間知らずの箱入り御曹司《おんぞうし》であったとはいえ、かつては適齢期を迎えた兄も既婚者の姉もいたのだ。男女間での花や果実のやり取りが、恋の駆け引きだと知らないわけではない。だが橘子生は論外だ。

「女官と不祥事を起こせば、どっちも将来どころか命まで棒に振ってしまう。第一、橘さんの祖国は海の向こうだから、女を連れて逃げるのなんて不可能だ」

納得しかねる明々に、遊圭が「心に留めておくよ」と微笑みかけたとき、玄関の方で女官たちの騒ぐ声が聞こえた。

ただならない空気に、遊圭と明々は急いで階下に駆けおりた。

急報を運んできた宦官の、息を切らした甲高い声が、耳に刺さる。

「前皇太后が、お亡くなりになりました」

通常、皇太后が亡くなれば崩御《ほうぎょ》と言わねばならないはずだが、反逆罪で石の塔に幽閉されている永娥娘《がじょう》に対しては使わないと判断されたらしい。

背の届く位置に窓のない牢《ろう》室の扉は、積み上げられた煉瓦《れんが》でふさがれている。石造りの室内は四方と床を、灰色の石壁に囲まれているという。そこで死ぬまでひとりで過ごすのが、陽元の母を殺し、妻を殺そうとし、継子である陽元もまた排除しようと企《たくら》んだ永娥娘に与えられた罰であった。

永娥娘にはまた、自害を促すために毎日毒杯が届けられていた。毒は永娥娘が陽元の母を暗殺したのと同じ、即効性の鴆毒《ちんどく》であるという。

孤独に耐えかねて、とうとう毒を飲んだのか。あるいは換気の良くない石牢で、暑さのために心不全を起こしたのか、死因はまだ不明であった。食事を運んでいた麗華が、三日以上食膳《しょくぜん》に手がつけられていないことを陽元に報告して、石壁を崩すことになったという。

「公主さま」

遊圭は麗華の気持ちを思って胸が冷えた。

すでに日は暮れていたが、遊圭は麗華のいる長生宮を目指して寮を飛び出した。明々も部屋着に着替えていたが、かまわず遊圭についてきた。途中でいくつもの門を開かせるたびに門番の宦官と押し問答になったが、遊圭は緊急時のために玄月から発行されていた通行証を見せて強引に通り抜けた。

遊圭たちが先帝の妃嬪《ひひん》たちの住む長生宮にたどり着いた時には、ふたりとも汗だくになっていた。長生宮は前皇太后の訃報《ふほう》に沸き返っており、遊圭たちがかつて住み込んでいた公主宮へ向かうのを、だれも止めなかった。

しかし、公主宮の主人はすでに麗華ではなく、先帝の妃嬪妻妾《さいしょう》が生んだ公主たちが幅を利かせていた。夜の珍客に驚く女官に、麗華の居場所を訊《たず》ねる。

示された方向は、上級宮官《きゅうかん》の房室が並ぶ殿舎であった。公主が使用人の室に移されていたことにあきれる暇もなく、遊圭たちはそちらへ足を運ぶ。渡り廊下まで来て、こちらに向かって来るものものしい行列に立ち止まる。

宮正《きゅうせい》の女官に罪人のように囲まれて、白い袍《ほう》をまとった麗華がこちらへ進んできた。宮正に皇族を拘束する権限などないはずである。遊圭は混乱して麗華に駆け寄った。

「公主さま、これはどういうことですか」

遊圭の前進を阻もうと、宮正らが立ちはだかる。宮正掌長《しょうちょう》が居丈高な声を上げて遊圭を叱咤《しった》したが、麗華が威厳のある声で止めた。

「そのものたちにも、同行してもらいましょう。初めからかかわっていたのですから、最後まで知る権利があります」

遊圭と明々は、宮正の女たちから麗華を守るように寄り添う。

「どこへ行くのですか」

「主上《しゅじょう》のもとへよ」

麗華は蒼《あお》ざめた顔で、はっきりと答えた。いつもは陽元のことを「お兄さま」と呼ぶ麗華が、一歩離れた呼称を使うのが不吉に思える。

口を固く引き結び、顎《あご》をしっかりと上げて進む麗華に、遊圭はそれ以上の説明を求めることはできず、黙ってついて行った。

かれらが連れて行かれたのは、半年前に永娥娘が糾弾されたのと同じ内閣書院《ないかくしょいん》であった。永娥娘のときは大勢の宦官や女官が詰めていたが、この夜は書院とは名ばかりの、書架のない広大な広間に、陽元の側近宦官がわずか十数人ほど集められていた。どの顔も緊張にこわばっている。陽元は玉座のある壇上ではなく宦官たちの中心に立ち、おそろしく険しい表情を麗華に向けた。宮正の女官たちは、麗華を宦官に引き渡すと退出した。書院の重い扉が音を立てて閉ざされる。

麗華と遊圭と明々、そして陽元と側近の宦官のみとなった。

陽元の横には、恰幅《かっぷく》の良い壮年の宦官が立ち、玄月は掖庭《えきてい》局の幹部の列に端然と控えている。

遊圭たちが麗華に付き添っていることに、陽元は驚き問いただした。

「なぜ、そなたらが麗華といるのだ」

「永娥娘さまの訃報を聞きましたので、公主さまにお悔やみを申し上げに長生宮を訪れましたら、宮正にもろともに引き立てられて、ここに至ります」

遊圭は陽元の問いに答えてから、叩頭《こうとう》拝を捧《ささ》げた。陽元は苦虫を嚙《か》み潰《つぶ》した顔で、遊圭たちをにらんだ。

「お悔やみとは。それでは、御嫡母様《ごちゃくぼ》の遺体が忽然《こつぜん》と消えてしまったことは知るまいな」

驚愕《きょうがく》する遊圭に、陽元は唇の隅でわずかに誇ったような笑みを浮かべたが、その笑みは一瞬で消え去る。厳格な面持ちで異母妹へと体ごと向き直った。

「お母さまのご遺体を隠したのがわたくしであると、お疑いなのですね」

麗華は凜《りん》と顔を上げて異母兄に問いかけた。

「検死のために運び込まれた殯屋《ひんおく》から、医師が着く前に遺体が消えてしまった理由に、心当たりがないかと訊ねたいだけだ。御嫡母様の死に顔を見たのは、そなただけであるからな」

「遺体を運んだ者たちと、湯灌《ゆかん》を命じられていた宦官はどうしたのですか」

「前《さき》の太后《たいこう》の遺体には白布がかぶせられていたため、直接は死に顔を見ていないと言っている。湯灌役は検死がすむまで待たせてあった。そなたが殯屋を出て、医師が着くまでの間に、御嫡母様の遺体が盗まれたことになる」

「わたくしはお母さまが殯屋に運ばれてから、喪服に着替えるために公主宮に戻りました。ですからお母さまのご遺体が紛失されたことは、たったいま主上から聞かされたのです」

それにしては冷静な毅然《きぜん》とした態度に、陽元は口を閉じた。龍袍《りゅうほう》の黄色い袖《そで》からのぞく手が、何度も笏《しゃく》を握りなおす。

「では、本当に死んでいたかどうか、そなただけが知っているということだな」

麗華はまっすぐに前を向いて、異母兄の尋問に答えた。

「そのように見受けました。肌は灰色で、目は見開かれたまま、まばたきもしていませんでした。両手をお顔の前で、このように組んで」

麗華は両手を固く握りしめて口に当てた。それは苦悶《くもん》をこらえるのに、口や胸を押さえる人間がよくする姿勢であった。

遊圭は、母親のそうした最期を見せつけられた麗華の胸の内を思うと、息苦しさに立っているのもつらい。ここまで歩き続けた脚は震え、麗華を支えるべき自分がいまにも倒れそうなのが情けなかった。

なのに、麗華は気丈にも背筋を伸ばし、顔を上げて陽元を見つめ返している。

「では、御嫡母様の行方に、まったく心当たりがないというのだな」

鋭い目つきで念を押す陽元は、遊圭の知る闊達《かったつ》な青年とはまったく別人に見えた。

「はい」と短く答える麗華をじっと見つめてから、陽元はかたわらの宦官《かんがん》に目配せをした。

「東廠《とうしょう》長官が、こんなものを見つけ出してきた。香蘭《こうらん》が隠れていた家屋から発見されたものだ。麗華、そなたは手配中の香蘭と連絡を取っていたであろう」

東廠長官が差し出した盆の上には、皇族の使う紙の束が積まれていた。

遊圭は解決されたと思っていた陰謀が、まだ終わっていなかったことに愕然《がくぜん》とする。

「書簡を受け取ったので、返事を書いただけです」

「香蘭は手配中の身だぞ！　なぜすぐに私に報告しなかった？　それも昨日今日のやりとりではない」

「香蘭は同じ宮で育った姉妹です。香蘭はわたくしが病で引きこもっていたときも、降嫁して離れ離れになったあとも、ずっと便りや見舞いを欠かしませんでした。主上といえど売ることはできません」

「香蘭から受け取った手紙はどうした！」

陽元は手紙の載った盆を叩《たた》いた。三通の手紙が床に散らばる。

「すべて焼き捨てました」

「何が書かれていた」

「助けを求めていました。ひどい暮らしをしているとか、金品の無心。香蘭に送ったその手紙は、ずいぶん前に見つけておられたのではございませんか？　すでにお読みになったのならおわかりでしょうが、わたくしは自分の衣裳《いしょう》や宝玉を届けさせていただけです。だから主上も、いままで何もおっしゃらなかったのではありませんか」

麗華は香蘭の潜伏先も知らないと言い張った。ただ送られてくる手紙を受け取り、返信していただけだという。

「手紙を運んでいたのは誰だ」

「知りません。いつも、いつの間にか部屋に置かれていたのです。返事や金品も、包んで部屋の卓に置いておけば、戻ってきたときにはなくなっていました」

「旺元《おうげん》からは、連絡を受けていたのか」

「受けておりません」

陽元と麗華はじっと互いの目を見つめたまま、黙り込む。張りつめた空気に、咳払《せきばら》いの音さえ憚《はばか》られる。

扉が開き、刑司《けいじ》の李万《りまんきょくじょう》局丞が内閣書院に入ってきた。でっぷりと太った李万は陽元の前で叩頭し、麗華の部屋からは、香蘭や旺元からの書簡も、永娥娘の行方を示すものも、一切発見されなかったと報告した。

陽元は硬い声で東廠長官に命じる。

「麗華を涼花院《りょうかいん》へ連れていけ。誰とも接触させるな」

皇族用の独房まではついていけない遊々たちは、刑司の宦官に連行されてゆく麗華を見送り、所在なく立ち尽くす。

陽元は永娥娘の遺体紛失については緘口令《かんこうれい》を敷き、司礼太監《しれいたいかん》と東廠長官、掖庭局の局令を呼び寄せて対策を講じる。遺体処理にかかわったものは、当座は隔離されることも伝達された。さまざまな指示を出すために、陽元の側近は次々に書院から出て行った。

呆然《ぼうぜん》とする遊圭の肩に玄月が手をかけた。呼びかけられていたのも、気づかなかったらしい。

「また余計なことに首を突っ込む気か」

冷淡に言われて、遊圭は下唇を噛んだ。

「麗華公主の味方をしたところで、そなたらが永氏にしたことは変えられない」

「そんなこと、わかっています！」

遊圭は嚙みつくように言い返した。

「公主さま、どうなってしまうのですか」

明々がおそるおそる訊ねる。玄月はあきれて問い返した。

「むしろ、前《さき》の皇太后のご遺体がどうなったかが、問題ではないのか」

麗華に嫌疑がかかっていることに衝撃を受けた遊圭たちだが、言われてみれば、そちらがそもそもの発端であり、大事件だ。殯屋《ひんおく》の番人は、検死の医師が来るまで誰も出入りはしなかったと証言しているという。まるで死人となった永娥娘が起き上がり、番人の目を盗んでこっそりと殯屋から抜け出したかのような現象が起きている。

恨みを呑《の》んで死んだ永娥娘の幽鬼が、いまもこの宮城のどこかをさまよっているのではないか。同じことを想像したらしい明々が、小さな悲鳴をあげて遊圭にしがみついた。

「永娥娘さまのご遺体を確認したのは、公主さまだけですよね」

遊圭は考え込みながら玄月に問いただした。

「娥娘さまは、いつおなくなりになったのでしょう。公主さまが発見なさったときは、食事を三日もとっておられなかったそうですが、そうだとすればこの暑さです。ひどく腐乱していたはずですが、ご遺体を運んだ宦官たちは腐臭についてどう言ってますか」

死体は見たことのない遊圭だが、厨房《ちゅうぼう》を手伝ったことはあり、夏場に肉や魚を締めたり捌《さば》いたりすれば、すぐに腐りだすことは知っている。そして持ち合わせた医学的知識とあわせれば、死んだ人間の肉体がどうなるかは想像がついた。

「臭いについては、証言していなかったはずだ。確かめさせよう」

玄月は部下に該当の宦官を呼び出すように命じる。

「そのかわいい顔で腐乱だの腐臭だの。さすがに医生ともなると、ひとが死んだと聞いても冷静なものだな」

走り去る宦官の背を目で追う遊圭の背後から、陽元が衣擦《きぬず》れの音とともに重厚な声をかけた。

遊圭も明々も、いきなり皇帝に話しかけられた驚きにふり返りざまに膝《ひざ》をつく。明々は遊圭の裾《すそ》につまずいたところを、玄月に肘《ひじ》を支えられてもちこたえた。

ふたりと同様に床に膝をつこうとする玄月の肩に笏を当てて止め、陽元は三人に立ち上がるように命じた。

「医生候補生に訊《き》く。死人に歩き回ることができるか」

遊圭は答えられずに首をひねった。墓場から掘り起こした死人を操る道士の話を、また、ともに信じるおとなも多いのだから、是非のどちらとも断言することは憚《はばか》られる。また、葬儀の最中に死者が蘇生《そせい》することも稀《まれ》にあるという。

「死人が動き回るかどうかは、わたしにはわかりません」

陽元はにやりと笑った。

「では、御嫡母様の恨みを買っているわれらは、この件が解決するまで安じて眠れないことになるな」

永娥娘の幽鬼が背後に迫っているのを想像してしまったのか、遊圭にしがみついていた明々がひいっ、と喉《のど》を鳴らす。

玄月は動じることなく対策を提案した。

「大家の御寝宮《ごしんぐう》と永寿宮に宦官兵を倍にして配置し、女医生寮の警備も増やします」

「年増女《としまおんな》の幽鬼ひとりに、そこまで警戒が必要か」

揶揄《やゆ》する口調だが、陽元の目は真剣だ。

「香蘭公主と麗華公主の連絡をつけていた者がいます。潜伏している永氏派もしくは李家の残党は、ひとりやふたりではないかもしれません。地下水路の方は――」

「それは東廠の長官に命じた。夜を徹して、漏らさず探索せよと」

「遺体が消えてから二刻《とき》以上経っています。暗渠《あんきょ》を使って逃げたのなら、もう宮城の外に出た可能性もあります」

「御嫡母《ごちゃくぼ》様は泳げなかったはずだが、どうやって濠《ほり》を渡るか、だな。舟を出した協力者が外にいたことになる」

「東廠長官も、同じ考えですか」

「ああ。城外にも探索の手を広げると言って退出した」

「あの」

遊圭は自分の頭上で進んでいく会話に、ぶらさがろうとする。

「主上と玄月さまは、永娥娘さまが生きておられるとお考えですか」

陽元と玄月は遊圭を見下ろした。陽元は口の端を上げて皮肉な笑みを浮かべる。

「御嫡母様が死んだと言っているのは、麗華だけだ。半年も幽閉されていた身でただひとり、われらに復讐《ふくしゅう》など無理な話だ。となると、逃走したと考えるのが妥当ではないか。麗華はおそらく、母親に説き伏せられ、香蘭に乞《こ》われて脱走の手引きをしたのだろう。そんなことをさせて自分だけ逃げれば、娘がどうなるか心にもかけない。あれはそういう女だ」

陽元は吐き捨てた。笏《しゃく》で自分の肩を叩き、嘆息する。

「紹、私はこれからあの女をどう呼べばいい？　実の娘さえ利用して切り捨てる人間を」

「今後、公式には『永氏』でよろしいかと」

玄月はしごく真っ当で妥当な意見を出した。ふり返り、掖庭局の部下を呼んで指示を与え、遊圭たちを寮に送っていくように命じる。宦官《かんがん》たちに囲まれ扉へ向かうなか、明々は玄月本人に送って欲しそうに立ち止まりふり返った。遊圭もつられて明々の視線を追えば、足元の影を見つめて立ち尽くす陽元の姿が目に入った。

「永氏が逃げ延びる。これもまた天意か」

口に出している自覚もなく、放心したように陽元がつぶやくのを、遊圭は確かに聞いた。陽元は自らの影を踏もうと足を踏み出す。影は陽元の一歩前へと逃げる。

「『影よりほかに伴《とも》なく』といったところか。両親すでに亡く、義理の母にも同宮の弟《てい》妹《まい》にも背《そむ》かれる。係累なきは天子の負うべき業《ごう》であるか」

主君のそばに無言で佇《たたず》む、丸い帽子から袍《ほう》の裾《すそ》まで薄墨色の玄月は、陽元の物言わぬ影そのものに見えた。遊圭の背中に冷たい震えが走る。

明々の腕を抱くようにして、遊圭は急ぎ足でその場を立ち去った。

九、香櫞《こうえん》因縁

永娥娘《がじよう》の死は外廷には公表されず、ましてその遺体が行方不明であることは極秘とされた。朝堂ではいつも通り聴政が行われ、遊圭らの通う太学府も通常と変わりなく学生たちが行き交い、太医署予備学の講義も滞りなく行われた。

その講義に身が入らないのは遊圭ひとり。秀琴に顔色の悪さを心配された遊圭は、午後の自習を切り上げ、凜々と胡娘に挟まれて先に後宮へと戻った。

「公主さまに面会できるよう玄月に頼めないだろうか」

「これ以上はかかわるな、と玄月さまに言われたのではありませんか」

帰りの車の中で凜々に頼み込むものの、にべもなく断られる。

昨夜は非番で娘子兵の官舎で休んでいた凜々は、夜中に玄月に呼び出された。今後は女医生寮に住み込んで遊圭の護衛をするように命じられ、夜明け前には明々の部屋に引っ越してきた。

「うむ。本試験まで日がない。遊々は自分の目的を最優先にするべきだな」

胡娘も凜々に賛成する。

夜の早い胡娘は昨夜の騒動を朝になってから知り、話を聞いたあとは遊圭と同じ部屋で寝起きすると言って聞かなかった。さすがに女性と同室することに、いろいろと不都合の増えてきた遊圭は断ったが、外ではわずかな時間も遊圭をひとりにしておかない。

「胡娘は過保護なんだよ。わたしだっていつまでも子どもじゃない」

そうこぼすのだが、昨夜のように護衛も連れずに長生宮に駆け込んだのは軽率ではなかったかと、逆に叱られてしまう。

太医署の予備学に通い始めてから勉学に専念し、教授や学生の嫌がらせのほかに怪しい事件は起きないまま、春は終わり夏が過ぎようとしている。桃花舎の火災に放火の疑いがあったのを忘れたわけではないが、女医生寮は気心の知れた女官と、玄月が厳選した娘子兵と宦官しか出入りしないため、気がゆるんでいたことは否めない。

しかし麗華が現在の境遇に陥ったことに、棘《とげ》の刺さったような罪悪感に苛《さいな》まれる遊圭としては、なんとか力になれないものかと考えてしまう。本試験が目前に迫っているのに、勉学に集中できない。

「公主さまはわたしにならば何か話してくださるかもしれない。永氏にしても香蘭公主にしても、公主さまをトカゲの尻尾《しっぽ》のように切り捨てられたのに、公主さまがおふたりに義理立てしているのは腑《ふ》に落ちないよ。何かあるんだ。きっと」

疑惑の目と捜査の手が麗華に向けられているうちに、永娥娘と香蘭公主への探索が逸れるよう仕組まれたと考えるのが、妥当ではないか。

「このままでは公主さまは死罪にされてしまうよ。なんとかできないかな」

遊圭の熱心さに負けて、凛々は遊圭たちを延寿殿《えんじゅ》に連れて行った。

玄月は不在で、しばらく待った遊圭たちがあきらめかけたころようやく帰ってきた。輿《こし》を使わずに後宮を駆けずり回っていたらしい玄月の袍は、日中の暑さに汗の染みが背中まで濃く滲《にじ》み出ていた。侍童に差し出された水を飲み、遊圭たちの要件を聞く。

言下に却下されるかと覚悟していたが、玄月は思案ののち遊圭と同じ見解に達した。

「そなたにならば、公主様もおっしゃることがあるかもしれん」

そして汗の乾く暇もなく立ち上がり、輿の用意をさせる。

「自分で歩けます」

「この暑さの中、その厚着で歩き回ったら卒倒するぞ」

被布を深くかぶり顔も首も露《あら》わにしない女医生の衣裳《いしょう》だけでなく、胸当てや裳《も》の下に綿を入れて女性らしいふくらみを持たせている遊圭が、酷暑のなか直射日光の下を歩くのは確かに自殺行為であった。

謹慎を命じられた皇族が収監される涼花院《りょうか》は、一見ふつうの宮殿と変わらない。何人もの武装した宦官兵が厳重に警護している点が違うだけだ。現在は麗華が閉じ込められているので人数も増やしているのだろう。

遊圭はひとりで麗華と話したかったのだが、胡娘はもちろん凜々も、永娥娘に加担した疑いのある麗華から目は離せない。

凜々が玄月の目であり耳であることは自明であったが、公主宮にいたころから面識のあるこの三人なら、麗華は心を許すかもしれない。

独房といっても、室内の調度もまた妃嬪《ひひん》皇族にふさわしい調度がそろい、咎《とが》のある人間が閉じ込められる場所とは思えない。窓は開閉できるようにはなっていたが、堅材を使った格子が外からはめ込まれていた。

精緻《せいち》な透かし彫りを背もたれに施された椅子に腰かけ、机に置かれた書をめくっていた麗華が顔を上げる。その蒼白《あおじろ》い顔に、遊圭は胸が詰まった。去年のいまごろは肥満で膨れ上がっていた麗華が、すっかりやつれてしまった。もともと小柄であったこともあり、いまは遊圭と大差ないほど細く華奢《きゃしゃ》になっていた。

「お加減は、いかがですか」

「体調なら、なんともないわ」

硬い口調で応《こた》える麗華のそばに腰かけるが、何から話していいのかわからない。麗華も、机上に視線を落としたまま、書をめくることなく沈黙を守る。

「お脈を、拝見してもよろしいですか」

麗華が顔を上げ、あっけにとられて遊圭の神妙な目を見つめ返す。くすりと笑いを漏らした麗華は、袖《そで》を上げて両手を差し出した。

首の両側と、両手首の脈をとることで、語られない麗華の想いが伝わってくる。

不思議と、麗華の内側に怒りはなかった。

「脾《ひ》と肺が、弱っておられます。特に脾脈の虚遅《きょち》が著しい。食事が進みませんか」

「この状況で食欲の旺盛《おうせい》な人間の方が、珍しいのではないかしら」

遊圭と麗華は目を見合わせ、同時に苦笑した。

肺脈の弱さは悲しみに、脾胃の衰えは憂いによって引き起こされる。幼いころから母親の歓心を求め続け、報われることのない麗華の脾胃は、遊圭と出会う前の四年間を過食によって酷使されてきた。いまは食欲を訴えることさえしなくなっている。

遊圭のまぶたがじわりと熱くなった。虚ろな脾脈の拍を見失わないよう麗華の右手首を持ったまま、言葉もなくその甲に額を当てる。

「おかしな子ね。なんでおまえが泣くの」

「泣いているのはわたしではありません。公主さまのお脈が泣いているのです」

麗華は黙って被布の上から遊圭の頭を撫《な》でた。

「公主さま、お願いですから帝《みかど》に本当のことを申し上げてください。帝も苦しんでおいでです。血のつながったご兄妹《きょうだい》ではございませんか」

「どうしたって、わたくしのやったことは取り消せないわ。お兄さまには玲玉さまも翔太子もおいでだし、名聞《めいぶん》や玄月がついているから大丈夫よ。でもお母さまにはわたくししかいないのだもの。最後の願いくらいは叶《かな》えて差し上げたかったのよ」

「最後の？」

遊圭は潤んだ瞳《ひとみ》で問い返した。

「お母さまはお腹の下に疽《そ》ができてしまったの。秋までもたないわ。お兄さまたちに害を加える心配もなさそうだし、両親の墓に参って懺悔《ざんげ》がしたいとおっしゃるから、香蘭に頼んだのよ」

麗華は、母親が主張する病気や悔悟の言葉を信じたのだろうか。皇帝の生母殺害の罪を暴露された永娥娘が、金椛《ジンファ》の皇統を子々孫々まで未来永劫《えいごう》呪ってやると誓ったときの、悪鬼のような顔を思い出し、遊圭は身震いをした。

「病は真実だと思ったわ。お顔だけは、拝見できたもの。日に日に痩《や》せ衰《おとろ》えて。お兄さまもきっと、いまのお母さまを見分けられないでしょう。あんなに美しかったお母さまが、養生院の老婆と変わらなくなってしまわれた。最後の日に疽《そ》も見せられたわ。肉が内側から腐っていく病なのでしょう？　お母さまの業《ごう》がそのまま膿《うみ》になってしまったみたいだった。だから、もういいのではないかと思ったの。お母さまの罪は決して赦されることはないのだから、わたくしだけでも赦してさしあげたかった」

ぼんやりと格子越しに外を眺めながら、麗華は語り続ける。

「公主さまは、それでよかったのですか」

遊圭にふり向いた麗華は、春霞《はるがすみ》のような遠い笑みを浮かべた。

「お母さまは、わたくしに『ありがとう』と言ってくださったのよ」

「たった、それだけのこと！」

遊圭の腹に突然、永娥娘に対する怒りがふくれ上がる。そんな上っ面の言葉ひとつを投げ与えただけで、おのれを求め続けた娘を窮地に追いやった娥娘を、遊圭は許せない。

「おまえが怒ることなど、なにもないわ。いまのこと、お兄さまに話して差し上げてもいい。いまごろはお母さまも目的を果たされたことでしょうから。追っ手を差し向けても大丈夫だと思うわ」

永娥娘が墓参するとしたら、永一族が殉死させられた先々帝の陵《みささぎ》だ。長い幽閉と病で萎《な》えた女の脚でも、一日あればたどりつける。

「以前お兄さまになぐさめていただいたとき、皇族なんかに生まれてくるものじゃない、っておっしゃっていたけど、わたくしもそう思いますと伝えて。わたくしとお兄さま、香蘭と旺元《おうげん》。同じ宮で育ち、幼いころはいつも四人で犬の仔《こ》が戯《たわむ》れるように遊んだわたくしたちが、このように争わなくてはならないなんて。わたくし、もう二度と皇族には生まれてきたくない。だけど、もしもまた兄妹になれたら、次は絶対にお兄さまのことを裏切ったりはしません、って」

麗華の静かな覚悟と諦観《ていかん》を、遊圭にはどうすることもできない。

首《こうべ》を垂れ、重い足取りで前室に下がった遊圭は、そこにいるべきでない人物を見つけて声を上げそうになった。

会見が終わるのを玄月が待っていたはずのその場には、禁色の袍《ほう》をまとった精悍《せいかん》な青年が立っていた。寄せた眉《まゆ》は険しく、口を真一文字に引いて腕を組んでいる。

遊圭は背後をふり返り、扉が閉ざされているのを確認して、ふたたび前を向いた。

陽元は微動だにせず、彫像のように麗華のいる部屋の扉をにらみつけている。

拝礼すべきか声をかけるべきか、遊圭が戸惑っていると、廊下側の扉が開いた。玄月が入ってきて、陽元の耳元になにかささやく。おそらく、扉から漏れ聞いた麗華の話から、玄月は永娥娘捜索の手を打ちに出ていたのだろう。

陽元は無言で踵《きびす》を返し、遊圭に背を向けて前室を出てゆく。遊圭たちは玄月の目配せに従ってかれらのあとに続いた。

青い葉を繁らせる椎《しい》の木の下まで来て、陽元は立ち止まった。空を見上げて、目を細めて太陽をにらみつける。

誰も言葉を発しないので、遊圭も黙って陽元の行動を見守るしかない。胡娘と凛々も息を詰めて遊圭の背後に控えた。考え込む陽元の横顔を見ているうちに、遊圭は麗華の命乞《いのちご》いをするならいましかないことに気づき、膝《ひざ》をついて両手を組み歎願《たんがん》した。

「あの、どうか麗華公主さまをお救いください。公主さまに害意はなかったのです」

陽元は、いま初めて遊圭がそこにいたことに気づいたとでもいうように、不可解そうな目つきで遊圭を見下ろした。玄月が遊圭をたしなめる。

「遊々、宮廷では大家《ターチャ》より御下問《ごかもん》のない限り、宮官《きゅうかん》から話しかけることは許されない。

罰を受けたくなければ、控えていなさい」

陽元は玄月の肩に手を置いて横に押しやり、遊圭に向かって低い声で吐き捨てた。

「誰が、麗華を救えるというのだ」

苛立《いらだ》ちに眦《まなじり》を吊《つ》り上げて、木の幹に拳《こぶし》を叩《たた》きつける。

「助命されれば、麗華が救われると思うのか、そなたは」

遊圭に返す言葉はない。反逆者を母に持つ麗華が幸福になれる場所が、この世のどこにあるだろう。

「紹！」

陽元は素早く横を向き、玄月の肩を強くつかんで腹心の名を叫んだ。玄月は唐突な陽元の行動にたじろぐ。

「紹は救われたのか。私はおまえを救えたのかっ」

とっさに応えられずにいる玄月に、陽元は激しい剣幕で問い詰めた。

「誇りも名誉も、残すべき血筋も奪われて生かされたおまえは、それで救われたのか！」

昨年の秋、皇太后派に取り入るために、玄月が皇帝派からの離脱を装って衆目の前で打った芝居は、玄月と名聞との親子《おやこ》喧嘩《げんか》にまで発展した。陽元が口にしたのは、そのとき玄月が父へ向けた恨みと罵《のの》りの言葉だ。

「大家《ターチャ》、あれは、芝居です。呉俊信《ごしゅんしん》を欺くための――」

「名聞に投げつけたあの叫びが演技か。あれが紹の本気の怒りであったから、俊信は我々が決裂したと信じたのだ。あのあと、何も知らされてなかった名聞が、自分の命と引き換えに息子の助命を求めて、この私に泣きついてきたのを、紹は知っているのか」

　玄月は黙り込み、下を向いた。陽元は遊圭に向き直る。

「見ろ。私には、誰も救えない。大切な者を守ったはずが、さらなる地獄へ突き落とすだけのことだとしたら、命のみ救うことになんの意味がある？」

　陽元の抱えるものの重みを知らない遊圭が、その問いの答を知るはずがない。胸の前で組んだ手を小刻みに震わせながら、遊圭は互いの顔から眼をそらす陽元と玄月を交互に見つめた。

　陽元は夏の太陽を眩《まぶ》しそうに見上げてから、遊圭に視線をおろした。

「この私とて、あといつまで皇帝でいられるかわからぬ。金椛《ジンファ》の皇統もまた、三代で絶えるのが天意かもしれぬぞ」

　そう言い捨てると苦し気に顔をゆがめ、陽元は大股《おおまた》にその場を去った。近侍や護衛の宦官が、慌てふためいてそのあとを追いかける。

　遊圭はまさに陽元の逆鱗《げきりん》に触れてしまったことに動揺し、うろたえながら玄月に歩み寄った。玄月もまた陽元の去った方を見つめて呆然《ぼうぜん》としている。

「あの、余計なことを言ってしまってすみません」

　遊圭の謝罪に、我に返った玄月が、弱々しくかぶりを振った。

「大家《ターチャ》は、ときどきあのように感情的になられるが、心情を吐露されれば落ち着かれる。

「玄月どの、いまはあなたが帝を追われるのが良い」

それより、そなたらを寮に送る輿《こし》を――」

胡娘が玄月の言葉を遮った。

「陽が傾いて、涼しくなった。ゆっくり歩けば遊々も貧血を起こさず寮まで帰れるだろう。帝はこのところ、深い悩みをお抱えのようだと大后《おおきさき》さまがおっしゃっていた。その矢先に永氏の脱獄騒ぎだ。帝の心に刺さっている棘《とげ》に、玄月どのはお心当たりがあるのだろう？　そばにいるからといって、何も言わずとも伝わると思っていたら大間違いだぞ」

遊圭ではとりさばけない青年たちの心のもつれを察した胡娘は、人生経験と年の功で上手に玄月を丸め込む。

玄月は胡娘と遊圭、そして凜々の顔を順番に見回した。

「では、そうしてくれ」

うわの空で凜々にうなずきかけた玄月は、足早に紫微宮《しびきゅう》へと向かう。

遊圭は重い息を吐き出して、たったいま繰り広げられた心臓の縮む光景を思い返した。

「この国が三代で絶えるなんて、帝は永氏の逃亡をそんなに深刻に受け止めておられるのかな」

国の機密を知らぬ遊圭があれこれ考えようと、そこまでの推測が限度だ。伴友と思われていた陽元と玄月の間にも、遊圭には推し量れない葛藤《かっとう》があり、皇帝の地位も不安定なものであるとすれば、遊圭や玲玉はいったい何を頼りに明日を生きていけばいいのか。

顔を不安色に染めて考え込む遊圭の肩を、胡娘はポンポンと叩いた。

「何がどうなろうと、我々は目前に迫った医生官試験に、正面から全力で取り組むだけだ。悩むのはそのあとでいい」

遊圭は戸惑いつつも、目的の揺るがない胡娘の姿勢に勇気づけられた。

麗華の告白によって追っ手をかけられた永娥娘の件は、これで片づくと思われた。

麗華の処分については、遊圭には分を超える案件であり、慣例によれば死を賜るほかの結末はあり得ない。

遊圭にできることは、なにひとつない。

『わたくしは、だれも恨んでないし、憎んでない。お兄さまには、申し訳ないと思うだけ。遊々、あなたたちに会えて、本当によかった。わたくしのことを気にかけてくれてありがとう』

静かな、しかしきっぱりとした決別の言葉に、遊圭は自分の無力を思い知る。麗華母娘を破滅に追いやった張本人でありながら、遊圭は麗華の人生において、あくまでも部外者であった。

遊圭が心身ともに疲労困憊《こんぱい》して寮に帰宅すると、そこでは大変な騒ぎが待ち構えていた。秀琴が泣き腫《は》らした目で明々にすがりつき、この日秀琴たちの護衛役であった娘子兵や付き添いの宦官が、うろたえた顔で立ち尽くしている。

「なにごとか」

凜々の野太い声に、ふたりの娘子兵は震えあがった。

秀琴は「秀妹が、秀妹が」とそれ以上は言葉にできないほど混乱して遊圭らに駆け寄ってきた。

明々が落ち着かせようとお茶を淹《い》れ、ほかの女医生候補が遠巻きにしているのを追い払う。

「秀妹さんがいなくなっちゃったらしいの」

迎えの箱車が来る前に、手を洗いに別室へ行った秀芳がなかなか帰らず、心配して秀琴が見に行ったところ、そこには誰もいなかったという。急いで付き添いの宦官や娘子兵らがあたりを捜し回り、周囲の学生や役人たちに訊《き》き歩いたが、女医生の姿を見かけた者はいない。

太医署の講堂から、その講堂を包含《ほうがん》する学府の街から、甚《はなは》だしく人目を引くはずの女性がひとり忽然《こつぜん》と消えたというのだ。

「さらわれたのよ！　試験が受けられないように。卑怯《ひきょう》な連中！」

秀琴は気も狂いそうに叫んだ。

「橘子生《きっしせい》さんは？」

遊圭が思い出して訊《たず》ねる。橘子生は迎えが来る前に帰ってしまうのが習慣だが、この日もそうだったという。遊圭と明々は視線を交わした。

「凜々、すぐに橘子生さんの下宿にひとをやって、そこに秀妹さんがいないか確かめさせなくては」

「秀妹が自分から橘さんについていったっていうの？」

秀琴が遊圭に非難の声をぶつける。

「秀妹さんが抵抗もせずに連れ去られるとは思えない。手洗いの部屋は荒らされてなかったんですよね。扉も窓も、内側から閂《かんぬき》がかけられるようになっていた部屋です。外から賊が入れたでしょうか」

遊圭の指摘に、宦官は真っ蒼になって震えあがる。女官が誘拐されたことが露見したら、かれらの責任も問われ首も危ない。

「まして女官がひとりで宮城の外に出られたはずがない。学府には城外から水売りや市場の女たちも出入りするけど、門で厳しく調べられる。詮議《せんぎ》が厳しくないのは職員か学生だ。秀妹さんが髪を総角《あげまき》にして男子学生の服装をすれば、学生証のある橘さんと一緒に出て行ったところで、見学の童生と思われるだけで誰も気に留めなかっただろう。引率者のいる童生には通行証が必要ないから」

秀琴は驚いた顔で遊圭を凝視した。

「遊々はどうして、外のことにそんなに詳しいの？」

「それは、わたしが――」

星家が隆盛だったころ、童試の下見のために、国士太学の学生であった兄の伯圭について学府を見学に行ったことがあるからだ、とは言えない。しどろもどろに言い繕う。

「蔡才人から聞いた話です。蔡才人の叔父《おじ》さまは、刑部の侍郎《じ》をなさっておられるので、外廷のことにお詳しく――」

「でも、そんなことをしたら橘さんだってただじゃすまないわ」

秀琴はあくまで駆け落ち説を否定する。遊圭は、橘子生の言動や行動を思い返して、不審な点はなかったかと考えを整理した。

「酔っ払いの喧嘩《けんか》では死人が出ることがあるのに、橘さんの怪我は見た目はひどかったけど、重傷ではなかった。それにあの暴行事件のあとは、拍子抜けするほど何も起こらなかった。わたしたちの邪魔をするために橘さんに傷をつけたのなら、あのあとも橘さんをしつこく付け回したはずなのに、そんなことはなかった。橘さんはわたしたちの誰かを誘い出し醜聞を起こすよう暴漢たちに脅されたか、買収されたのかもしれない」

そこで遊圭は、はっとして立ち上がった。

「だとしたら、秀妹さんが危ないっ」

指示を待っていた宦官に、橘子生の下宿に案内するように頼む。

「遊々が行くの？」

明々が甲高い声を上げた。秀琴はぽかんとして遊圭を見つめる。

「秀妹さんに帰ってくるよう説得するには、宦官だけじゃ無理だ」

「でも遊々は」

明々の言葉を遮るように、遊圭は頭の被布を取った。

ようやく肩まで伸びた髪がはらりと広がる。秀琴たちが息を呑《の》んだ。

このごろの遊圭は、左頬と首に偽の火傷痕《やけどあと》は貼り付けていない。暑さのために接着部分がひどい汗疹《あせも》になっていたので、パッと見た印象はかぶれた肌が本物の火傷痕に見えなくもないと、軟膏《なんこう》を塗って布で覆っただけにしてあった。

「わたしなら衣裳《いしょう》と髪型を変えて、通貞のふりをすれば外に出ても怪しまれない。明々、阿清《あせい》のために縫っていた袍《ほう》があったね。あれを貸して」

言いながら、手早く両耳の上に小さな総角を作る。

「しかし、いまこのときに、護衛もなしに単独で行動など」

食い下がる凜々に、遊圭は自信たっぷりに返した。

「李徳の残党が狙っているのは、医生官の李薫藤《くんとう》だから、このかっこうなら気づきもしないよ」

「では、私も男装して一緒に行きます。橘子生さんを脅した学生たちが待ち構えているとしたら、宦官《かんがん》と遊々では袋叩《ふくろだた》きに遭うだけですから」

男装の必要もないほど、凜々は体格も顔立ちも一般の兵士としか思えない迫力がある。髪型を変え、豊かな胸をさらしで押さえつけ、男物の袍を羽織るだけで、後宮内なら宦官で、そして外に出て丸帽を布冠に替えてしまえば、いまだ頬の柔らかい紅顔の若者で通るだろう。

いっぽう遊圭は裾《すそ》の短い袍に着替えると、利発そうな少年にしか見えない。

秀琴は狐につままれたような顔で呆然《ぼうぜん》と遊圭を眺め、胡娘は「おお、これは凜々《りり》しい」と大喜びだ。

同じく男装に身を包んだ凜々は、なお晴れぬ顔でしつこく遊圭を引き留めた。

「遊々、考え直してください。玄月さまに報告して、お任せするわけにはいきませんか」

遊圭の脳裏に、つい一刻前に目にした、激昂に歪《ゆが》んだ陽元の顔と、うろたえ呆然としてそのあとを追っていった玄月の背中が蘇《よみがえ》る。遊圭には想像のできない、しかし早急に解決されなければならない葛藤《かっとう》が、あのふたりの間にはある。邪魔はすべきでない。

「永氏の件で帝《みかど》につききりの玄月がすぐに動けると思えない。それで下手に部下を動かされたら事が公になって、秀妹さんにどんな罰が下されるかわからない。秘密裏に秀妹さんを連れ戻さないと、ここにいるわたしたちみんなに厳罰が下される」

難しい顔をした凜々と、興奮に目を輝かす胡娘のほかは、この件にかかわる全員が震えあがって秘密を守ることを誓った。

宦官につき添われて、遊圭と凜々はなんの障害もなく後宮の出入り口である延寿殿の外門を過ぎ、さらに宮城の外へと巨大な玄武門《げんぶ》をもくぐり抜けた。

何個隊もの騎馬隊や歩兵大隊が列を成して渡れる大きな橋を渡って、遊圭はおよそ二年ぶりに宮城の外へ出た。大きく胸を開いて、外の空気を吸い込む。

大通りには、ひっきりなしに荷車を牽《ひ》く牛や、馬上の貴人、馬車が通り過ぎてゆく。徒歩の庶民はさらに多く、荷車を親が牽き、子が押していくさまも懐かしい。

都の風景は、遊圭が宮城の門に吸い込まれ、壁の中に閉ざされた日から、なにひとつ変わってはいなかった。

胡娘は最後までついてくると言って聞かなかったが、一宮女では門を出ていくことはできない。必ず取り調べを受けて連れ戻され、正当な理由がなければ投獄される。それなら勝手に暗渠《あんきょ》に潜って追いかけるとまで言い張ったが、『胡娘は永寿宮の薬食士で皇后と直接話ができる立場なのだから、口実を作って特別に外出許可をもらって追いついてきては』と提案され、大急ぎで寮を飛び出し永寿宮へと向かった。

父母とも師とも頼りになる胡娘ではあるが、遊圭にかかわる騒動や問題に直面すると熱くなりすぎる。遊圭はやれやれと嘆息した。

『行き先も聞かないで行っちゃったよ。もし胡娘の外出許可が取れたら、橘子生さんの下宿先を教えてあげてくれるね。明々』

これが今生《こんじょう》の別れとでもいうように、心配に押しつぶされそうな顔で袖《そで》を握ってくる明々に、遊圭は精いっぱいの笑顔で、必ず帰ってくると約束した。

『ここを出ていくときは、三人一緒だよ。ひとりで逃げたりしないから』

『そんなの心配してない。ただ、外にはいっぱい危険なことがあるのよ。普通に物盗りや引き剝《は》ぎがいるの。遊々ってカモにしか見えないんだもの』

『凜々がいるから大丈夫だよ。それに、わたしだって最近は丈夫になったんだから』

そのようなやりとりで、いささか時間を取られたが、まだ日の高いうちに城下に出てこられて遊圭はほっとする。案内の宦官は礼物の配達のために何度も通っていたこともあり、求める橘子生の下宿には問題なくたどりついた。

護城濠《ほり》の周辺の街区には、宮城におさまりきらない官衙《かんが》や皇族の公邸、異国の使節の公館、そして高級官僚や士大夫らの官邸が並ぶ。さらに富裕な商家などの家屋敷や古代から続く神殿、布教を許された異国伝来の寺社教会が門を連ねている。それを囲むように、こうした貴人層に仕えたり、上流階級を相手に商売を営んだりする庶民と中下級官吏らの住む下町が広がり、さらにこの区画をぐるりと守る城壁と運河よりなる皇城が形成されていた。

橘子生の下宿は、そうした皇城の下町の一角にあった。宦官が遊圭たちをつれてきたのは、一階がこぢんまりとした飴屋《あめ》だ。二階で下宿屋を営んでいるという。

敷居から声をかけると、飴屋の主人が出てきた。遊圭と凜々を橘子生の学友と疑わなかったらしく、橘子生はいまはちょっと外出している、部屋には橘の連れが先に来ているから、上がって一緒に待っているとよいと言った。

「その連れは、女性ですか？」

飴屋の主人は口元を歪めて好色な笑みを浮かべ、遊圭と凜々を意味ありげな眼差《まなざ》しで眺めまわした。

「さあて、女なのか美少年なんだか。橘さんにあんな趣味があったなんてねぇ」

飴屋が言い終えるのを待たず、遊圭は奥へと進み、階段を見つけて駆けあがった。

「秀妹さん！」

扉を開け放つと同時に、声をかける。中には秀芳がひとりで窓際に佇《たたず》み、ぼんやりと外を眺めていた。おろした長い黒髪は、無造作に肩にかけられた男物の袍の背にうねりながら流れ落ちている。呼ばれてふり向いた秀芳は、遊圭の顔に焦点を合わせ、いぶかしげに首をかしげた。襦衣《じゅい》の衿《えり》はしどけなくくつろげられ、そこにあるべき胸当てはなく白く丸いふくらみがのぞいている。その柔らかな象牙《ぞうげ》色の谷間にはらりと落ちた、ひと房の黒髪がはっとするほど目に鮮やかであった。遊圭は思わず目を逸らす。

「だれ？」

秀芳の問いに、遊圭は咳払《せきばら》いをして動悸《どうき》を落ち着けた。

「遊々です。迎えに来ました。いまなら誰にも知られていません。寮に帰りましょう」

秀芳は急に我に返って、遊圭をにらみつけた。

「帰らないわ。試験ひとつ受けるのにあれだけ邪魔されて、もし正式に医生になれてもずっと妨害され続けて、医師になる前におばあちゃんになってしまう。こんな国じゃ、女は何をやっても無駄なのよ！」

「それを！　変えるためにこれまでやってきたんじゃないですか！」

「男のあんたに何がわかるのよ！」

遊圭は絶句した。いつから知られていたのか。言葉を失くした遊圭に、秀芳はむしろ図星を当ててしまったことに驚いて立ち上がった。

遊圭は息を吸い込み、震える声で訊《たず》ねる。

「みんな、知っていたんですか」

「さぁ、どうかしら。私と秀琴はあなたと毎日一緒に勉強しているんだもの。ずっと違和感はあったわ。肌はいつまでも柔らかくて腕は細くて、体力も一番ないから確信はできなかったけど。明々は過保護に過ぎるし、もしかしたらアレかな？　って秀琴と話していた」

「あれ、って？」

「宦官の反対。『乃《すなわ》ち生まれながらの閹人《えんじん》有り』って医経にあったでしょ。半陰半陽ってやつ。生まれつき男でも女でもないか、もしくは両方。だから明々は後宮に連れてきたのかしらねって。巷《ちまた》に置いておくと人買いに連れて行かれて、見世物にされるでしょ。ああいうひとたち。内官を固辞して逃げようとしたのも、そのせいかな、って」

それはありがたい誤解だが、微妙にうれしくない。秀芳たちにはなまじな知識があっただけにあさっての解釈をしてくれたが、ほかの連中はどうだろう。遊圭が何も言い返せずにいると、秀芳はくすくすと笑った。

「まさか本当に男の子だったとはね」

鎌をかけられたわけだが、あっさりひっかかってしまった。玄月の言う通り、自分は賢くないどころか、救いようのない馬鹿かもしれない。

「そんなことはどうでもいいんです。秀妹さんが帰らないと、みんなが重い罰を受けるし、橘さんもすぐに捕まって首を飛ばされてしまいます」

「だから、その前に逃げるの。橘さんはいま船を手配しに行っているから」

「外洋の船は、女人禁制です。乗せてもらえませんし、見つかったら海に放り込まれますよ！」

「ここにいたって同じでしょ。こうなったら私も橘さんも、首をそろえて城壁に並べられるだけだわ」

「だからいま戻れば、何もなかったことにできます」

「それで何が変わるの！　何もかも、もううんざり」

そこへ、凜々が外出先から帰ってきた橘子生の襟首をつかんで部屋に入ってきた。まるで捕らえられた大熊猫《パンダ》の子どものように、首をすくめ背中を丸めている。

「見つかってしまいました。すみません、秀妹さん」

「あなたは何をしでかしたか、わかっているんですか！」

遊圭は頭にきて橘子生を詰《なじ》ったが、橘子生はそよ風ほどにもこたえたようすはない。

凜々の手をふり払って秀芳のもとへ駆け寄り、その肩を抱き寄せる。

「遊々さん、そのかっこうも似合いますね。秀妹さんもたいした美少年に変身しましたが、遊々さんもなかなか。顔の痣《あざ》は残念ですが」

いつもより流暢《りゅうちょう》な橘子生の金椛《ジンファ》語に、遊圭の背筋に悪寒が走る。呑気《のんき》な飄々《ひょうひょう》とした人物だと思っていたが、実は底の知れない男ではないか。

「この国の宮廷は、野蛮で不道徳なあなたの国とは違うんです！　皇帝の女官に手を出したら、出した方も出された方も、一族郎党滅ぼされかねません！　秀妹さん、あなたの家族にも、どんな災難が降りかかるか」

家族のことを持ち出された秀芳はさすがに眉《まゆ》を曇らせたが、橘子生は薄笑いを絶やさない。

「遊々さんが何も言わなければ、秀妹さんが駆け落ちしたことは誰にもわかりませんよ。見逃してくれませんか。ところで、どうしてぼくたちがこんな足のつきやすい下宿でぐずぐずしているのか、不思議に思いません？」

階段を駆け上がる硬い靴音に遊圭がふり返るのと、凜々が悲鳴を上げ床に倒れたのが同時だった。遊圭より先に階下の物音に気づいた凜々が、廊下へ足を踏み出したところを、突き飛ばされたのだ。体勢を立て直そうとする凜々の向こうに、細身だが引き締まった体つきの若者が不敵に笑っている。

「李薫藤をさらってこいと言ったのに、別の女を連れ出すとは、あてにならんやつだと思っていたが、本当に本人がのこのこと出てきたな」

繊細で上品な顔立ちに似合わぬ尊大な口調。服装も雰囲気も、学生でないことは一目でわかる。初対面のはずだが、妙に見覚えのある顔だ。

「だって、遊々さんはまったく色気がないんで、誘いようがなかったんですよ。ぼくだって色香も情けもあるおとなの女性と駆け落ちする方が楽しいですし。まあ、秀妹さんを連れ戻しに来るのが遊々さんかどうかは、賭《か》けでしたけどね」

「な、何者ですか」

遊圭の声が震える。硬い口調で答えたのは凜々だ。

「旺元皇子です」

旺元は腰に佩《は》いた短剣を音を立てて抜き、刃の先端を遊圭に突きつけた。

「李徳伯父《おじ》と母を殺したのが、こんな小賢《こざか》しげな小娘だったとはな。いや、小僧か？どっちだ」

秀芳が男装して宮城を脱け出したのだから、李薫藤もそうすることは予期されていた。しかし、遊圭の少年姿があまりに自然で、声も地声になっていたために、旺元は混乱したらしい。

その隙に凜々は床にうずくまった体勢から、海老《えび》が跳ねるような動きで剣を持つ旺元の右手めがけて蹴《け》り上げた。旺元は素早く跳び下がって凜々の蹴りを避ける。足を振り上げた勢いと回転を利用して立ち上がった凜々は、体術の構えをとって旺元と相対した。

旺元が素早く短剣を左手に持ち替えて、右手を腰の革帯にやった。何本もの刀子《とうす》を挟んだ帯から、目にも留まらぬ速さでひとつを抜き取り手首を翻す。

凜々がとっさに顔の前に出した腕に刀子が突き刺さり、秀芳が悲鳴を上げた。

旺元が二本目の刀子を抜く。凜々が腕に刺さった刀子を抜いて構える前に、旺元の背後からかれの従者とおぼしき逞《たくま》しい男が前に出て、短剣を手に凜々に飛びかかった。凜々はすんでのところで短剣をよける。引き寄せた男の手首に刀子を突き立て、短剣を叩《たた》き落とす。下宿屋の狭い二階で、用心棒同士の取っ組み合いが始まった。その争いを横目に旺元が部屋に踏み込み、遊圭の腕をねじ上げて部屋から引きずり出す。

遊圭の背後から、橘子生が声をかける。

「皇子様、お約束の礼金はいただけるんでしょうね？　逃走資金はいくらあっても足りませんから」

それに応《こた》えるように、放物線を描いて宙を飛んできた小袋が、橘子生の足元に金属音を立てて落ちた。

遊圭は抵抗を試みたが、腕をねじ上げられてどうにもならない。さらにこめかみを拳《こぶし》で殴られて目から火花が散った。そのあとの記憶はない。

十、自嗟《じさ》不及

遊圭が目を覚ましたのは、官家か商家と思われる瀟洒《しょうしゃ》な住宅の一室だった。塗りむらのない白壁と、窓枠と格子に塗られた鮮やかな丹《に》、置かれた調度の品の良さからそう判断できる。ただ、遊圭が横たわっているのは寝台でも榻《とう》でもなく、硬い石の床であった。

あたりはすでに薄暗く、硬く冷たい床に転がされていたせいか、体が痛い。それ以上に殴られた頭ががんがんと痛む。どうしてこんなことになってしまったのかと考えていると、ふわりと薫香が漂った。どこから香るのかと体を起こそうとしたが、両手両足を縛られ、芋虫のように転がることしかできなかった。

「おや、目覚めたかの」

聞き覚えのある永娥娘《がじょう》の声に、遊圭はぎくりとする。先々帝の墓陵に参って懺悔《ざんげ》しているはずの永娥娘が、居心地のよさそうな寝台から遊圭に話しかけていた。

さらさらと衣擦《きぬず》れの音がして、遊圭の目の前に薄紅色の袍《ほう》の裾《すそ》が揺れた。その下から現れた絹の沓《くつ》が、つま先で遊圭の肩を小突いた。若い女の笑い声が降ってくる。

「芋虫だってもっとましな動きをしますわ。御嫡母さま」

高慢な響きの声に、麗華のひとつ違いの異母妹であり張才人《ちょうさいじん》の娘、香蘭《こうらん》公主と推察できた。

永娥娘は寝台からおりてくるようすはなく、香蘭は娥娘に呼び寄せられて寝台へ戻り、その体を起こすのを手伝った。

遊圭の位置から見上げた娥娘は、麗華の言った通り、かつての美貌《びぼう》はすっかり削《そ》ぎ落とされ、その顔は十は年を重ねたようにやつれてしわんでいた。しかしその瞳《ひとみ》には、陽元に呪詛《じゅそ》を吐いたときと変わらぬ、冷たい怒りの火が衰えることなく揺れている。

美しき鬼神、羅刹女《らせつ》を思わせる冷酷な笑みが、遊圭に向けられた。そこはかとなく麗華に似た面差しの香蘭が、忌々し気に娥娘に抗議する。

「御嫡母さま、どうしてこのような者を生かしておくのですか。この者のために、わたくしのお母さまはひどい拷問の末に殺されたというのに」

「だからこそ、すぐに殺しては面白味がない。使い道もある。殺すのは簡単だが、あとで必要になってから惜しむのも愚かしいことだからな」

「用がすんだら、わたくしにくださいませね。お母さまが受けた苦しみを、ひとつひとつこの者に味わわせてやりたいのです」

「それは面白い趣向だの」

永娥娘は喉《のど》の奥から咳《せ》き込むような笑い声を上げた。

遊圭は自身の窮地に戦慄《せんりつ》しながらも、本当の親子のように親し気に会話する娥娘と香蘭を愕然《がくぜん》として見つめた。麗華がこの場を目にしたら、どんな思いをするだろう。このふたりを救うために、麗華は自分の命を差し出したというのに。

「永娥娘さま。あなたは、墓参と懺悔のために脱出したのではないですか。そのために麗華公主を犠牲にして」

娥娘は蔑《さげす》みの目で遊圭を見下ろした。

「犠牲になどしておらん。ついて来いと言ったのに、麗華がそうしなかっただけのこと。どうせついてきても、なんの役にも立たなんだろうが。母を救うのに、半年も迷いおって。あやうく手遅れになるところであったわ」

「御嫡母さま、お姉さまのことをそんな風に言わないでください。この家を借りるお金を出してくださったのは、麗華お姉さまですから」

そうなだめる香蘭の指先に光る黄金の爪飾りに、遊圭は見覚えがあった。それぞれの指先に黒水晶、紅珊瑚《さんご》、月長石、瑠璃《るり》石を嵌《は》め込んだ金細工の爪飾りは、麗華の降嫁に間に合うようにと、わざわざ皇室の宝飾職人に突貫で作らせた新品だ。

麗華は宝飾品や衣裳《いしょう》を女官らにせびられるとぼやいていたが、実のところは異母妹への仕送りにしていた。麗華は見かけるたびに地味に、みすぼらしくなっていった。それなのに公主宮の主《あるじ》であったときの麗華と、大差ない装いで娥娘に寄りそう香蘭に、遊圭は腹の底がふつふつと熱くなる。

だが、遊圭に何ができただろう。麗華の選んだことなのだ。母を逃がし、その罰を甘んじて受けるために、陽元のもとに残った。娥娘に何を求めても得られないと知りながら、最後に母親が喜ぶことを、ひとつだけ為したのだ。

カツカツと、革靴《とうしょう》の音を立てて旺元が部屋に入ってきた。

「御嫡母様。東廠の連中は、祖父様の陵墓あたりを捜し回ってましたが、何も見つけられず引き上げたようです」

娥娘はひきつった笑い声を上げた。

「麗華はよくやってくれたようだの。牽制《けんせい》くらいはできたようだ。もっとも、麗華は本当に妾《わたくし》が舅《しゅうと》の墓に参ったと思っているのだろうが。陽元の悔しがる顔が目に浮かぶわ」

旺元は永娥娘の枕元に寄り添い「これからのことですが」と表情を引き締めた。

「巻き返しを図るためにいったん都から退くことは、御嫡母様のお体に負担がかかりすぎます。しかし、このあたりは宮城が近すぎて信用できる医師がおりません。麗華が病状を正直に白状していれば、御嫡母様を診せた医師から尚薬局《しょうやくきょく》の侍医らの耳に入る危険があります」

はきはきと物を言う皇子だ。母親の李賢妃《りけんひ》によく似た優美な面差しと細身中背の体格は、精悍《せいかん》で大柄な陽元と正反対だが、兄弟と思ってみれば目元あたりが似てないこともない。ひげは伸ばし始めたばかりで、むしろ柔らかな産毛のようなものが顎《あご》のあたりに散らばっている。

娥娘の懺悔は嘘であったが、病は本当だった。だからこそ、麗華も決意したのだろう。

「それゆえ、その者を生かして連れてくるよう、そなたに命じたのだ。蝕のこともある。都から離れて治療していては、陽元を叩くべき千載一遇の機会を逃してしまうでの」

三人の目が遊圭に向けられた。旺元と香蘭は、それぞれ別の母から生まれたはずなのに、酷薄な目つきが娥娘に似ているのが恐ろしい。いや、かれらが遊圭に向ける憎しみが同じほどに深いのだ。

「旺元お兄さまは、この李薫藤《くんとう》を捕らえたら、ばらばらにして陽元お兄さまに送りつけるおつもりだったのですのよ。李伯父さまと、李お母さまの仇《かたき》なんですもの」

「結果的にはそうなるさ。御嫡母様の病を治せなければな」

治しても用がすめば八つ裂きにされるのは確実であった。しかしこの状況では、遊圭はすぐには拷問はされず、殺されることはなさそうだ。

旺元はずかずかと近づき、膝《ひざ》をついて遊圭の頭を髪ごとつかんで持ち上げた。自身の重みに髪がごっそり抜けるのではという痛みに、遊圭の目に涙が滲《にじ》む。

「話は聞いたな。御嫡母様の病を治せ」

両手両足の縄をほどかれた遊圭は、しびれて感覚を失った皮膚を撫《な》でる。

癰疽《ようそ》の治療などしたことのない遊圭だが、旺元に引っ立てられるままに、娥娘の枕元に立った。

「わたしが正しい治療をすると、お考えですか」

遊圭がそう言ったとたん、旺元が遊圭の頰を殴った。勢いで倒れそうになったが、旺元に素早く腕をつかまれ引き起こされた。無理やり立たされた遊圭は、襤褸《ぼろ》でできた人形のように、情けなく寝台の端に手をつく。頰の内側が切れ、口の中が塩辛くぬるつき、鉄の臭いが鼻腔《びこう》に満ちた。

「御嫡母様が危うくなれば、おまえも死ぬ。ただし楽に死ねると思うな」

永娥娘が口を挟む。

「そなたがしくじれば、明々がどうなると思う？　われらの手の者は、後宮のうちにいくらでもいるのだぞ」

遊圭は観念して診察を始めた。

眼の光も声音も、かつての永娥娘そのままではあったが、体の方はひどく衰えていた。脈診からも衛気《えいき》の停滞と内臓の不調が読み取れる。膿《うみ》の溜《た》まった鼠径《そけい》部のでき物は歩行も困難なものにしたはずだ。熱も高い。

これでよく宮城から脱出できたものだと、遊圭は自分自身の脱出劇の過酷さを思い出して感心した。

子どもの拳《こぶし》ほどの赤黒い癰疽《ようそ》は硬く張り、深さは測りがたい。

「まずは、切開して膿を出さなくてはなりません」

実習で石刀を使ったことがあるのは兎くらいだが、そのことは言う必要はない。ちなみに太医署の医生は切開手術の実習に豚を使うと聞く。娥娘の皮膚と肉は、兎のそれより筋張っていそうだが、豚のそれよりは皮膚は薄く、肉は繊細そうに思えた。

触診と望診による詳細な観察のあと、脈診と併せた診断にたどり着く。

「これは内側から肉を腐らせ、筋を爛《ただ》れさせ、骨を破り骨髄を失わせ、やがては五臓を燻《くすぶ》り、焼き尽くして死に至らせるでき物です。位置は骨や五臓に近く、早く排膿し再発を防がねば、お命はもってひと月、骨を侵していればあと半月、五臓に達していれば十日と持たぬでしょう」

永娥娘は動揺こそ見せなかったが、その表情は硬かった。香蘭は両手で口を押さえ、旺元は抜き放った短剣を遊圭の首に当てた。

「治せるか」

「確約はできません。排膿を続けて、癰《よう》の深さを調べなくては。それから手術のための道具と、何日かかるかわからない排膿中に、化膿《かのう》を防ぐ生薬が必要です。ただ、排膿しきるまで永氏の体力が持つかどうかわかりません。神経や骨が侵されていたら、切除もかなわず、その苦痛は言語を絶すると聞いています。麻酔薬が必要です」

旺元は遊圭の言う必需品をそろえるために出ていった。遊圭は旺元に殴られた口とこめかみを自分で手当てしたのち、食事を与えられた。

やったこともない切開や潰瘍《かいよう》の摘出手術ができるかどうかは、もはや悩む段階ではなかった。治せるかどうかも問題ではない。手術に失敗すれば永娥娘は死ぬが、放っておいても死ぬ。手術がうまくいっても、治療中に娥娘の生気が尽きて死ぬかもしれない。だが、治療が続いている間は逃げる機会を窺《うかが》える。癰疽《ようそ》が骨まで達しておらず、膿を出しきれたら治るかもしれない。そのときは殺されることだろうが、いまは考えても仕方がない。

すでに日は暮れ、施術には暗すぎる。旺元が夜のうちに道具を整え、日の出とともに治療を始めることにして、遊圭は睡眠を要求した。

遊圭は一室に閉じ込められひとりになると、急に緊張が解けたためか、息苦しくなってきた。咳《せき》がこみ上げてくる。襦衣《じゅい》の懐から、喘息《ぜんそく》の丸薬を取り出して呑《の》み込んだ。

薬が効いてくるまで体を休め、静かに深呼吸しながら癰疽《ようそ》について学んだことを思い浮かべる。娥娘の癰疽《ようそ》のようにひどいのを見たのは初めてだが、馬延《ばえん》が趙婆《ちようば》の脇や胸にできた、小さな腫れものを長大で鋭利な鈹針《ひしん》で開いては、膿を出すのをそばで見ていた。

馬延は触感だけでできものの場所と膿の深さを知り、遊圭に細かく説明してくれた。

『筋を傷つけてはならん。骨を零《こぼ》してはならん。臓腑《ぞうふ》を刺してもならん。腐った肉と血《ち》膿《うみ》だけを絞り出すのだ』

薄くかさついた趙婆の皮膚は、簡単に傷をつくり邪気がその下に入り込んでしまう。ただ軽くぶつけただけで痣《あざ》になり、傷はじくじくと治らない。

知る限りの手順と注意事項について、頭の中をさらったあとは、放心のままに秀芳と橘子生のことを思い出す。あれからどうなったのか。ふたりで手に手を取って逃げたのか。いまごろは運河を下って東の大海に注ぐ大河へと漕《こ》ぎだしただろうか。

秀芳を失った秀琴が、医生官試験を受ける気力を持ち続けるだろうか。遊圭がここに拘束されていては、五日後の試験に間に合わない。

睡眠は浅く、悪夢は繰り返す。何度もぬかるみに足を取られ、深淵《しんえん》に呑み込まれそうになって目が覚めた。

朝になり、悪夢の続きのように旺元がきて、遊圭を娥娘の寝室に連れてゆく。

頼んでおいた鍼医《はりい》の使う九針は手に入らなかったという。代わりに皮革や裁縫に使う針と、大小の刀子が並んでいた。

困惑した遊圭は頭を上げて、そこに眉《まゆ》を美しく整えた香蘭の顔を見つける。

「その眉は、何を使って剃《そ》っておられますか」

香蘭がしぶしぶと化粧箱から取り出したのは、黒く透き通った刃をつけた剃刀《かみそり》だ。黒曜石製の薄い石刀は、金属の刃よりも切れ味が良い。皮膚にすっと抵抗なく刃が入り、筋や神経を損傷することなく患部の切開や潰瘍の切除が可能なため、外科手術を専門とする瘍医《ようい》にとっては必需品だ。

「これをお借りしたい。予備も必要ですので、できるだけ多く」

皮革用や裁縫用の針の先端を熱して潰《つぶ》し、鑢《やすり》で丸めてゆく。輸穴に尖《とが》った針を刺すのは、素人《しろうと》の遊圭には危険過ぎる。自分以外の人間に鍼《はり》は打たないという馬延との約束がなくても、恐ろしくてできるものではなかった。だが先の丸い員針《いんしん》を使って、皮膚の上から按《あん》じることで衛気《えいき》の循環を促し、経絡に沿って気を補瀉《ほしゃ》して治癒力を高めることは可能なはずだ。

痛み止めや化膿《かのうど》止めの生薬を調合して、数日分の散薬を作り置きし、その日に使う薬湯を煎《せん》じる。

「阿片《あへん》があれば、それほど苦しまずにすみますが」

「たかが疽《そ》を切り取るのに、黄金を無駄にできるか。兵を雇い武器を買い、高官を抱き込む賄賂《わいろ》に使うわ」

かつて皇太后であった女性は、そう啖呵《たんか》を切って笑った。

永娥娘は病床にあっても目は輝き、声には力が満ちていた。一国を盗もうとしただけの気概はある。

宮殿で会ったときは、初めから陰謀をめぐらす女怪と怖れてその美貌《びぼう》のみの印象が強かった永娥娘だが、近くで接していると有無を言わさず相手を呑み込んでしまう底の深さに、不思議な安心感と酩酊《めいてい》感を覚える。

人望を得るに徳以外の何かがあるとすれば、その何かを娥娘は具《そな》えていた。

旺元と香蘭が残存勢力を糾合するために、帝都に潜伏し、危険を冒して永氏の救出を図った理由がわかるような気がした。この女性が継母《ままはは》として、やがて陥れるつもりであった陽元に自己評価の低さを刷り込んだのなら、それは半ば成功していたといえる。

残暑は厳しい。目に汗が流れ込まないよう、遊圭は額に鉢巻きを締める。永娥娘が苦痛に耐えかねて暴れたときは、すぐに押さえつけるようにと旺元とその従者に指図した。

はじめは慎重に刃を入れ、少しずつ膿を抜き出してゆく。猛烈な悪臭とともに、どろりとした、瘀血《おけつ》の塊あるいは、変色し溶けた腐肉のような異物が流れ出た。

娥娘の痛みをこらえるくぐもった唸《うな》り声が、噛《か》みしめた麻布から漏れ出る。力むあまり体温が上がり、娥娘の露出した肌から汗というより蒸気が立ち昇る。強烈な体臭と湿気に遊圭は目まいすら覚えた。しかし痛みの激しいはずの、かなり深いところの膿を搾りだしているのにもかかわらず、術を施されている娥娘はびくとも腰を動かさない。

排膿を終えると用意された綿布でゆるい瘀血を吸い取らせる。皮下組織を初めて見る遊圭には癰疽《ようそ》の深さは特定できない。健康な組織まで削り取ることを怖れて、その日は豚脂《とんし》を傷に塗って終わらせた。

施術を終えた遊圭は、麻布を噛んで痛みをこらえていた娥娘の顔を見る。痩《や》せた初老の女は、びっしょりと汗をかいて髪は水をかぶったように濡《ぬ》れていた。濡れ布巾《ふきん》で娥娘の汗を拭《ふ》きとる香蘭の額からも、汗が流れ落ちている。

遊圭は必要な薬湯を娥娘に呑ませ、あてがわれていた部屋に戻った。水差しから水を汲《く》んで、一気に飲み干す。そのままぐったりと寝台に座り込んだ。

旺元が扉口までついてきていた。まだ何かあるのかと目だけを上げ、もの問いたげな顔をする遊圭に、旺元は首をかしげて訊《たず》ねる。

「李薫藤とやら。おまえは、男のくせになぜ後宮にいる？　兄上はおまえが男だと知って内官にしようとしたのか」

さらわれたときに担ぎ上げられ、体にも触れられたのだろう。いまさら性別をごまかしてもしょうがない。

「帝《みかど》はわたしが男子だとはご存じありません。わたしは孤児です。体が弱く、わたしのただひとりの庇護《ひご》者であった明々が後宮に召し上げられたときは、頼る当てもなく野垂れ死にするところでした。そんなわたしに、明々は死ぬよりましと、体が丈夫になるまで後宮に隠れ潜むことを勧め、それに従ったのです」

「よくばれなかったものだが、確かに女官姿のときはどこから見ても女だったな。女医生の育成というのは、おまえの考えか」

いつから旺元に見張られていたのか。おそらく太医署に通っていたときだろう。たびたび感じていた刺すような視線を思い出して、遊圭はぞっとする。

「帝と陶局丞のお考えです。両親が亡くなるまでは学問もさせてもらったことから、そこそこ役に立つこともあって、玄月さんに医生官試験を受けるように勧められました」

「玄月が」

旺元はその名前を竜胆《りんどう》の根でも嚙んだように、苦々しく吐き捨てた。

遊圭を女医生に仕立て、密偵として長生宮に送り込んだことまでは、旺元は把握していないようだ。内心で安堵《あんど》しつつ、女医生の育成は、玄月と病のため退官した趙婆とのゆかりから始まった、と遊圭は表向きの理由を告げた。

「わたしは医生として、わたしのやるべきことをやっただけです」

かなり中間を端折《はしょ》って、遊圭は旺元の尋問から逃れようとした。

「御嫡母様は、あれで治るのか」

旺元が話題を変えたことに、遊圭はほっとする。

「まだわかりません。娥娘さまの正気《せいき》が満ちて、血と気の流れが正常になれば癰疽《ようそ》は縮んでなくなるでしょう。そうでなければ邪気は去らず、血流はふたたび渋り、滞った衛《えい》気《き》が熱を持ち、肉は熱に燻《いぶ》されて膿《うみ》となる。癰疽《ようそ》がそれ以上深くならないよう、そのたびに膿を除き、手当てを続けていく必要がありますが、処置の甲斐《かい》なく癰疽《ようそ》が骨に達すれば、わたしにできることはもはやありません。手足にできた癰疽《ようそ》なら、手足ごと切り落としても生きられます。しかし、骨盤や臓器に近すぎるあの箇所では――」

体内深くまで侵食した癰疽《ようそ》の切除は、刃を入れる位置を誤れば患者を殺してしまう。一流の瘍《よう》医でさえ成功は難しい。まして血管や臓器、経絡や神経の場所を正確に把握していない遊圭にできることではなかった。ただひたすらに膿を搾り、化膿《かのう》を防ぎ、生薬を使った薬食で体力を回復させ、患者の治癒力を上げるのが精いっぱいだ。

そしてそれは、遊圭にとっても時間稼ぎになる。

旺元はふんと鼻をならした。その仕草が陽元にそっくりで、遊圭は顔を上げる。

「どうして、帝に背《そむ》くのですか」

「私は背いていない。兄が皇太子宮に移り、御嫡母様と母方の結びつきを知ってから、いつかこうなることはわかっていたが、だからといって止められるものでもなかった。母が断罪され、李一族もろとも追われる身となった以上、われらは同じ天の下には生きられない。私に残された道はただひとつ。兄を斃《たお》して皇帝となる。ただそれだけだ」

「帝は、同じ宮の弟妹に背かれることを悲しんでおいでです。皇族になど生まれてくるものではない、と麗華さまにおっしゃったそうです」

旺元は口を歪《ゆが》ませて笑った。

「そんな甘いことを口にするようだから、兄は皇帝にふさわしくないのだ。そのように育てたのは、御嫡母様だがな」

乾いた声で笑いながら、旺元は扉を閉め、外側から施錠した。暑さに耐えかねた遊圭は窓を少し開いた。逃げられるかと思ったが、外側から板が斜めに格子状に打ち付けられていた。

板の隙間から、夕方の風が吹き込んできて、ほっと息をつく。

「明々、心配しているだろうな」

遊圭はひとりごちた。胡娘などはきっと、いまごろは後宮を飛び出して城下を捜し回っているかもしれない。

寝台に横になると、ここ数日の緊張と施術の疲れから、瞬《また》く間に眠りに落ちた。


毎晩襲ってくる喘鳴《ぜんめい》。減っていく喘息《ぜんそく》の薬の数で日を数える。持ち出した三回分がなくなった。永娥娘の隠れ家に連れ込まれてから三日が過ぎたことになる。

あとは麻勃《まぼつ》が数服分あるだけだ。麻勃の副作用を考えると、脱出の機会を見つけたときに迅速な行動ができなくなる。あまり使いたくはない。

永娥娘の癰疽《ようそ》はほぼ取り除かれたが、傷はふさがらず膿は相変わらずじくじくと滲《にじ》み出ている。ただ長く放置されていた腐った血膿《ちうみ》ではなく、黄色く濁った体液なので、まめに拭き取っていれば悪臭はそれほどではない。健康な組織が再生すれば、癰疽《ようそ》のあった箇所はやがて治癒し、瘡蓋《かさぶた》に覆われる筈《はず》である。

しかし、娥娘の傷はなかなかふさがらなかった。組織も皮膚も元通りになる気配はない。あまりに深く損傷された組織は、再生しないまま腐り続け、膿を流し続けるのか。

これもまた、娥娘の負った業のように思われる。

どの医経に、どのように書いてあっただろう。遊圭は必死で記憶をたどったが、頭蓋《ずがい》の奥がどんよりと曇り、明確に思い出せない。

「ねえ、お兄さま。この者が治療をわざと長引かせているということはないの？」

香蘭は菓子を取り上げられた子どものように、拗《す》ねた態度で旺元に話しかける。

「それはそうだろうさ。御嫡母様が治れば、こいつに用はない。最初の目的通り、われらの母上が味わったのと同じ地獄を味わわされて、後宮に送り返されることがわかっているのだからな。死体を捨てに後宮に潜り込むのも面倒だ。いっそ首を絞めて濠《ほり》に浮かべておこうか」

伸びた爪をやすりで削りながら、旺元は平然と異母妹に応じた。表情を殺して沈黙を守る遊圭を流し見て、香蘭はくすくすと笑う。

「待ちきれません。薬草を合わせるくらいなら、わたくしにだってできますわ。そろそろお払い箱にしましょうよ。ねぇ、ああそう、試したい毒があるのよ、お兄さま」

これが麗華の仲の良い姉妹かと思うほど、香蘭は冷たい目をしている。呪術師で毒使いの母親に似たのだろうか。麗華にまじないを教えたのも、きっと香蘭なのだろう。

「御嫡母様が歩けるようになるまでは、生かしておく」

娥娘の寝室と、治療のとき以外は閉じ込められている部屋を往復するだけの遊圭に、邸《やしき》の全容はわからない。窓も中庭に向いているので、城下のどのあたりなのか見当もつかなかった。だが、それなりに館《やかた》の規模や使用人の数は推測できる。寝室や廊下の掃除は行き届いていること、香蘭が上質の衣裳《いしょう》をまとい、髪は形よく結い上げられて花や簪《かんざし》をつけ、手は白く柔らかなところを見ると、この屋敷には十分な数の使用人と、公主の世話を心得た侍女がいることがわかる。旺元には橘子生の下宿についてきた護衛を含めて、娥娘の部屋に出入りを許された三人の忠実な従者がいる。窓から眺めた限り、皇族付きの宦官《かんがん》が数人、庭掃きなどの所用をこなしており、用心棒と思われる旺元の食客が何人か中庭を出入りするのが見えた。

旺元が、永娥娘の病を近辺の医師に診せれば、宮廷医に伝わる可能性について言及したことから、ここがまだ宮城を取り巻く皇城の内側、皇族や官僚の住む上流階級の区画であることが察せられる。

灯台もと暗しというところか。それだけ、李家の残党を保護し、旺元を支持する者たちが少なくないのだろう。後宮にいたときは実感がわかなかったが、玄月があれだけ李家の残党に神経を尖《とが》らせていた理由が、手遅れのいまになってわかるとは。

部屋に戻され、寝台に座り込んだ遊圭は天井を見上げてつぶやく。

「やっぱりわたしは、玄月の言う通り馬鹿なのかもしれない」

秀芳の駆け落ちが、太医署が仕組んだ女官と留学生の醜聞ではなく、旺元の張った罠《わな》だと、誰が見抜けただろう。見抜けなかったのは自分だけか？　いや、凜々だってそこまでは考えてなかった。城下を移動するときは警戒を怠らなかった凜々だが、橘子生の下宿で旺元本人と鉢合わせするとは予想もしてなかったはずだ。

急いで秀芳を連れ戻さなければ、女医生官試験はご破算になり、陽元との賭《か》けに負け、族滅法の廃止を要求できなくなる。そのことに焦り、秀芳の絶望や橘子生に抱いていた恋情を思いやれず、自分の都合しか頭になかった報いだろうか。

橘子生はいつから旺元のために働いていた？　本当に留学生だったのか。初めから遊圭を宮城から連れ出すために接近してきた？　暴漢に襲われたのは演技か。それ以前に、どうして旺元は李薫藤の顔を知っていたのだろう。

カリカリと、妙な音を耳にしてあたりを見回す。木を引っ掻《か》くようなその音は、小さく開けたままの窓の外から聞こえる。遊圭は立ち上がって、窓をできる限り開いた。

突然、張られた板格子の隙間をするりと抜けて、灰褐色の毛の塊が飛び込んできた。

「天狗《てんこう》！」

思わず声に出してしまい、遊圭は慌てて口をふさいだ。空いた手で胸に飛びついてきた天狗を抱きとめる。

「よくここが！」

遊圭は再会を喜ぶ時間も惜しみ、天狗の首輪に結わえられた細長い布帛《ふはく》をほどいて広げた。遊圭はそこに玄月の筆跡を見ても驚かない。居場所を知らせるようにとの指示が書かれているが、ここがどこなのかわからない上に筆記用具もない。

遊圭は薬籠《やくろう》から麻勃と煙管《キセル》、火打具を取り出した。天狗が珍しげにくんくんと麻勃の臭いを嗅《か》ぎ、楽しげに跳ねまわる。

「草のにおいだけで効くはずはないんだけどね、天狗《てんこう》」

うっかり煙を吸って陽気になってはと思ったが、火を点《つ》ければどうしても焦げ臭くなる。煙を見張りに気づかれたり、部屋の残り香を旺元に不審がられた場合、喘息の発作が出たから麻㪍を吸っているのだと言い訳をしたほうがいい。

遊圭は火を点け、煙を吸い込まないように麻㪍を真っ黒に焦がしてから水呑の碗《わん》に落とす。麻㪍の消し炭を指先で細かく磨《す》り潰《つぶ》し、水差しの水を垂らして炭粉を練り黒い汁を作る。

「天狗、誰か部屋に近づいてこないか、扉に耳を当てて見張っててくれ」

天狗は言われたとおりに、扉の前に座り込む。本当に聞き耳を立てているのかは謎だが、鼻先と頰の毛がぴくぴくと動き、ピンと立てた両耳がときおり左右に振れる。

遊圭は片方の総角《あげまき》から笄《こうがい》を引き抜いた。艶《つや》やかな黒髪がはらりと肩にかかる。笄の先端に炭汁を塗りつけ、現在の状況を布帛の裏に書き込んでゆく。

この館と旺元の手勢について、知っている情報を途中まで書いたところで、天狗が手元に駆け寄ってきた。錠を開ける金属音がする。遊圭は急いで布切れを天狗の首輪に結び付けると、窓から外へと放した。

扉を開けて入ってきたのは香蘭公主だ。遊圭に対する憎しみを隠そうともせず、なぶるような笑みを浮かべて近づいてくる。一瞬、突き飛ばして逃げられるのではないかと思ったが、香蘭の背後と扉の側に屈強な男がふたりもいたのであきらめた。

「御嫡母《ごちゃくぼ》さまはご自分で歩けるようになったわ。だから、あなたは用済み」

「えっ」驚きに喉《のど》が干上がる。遊圭の見立てでは、まだあと五日は立ち上がれないはずだった。永娥娘という人間の精神力、あるいは生き残りに懸けた執念を読み違えていた。

遊圭は自分よりもほっそりとした香蘭が近づくにつれて後ずさり、寝台に倒れ込んでさらに壁際に追い詰められた。

「聞いた話では、お母さまは自白を強要されて罪を認めるまで、爪を剝《は》がされ、指を折られ、肉を削《そ》がれたらしいけど、本当？」

遊圭は激しく首を横に振った。罪人が受ける拷問など、杖罰《じょうばつ》しか知らない。

香蘭が袖《そで》から出した手には、遊圭が娥娘の癰疽《ようそ》を切開したときに使った黒曜石の剃刀《かみそり》が握られていた。

「これ、爪を剝がすのにちょうどよくない？」

遊圭はこんなきれいな女性が楽しそうに恐ろしい言葉を吐くのが信じられない。

「あ、あなたは本当に、あのお優しい麗華公主さまのご姉妹《きょうだい》なのですか？」

剃刀を両手でもてあそんでいた香蘭は、不思議そうに眼を細めた。

「麗華お姉さまは、あなたには優しかったの？　もうずいぶんと会ってないから、なんとも言えないけど。ええ、もちろん、わたくしには優しかったわ。幼いときはいつもいっしょに遊んでいただいたし。生意気な女官にまじないをかけたり、嫌みな教師の髪を呪符《じゅふ》に挟んで沓《くつ》に入れ、毎日踏みつけたら本当に効くのか、試してみたり」

麗華がそういう遊びをしていたとは知りたくなかった。だが兄の伯圭《はくけい》は、幼いときは従兄弟《いとこ》や使用人の子どもを集め、蛙や甲虫を捕まえさせては破裂させたり潰したりという遊びをして母に叱られていた。陽元と玄月は新しい弓矢を試すのに庭の愛玩《あいがん》動物を射たという。幼い時の残酷さというのは、その自覚がないだけに、成長してからふり返ればおぞましいものだ。

その残酷さをおとなになるまで持ち続けているのは、遊圭の目の前にいる香蘭くらいなものではないか。少なくとも遊圭はそう思いたかった。

香蘭は左手を伸ばして、遊圭のほどけた髪をつかんで引っ張った。遊圭はとっさに剃刀を持った香蘭の右手首を両手でつかみ、全力で押しやる。思いがけなく強い力で押し返され、剃刀の刃が自分に向いたことにひるんだ香蘭は、奇声を上げて遊圭を突き飛ばした。

「宮官《きゅうかん》ふぜいが、わたくしに逆らうのではない！」

香蘭に罵《ののし》られ、寝台に投げ出された遊圭は、壁に背中をぶつける。駆けつけた旺元が、制止の声を上げた。

「やめろ、香蘭。そいつは男だぞ。下手に手を出したらおまえが危ない。拷問するなら縛り上げてからにしろ」

「お兄さま」

香蘭は驚いて体ごとうしろへふり返った。

「予定は変更だ。御嫡母様が、面白いことを思いつかれた。そいつは無傷で後宮に帰す」

「そんな！　せっかくの復讐《ふくしゅう》の機会を！」

いきり立つ香蘭から剃刀を取り上げ、旺元は根気よく説明する。

「さっきも言った通り、そいつは男だ。後宮に男が入るとどうなるかわかるか？」

「ひどい目に遭うに決まってるじゃない。生きては出てこられないわ」

遊圭がひどい目に遭わされるところをその目で見たい香蘭は、拗《す》ねた声で断言する。

永娥娘たちが、いったい自分をどうするつもりなのか、不安と恐怖で圧《お》し潰されそうになりながら、遊圭は後宮へ戻れることに一縷《いちる》の望みをつなぐ。

「こいつを後宮に戻してから、男であることを一部の宦官に漏らすと何が起こるか、興味がないか、香蘭」

香蘭は下唇を突き出して考え込む。

「告発以外のこと？　つかまえてちょん切ってしまうのかしら」

香蘭は既婚者ではあるが、そういう言葉が艶やかな形のよい唇から出てくることが信じがたい。両手で耳を押さえたくても、遊圭は体が震えて腕が上がらなかった。

旺元は遊圭の反応を楽しむように、にやりと笑う。これ以上うしろに下がれないほど寝台の上で体を丸め、壁に背中を押しつける遊圭に顔を近づけた。

「それもあるだろうが。一説には、宦官が童子《どうじ》の脳髄を啜《すす》ると、失くしたモノが再生すると信じられている。男に戻りたい宦官《かんがん》は、ひとりやふたりじゃないだろうな。こいつの取り合いになるぞ」

「八つ裂きにされるわね」

香蘭と旺元はその光景を見られないのが残念だと、愉快そうに笑いだす。

遊圭の脳裏に、決して男であることを捨てようとしない宦官の、秀麗な顔が浮かんだ。ついさっきまでは安全な逃げ場に思えていた後宮という隠れ場所が、いまほど恐ろしく感じられたことはない。

「後宮に戻ってから、男であることをばらされたくなかったら、私の命令を聞け」

遊圭はがくがくとうなずいた。玄月はすでに遊圭の正体を知っていながら、駒として遊圭を利用しているだけだが、ほかの宦官は違う。底辺の宦官姜作児《きょうさくじ》が来世も男に生まれるために、干からびた宝《パオ》をなりふりかまわず必死で守り続けた姿が思い出される。

それが今生で男に戻れると知ったら——

「お前は医生官試験を受けるのだな」

遊圭は震えながらうなずく。

「合格すれば医生官として皇帝そのひとに羽冠《うかん》を授与される。そのときに、兄を暗殺しろ。うまくいけば命は助けてやる」

唾液《だえき》が干上がってひきつった喉から、遊圭は嗄《かす》れきった声を絞り出した。

「う、受からなかったら？」

「いくらでも皇帝に近づく機会はある。内官候補なのだろう、李修媛どの？　一時は通《つう》貞《てい》ばかり侍《はべ》らせて断袖《だんしゅう》の噂もあった兄のことだ。おまえが男と知っても気にしないかもしれん」

旺元の端整な顔が、息のかかるほど近づいてくる。遊圭はもう完全に話についていけず、体中から汗が噴き出した。

「ど、どういうことですか」

「玄月に訊《き》けばわかる」

にやりと笑いながら、旺元は懐から鞘《さや》に入れた刀子《とうす》を出して遊圭の手に握らせた。

「戦う必要はない。この刀子を隠し持って閨《ねや》に上がり、兄上にちょっと傷をつけるだけでいい。かすっただけで相手を死に至らしめる毒が塗ってある」

旺元の瞳《ひとみ》の虹彩《こうさい》まで見える距離で見つめ合っているうちに、遊圭は喘息《ぜんそく》の発作が襲ってきた。喘鳴《ぜんめい》が喉から込み上げ、咳《せき》が出る。

急に顔の色が乳のように白く変わり、風のすすり泣くような音を立てて咳《せ》き込む遊圭に、旺元は驚いて後ずさった。遊圭は手探りで薬籠《やくろう》を探す。震える手で煙管《キセル》に麻勃を詰めようとしたが、咳と指の震えに阻まれ、麻勃は指の間からこぼれるばかりだ。遊圭はヒューヒューと喉から苦しい音をこぼしながらも、必死で麻勃をかき集める。だがその動作はひどく緩慢で、傍目にはいまにも昏倒《こんとう》しそうに見えた。

臭いに心当たりがあったのか、香蘭が察して手を出し、煙管に詰めた麻勃に火を点けて遊圭に吸わせた。

夢中で吸い込むうちに気管が広がり、呼吸が楽になる。慣れないために適量がわからず、必要以上に吸ってしまったのか、頭がぐらぐらする。遊圭は寝台に横たわり、ぼんやりと焦点の合わない目で虚空を見つめた。

根拠のない自信と楽観的希望がむくむくと盛り上がり、遊圭はへらりと笑った。

陽元の暗殺などできるはずもないが、後宮に戻れば胡娘も明々もいる。今回だって簡単に後宮から出てこられたのだから、すぐにまた脱出できるはずだ。そのあとはもう、野となれ山となれだ。そのへんのどこかで馬でも馬車でも奪って、帝都から逃げ出してしまえばいい。

麻勃の効果で気が大きくなった遊圭は、笑いをこらえながら「いいですよ」と言おうとした。しかしその前に廊下から複数の足音が響き、旺元の部下が駆け込んできた。

「門の前に錦衣兵《きんいへい》の一隊が押しかけ、開門を要求しています！」

「嗅《か》ぎつけられたか！」

旺元は香蘭の腕を取って、部下に指示を出した。

「おまえたちは何食わぬ顔をして応対し、時間を稼げ。女どもは囮《おとり》として裏口から逃がせ。私は香蘭と御嫡母様を連れて、抜け道から脱出する。われらがこの館《やかた》から抜け出すまで、時間を稼げよ」

香蘭を連れて出て行こうとする旺元に、部下のひとりが困惑して遊圭を指さし叫んだ。

「このガキはどうするんですか？」

「後宮へ送り返す手間が省けた。おっと、忘れちゃいかん、そいつの頭に布を被《かぶ》せて女の衣裳《いしょう》を着せておけ」

遊圭はくすくすと笑いながら寝台の敷布にしがみつく。天井が足元にあるのか、床が揺れているのか、遊圭にはよくわからない。だが、天狗《てんこう》が無事に玄月のもとへ戻り、助けを連れて戻ってきたことは疑いがない。

錦衣兵の出現に驚いた旺元たちは逃げ出した、もう大丈夫だと思うだけで、解放感から笑いが止まらない。男たちに無理やり着替えさせられて置き去りにされたあと、どれだけの時間が過ぎたのかも、まったく覚えていない。

複数の足音とともに部屋に駆け込んできた影に抱き起こされた。懐かしくていい匂いのするその影は、遊圭の頰を叩《たた》き目をのぞき込む。あちこちに触れて五体が無事であることを確かめたのち、全身の力を込めて遊圭を胸に抱きしめた。

「ファルザンダム！　良かった。無事だった」

「胡娘。シーリーンっ、シーリーン！」

強く抱き返した胡娘の胸に顔を埋《うず》めて、遊圭は生き延びたことを初めて実感する。肺の奥から勝手に噴き上げてくる叫びが、泣き声なのか笑い声なのか判別がつかない。

ただひとつ確かなことは、胡娘の名はその意味する通りに甘美で、蜜《みつ》のように舌の上に甘く広がる。遊圭はほかの言葉を思い出せないまま胡娘にしがみつき、何度もその名を呼び続けた。

十一、医経紅杏

後宮に戻った遊圭は、女医生候補の寮ではなく、なぜか古巣の安寿殿《あんじゅ》に連れてゆかれ、最初の主《あるじ》であった蔡才人の宮室に預けられた。明々も一緒に、蔡才人の侍女が使用する続き間にそれぞれの部屋を与えられた。

「御迷惑をおかけします」

明々が蔡才人と、遊圭たちに房室を譲ってくれた女官に謝意をあらわす。

「災難だったわね。本当にあんたたちは災難続きよねー」

明々と同じ年ごろの蔡才人は、侍女に団扇《うちわ》を扇《あお》がせながら同情を込めて言った。都の商家出身の蔡才人はちゃきちゃきとした性格で、明々と馬が合う。入宮以来、何かと世話を焼いてくれるありがたい存在だ。女官たちの間で人気のある双六《すごろく》の必勝法を遊圭が指導し、その懐を豊かにしてきたことも、蔡才人の好意を厚くしてきた理由のひとつだ。

「とにかく、明日の試験までは、遊々はここでゆっくりしてなさい。いまさら勉強することがあるなら、寮から欲しい書籍を取り寄せさせるけど」

取次ぎの女官が小走りに入ってきて、蔡才人に耳打ちをした。蔡才人は細長く削って紅《あか》く染めた爪を唇に当てて、薄く笑った。

「玄月が来ているわ。いま、曹貴妃《そうきひ》にご挨拶《あいさつ》をしているところ。もう少ししたら、こちらに来るそうよ」

とたんに、控えていた女官たちがそわそわと髪形や化粧ののり、衿《えり》の合わせを気にし始める。遊圭は不安な視線を廊下へと向けた。

後宮に戻った遊圭は、元の通りに女医生候補の制服である青い被布で頭から肩まで覆い、同じ色の直裾袍《ちょっきょほう》をまとう。明々の手間をかけた化粧で、後宮にあふれる美女に劣らぬ女官ぶりであったが、その表情は暗い。

数日を男装で過ごしたあとは、残暑の厳しいなか衿をきっちりと閉め、胸や腰に詰め物をし、極力ものを言わずにおとなしくしているのは、あまりにもつらい。

きびきびとした玄月の足音に、遊圭の頰は緊張で固まる。

玄月の入室を待たずに、蔡才人は立ち上がって開かれた扉へと早足で歩を進めた。通《つう》貞《てい》の侍童《じどう》を伴って現れた玄月は、すっと目の前に立ちふさがった蔡才人とぶつかりそうになって立ち止まった。その背に、数本の薔薇《ばら》を挿した花瓶を抱えた侍童が追突する。花瓶から水があふれて玄月の袍を濡《ぬ》らし、床にこぼれた。

虚を突かれ、無防備に驚いた顔を見せる玄月に、明々がぷっと噴き出し慌てて顔を押さえる。首をこちらに曲げて婀娜《あだ》っぽい流し目をくれる蔡才人に、遊圭は不思議と気分がほぐれた。

「内官ともあろうお方が、軽々しく宦官《かんがん》の迎えになど出るものではありません」

主人の背中を濡らしてしまった粗相を叱られるのではと、背後で蒼《あお》ざめる侍童を無視し、玄月は平然と蔡才人をたしなめた。蔡才人は茶目っ気たっぷりに笑って、侍童の抱えた花瓶に手を伸ばす。

「まあ、きれいな薔薇！　わたくしに？」

「月季《げっき》です。お気に召しましたら、どうぞ」

侍童がおずおずと花瓶を差し出す。

「侍童から渡させる気？」

玄月は黙って花瓶から花を一輪抜き取り、短く切って蔡才人の黒髪に挿した。銀の簪《かんざし》と月季の濃紅が美しく調和する。玄月は柔和な微笑で蔡才人を見つめ、言葉を添えた。

「よくお似合いです」

蔡才人は勝ち誇った笑みを遊圭たちに向けた。部屋付きの女官たちと玄月の侍童を引き連れ、意気揚々と自分の宮室を出て行く。驕慢《きょうまん》な態度や物言いが、むしろ魅力的に映るのは蔡才人の美点だ。いつもは相手が背を向ければすぐに消える玄月の愛想笑いも、長く蔡才人の背中に向けられ、その姿が回廊を曲がって見えなくなるまで持続する。

明々は遊圭の耳に口を寄せて「いつもこんな感じなのよ」とささやいた。

蔡才人の気配りで人払いのされた室内は、遊圭と明々、玄月の三人だけとなった。

「落ち着いたようだな」

玄月の問いに、遊圭は無言でうなずいた。

「明日の試験に臨めるか」

「受けさせてもらえるのなら。あの、秀妹さんは、試験を受けるんですか」

秀芳と橘子生は、旺元の従者と凜々が争っている間に逃げようと階段をおりたが、階下では追いついてきた胡娘が待ち構えていた。旺元の従者は二階の窓から逃走し、秀芳と橘子生は、胡娘と階段を駆けおりてきた凜々に挟みうちとなった。橘子生はあっさりと取り押さえられ、秀芳は観念してその場にへたりこんだ。

橘子生は旺元の居場所は知らず、凜々と胡娘はふたりを連れていったん宮城に戻って玄月の指示を仰いだ。あとは、玄月が遊圭を捜し出せと命じて城下に放った天狗《てんこう》の大活躍だ。

秀芳は寮に戻され、橘子生は玄月の管理下において、後宮のどこかに拘禁されている。

「秀妹が医生官試験に合格すれば、橘子生の命は助かると言ってある。本人はそれでいまも猛勉強しているところだ」

「あのふたり、本当に愛し合っているんでしょうか」

明々は両手を握りしめ、誰に訊《たず》ねるともなく言った。

「少なくとも、秀妹は本気だな。橘《きつ》の方はわからん。やつの本当の名は橘子生ではない。東瀛《とうえい》国の留学生で橘姓はひとりだけいたが、すでに帰国している。東瀛国公使館の通詞《つうじ》に調べさせたところ、橘子生と称するこの男は、東瀛国の生まれであることは確かだが、父親が金椛《ジンファ》の商人だったらしい。金椛語は独学で学び、父親の伝手《つて》を頼ってこっちに渡ってきたものの、父親はどこかで難破したのか消息はつかめずじまい。どうやって橘氏の学生証を手に入れたか知らんが、学府に入り込み、閲覧できる書籍の写本を作っては、東西の商人に売ることで生計を立てていたそうだ」

いわゆる、もぐりの学生である。旺元が忍びで出入りしていたことからも、宮城といえど留学生も多く、ほかの官衙《かんが》に比べて開放的な学府は、身元の曖昧《あいまい》な人間が自在に出入りできる状態であるらしい。

「取り調べでは、旺元皇子には町で暴漢に襲われていたところを助けられたが、身分を詐称していたことを知られ、李薫藤を宮城から連れ出してくるよう、脅されたと言っている。あるいは暴漢とやらも、橘を釣り上げるために旺元皇子がご自分の食客をけしかけたのかもしれない」

偽学生であるために、橘子生はほかの学生と親密な交際ができなかった。路銀が尽き帰国もままならず、身寄りのない異国で生活も苦しくなっていたという。同じく学府で孤立していた女官たちに親切にすることで、なんらかの便宜を期待したところを、旺元に目をつけられてしまったのだ。

少なくとも、橘子生は旺元が送り込んできた密偵ではなく、初めから李薫藤を狙って接近してきたのではないことに、遊圭はわずかな慰めを覚える。

「橘さんが本を借り出してくれなかったら、わたしたちは教授たちの嫌がらせに屈するしかなかった。橘さんと、話をさせてもらえませんか」

　橘子生との面会は短かった。

　ほんの数日ぶりなのに、橘子生の頬と顎《あご》は無精ひげに覆われ、見た目ほど若くはなかったことに驚かされる。東瀛《とうえい》国では成人でもひげをそる習慣があるという。それもあって、橘子生は年齢を詐称するために、ひげを剃《そ》り続けることに抵抗がなかったようだ。

「本当に、秀妹さんを東瀛国に連れて帰るつもりだったんですか」

　橘子生は苦笑した。書院ではたどたどしかった喋《しゃべ》り方からは想像もできないほど、流《りゅう》暢《ちょう》な金椛《ジンファ》語がその口から流れ出る。

「帰国は無理だったと思いますが、沿岸州の港町なら身元がいいかげんでも通詞の仕事はたくさんあるし、そこなら秀妹さんと所帯を持てるんじゃないかと考えてました。秀妹さんもいきなり言葉のわからない国にいくよりは、それでいいって言ってくれました。だからそこまでの旅費が欲しかったんです。旺元さんは、自分のことは太医署の学生で、女たちに医生官試験を受けさせないのが目的だって言ってたんです。まさか遊々さんを殺すつもりでさらったとは」

　橘子生は神妙に、かれの国の習慣なのか床に両手をついて謝った。遊圭は叩頭《こうとう》礼にも似たその奇妙な仕草から目を逸らした。

「橘さんの本当の名前を教えてください」

橘子生は遠くを見つめる目つきで、うつろに微笑んだ。

「マヒト、といいます。姓《せい》はありません」

橘子生は床に指で『真人』と書いた。

「どうして、この国に来たんですか」

遊圭の問いに、真人は投げやりな笑みを返した。

「東瀛《とうえい》国は、貴族しか官僚になれないんです。姓《かばね》を持たない人間はどんなに勉強したって、中央貴族の推薦がなければ学寮には入れない。下っ端の役人にすらなれないんですよ。異国の言葉が読み書きできても、せいぜい寺社の写経生になれるくらいで、手前の食い扶持すら満足に稼げず、妻《めと》も娶れやしない。金椛では、身分や生まれにかかわらず、試験にさえ受かれば役人にも官僚にもなれるって聞いて、はるばるやってきたんですけどね。国使留学生でもないぼくなんか、縁故でもないと誰にも相手にされないのは、ここでも同じでした」

そして帰国する船賃もない真人は、医学を修めた女性と逃げて所帯を持てば、どこかで暮らしが立つとでも思ったのだろうか。

女官を盗んだ罪は重い。秀芳が医生官試験に受かれば、真人は死を減じられるという温情にあずかった。重くても杖罰《じょうばつ》と追放ですむかもしれないが、このふたりが結ばれることは決してないだろう。

遊圭よりも一回りも年上の、秀芳と真人がみずから選んで、そして誤った道だ。未成年に過ぎない遊圭に、そこまで心配する義理も余裕もない。それなのにいつまでも心が重く、面会を終えて安寿殿に戻り、遊圭を見て微笑む明々の顔を見ても、心は晴れなかった。

医生官採用試験は早朝から行われ、午後遅くまで続く。講堂にひとりひとりが板で仕切られた個室を与えられ、出された試験問題に対して答案を埋めていき、また示された理論や臨床例について、長短の論文をいくつも書き上げる。監視役の吏人《りじん》が、墨を磨《す》る役も兼ねて絶えず配って回るのがありがたいが、深く考え込み、書き続けていると、その存在すら認識しなくなる。また誤字や書き損じも減点になるので、清書の紙に筆をおろすときは、周りの音が一切聞こえなくなるほど集中する。解答用紙を何度も確認し、終了の鐘が鳴り響いたときには、遊圭は立ち上がることもできないほど消耗していた。

秀琴や秀芳はもとより、胡娘でさえげっそりとやつれ、目の下に隈《くま》を作り、ふらふらと受験室から出てきた。

「遊々～」

と幽鬼のように蛇行しつつ寄ってきて、遊圭の肩を抱きしめる。

「落ちたと思う。申し訳ない。最後の論文は途中までで、解答はほとんど見直してない」

愚痴や弱音を吐く胡娘など、あまりに珍しくて遊圭はかえって笑いを誘われた。異国語での試験は、胡娘にとってどれだけの負担だったろう。一本の線が自在に流れていくような西域文字で教育を受けた胡娘は、一文字一文字が独立し、均一な大きさと直線の美しさを要求される金椛《ジンファ》文字を書くのに、非常な神経を遣ったことだろう。

「気に病むことはないよ、胡娘。人事は尽くしたのだから、天命を待つしかない」

あまりに力を出し尽くしたので、遊圭は放心もしていたが、同時に不思議な爽快感《そうかいかん》にも満ちていた。

安寿殿に戻ると、明々に見守られつつ、蔡才人と玄月が双六《すごろく》をしながら遊圭の帰りを待っていた。明々が淹《い》れたお茶を囲み、胡娘も交えて五人で試験について報告する。

試験の合否については、公正に行われることを玄月は保証してくれた。というのは、国家試験については、学府の教授だけでなく各尚《しょう》からの高官も採点に当たるからだ。その際、答案には受験者の氏名は伏せられ、受験番号だけがふられているため、男女の区別はつけられない。

この受験者の氏名を伏せる採点方式は、太医署に限らず国士太学や他の学院の入試、あるいは各部署における官吏の登用試験でも同じだ。採点者が縁故の受験者を贔屓《ひいき》するのを防止するためである。採点者は答案の正誤と文章の良し悪しだけを判定していく。

「医学博士でない官僚が、医療についての論文を判断するんですか？」

首をひねる遊圭に、玄月はできの悪い生徒に意外な盲点を突かれた教師のように苦笑する。

「さっきも言ったが、外部の採点官が見るのは、論文の医学的解釈の正誤性ではなく、文章だけだ。門外漢にも理解できる、意味の通った文章が書けているかどうか、というのが採点の基準だな。論文の内容については、入学してから教授どもに叩《たた》かれる」

遊圭の顔から血の気が引く。自分は教授以外の人間が読んでも伝わるよう、配慮して書いただろうか。自分の頭でわかっていることと、文章を読み手に理解させることはまったく別のことだと、試験が終わってから言われてもあとの祭だ。

合否の発表は、二日後。

蔡才人は結果発表まで気もそぞろな遊圭をつかまえて、双六の相手をさせる。また急に思いついて、碁盤を引っ張り出し、碁を教えろと言い出した。

双六ほどには習熟していない碁の指導は、試験の合否、永娥娘と旺元の動向、麗華公主の境遇、秀芳と真人こと橘子生の行く末、そして族滅法について、遊圭ひとりで抱え込むにはどうにもならない数々の問題から心を逸らすのに役立った。

さすがに、発表当日は朝から胃が裏返りそうなほど気持ちが悪く、食事も薬湯も喉《のど》を通らない。発表は午後だというのに回廊のどこかで足音がするたびに、びくりと立ち上がっては結果を求めて廊下に首を伸ばし、体は反対の方向へ逃げ出そうとする。

「落ち着きなさいよ、遊々。あなた、また詰んだわよ」

まったく碁盤など見ずに、上の空で石を打つ遊圭に蔡才人は苛立《いらだ》つ。石を強く打ち過ぎて、髷《まげ》に挿した薔薇《ばら》の赤い花びらがはらりと舞って、白と黒の碁盤に色を添えた。

「あら、落ちたわ」

蔡才人の不用意な言葉に、遊圭が唸《うな》りながら胸を押さえて突っ伏した。蔡才人はふわりと舞い上がった花びらを、慌てて拾い上げる。

「遊々のことじゃないわよ。ちょっと、大丈夫？　やだ、喘息《ぜんそく》の発作なんていま起こさないで。明々っ、遊々が」

もし落ちたら、内官として閨《ねや》に上がり、陽元を暗殺しなくてはならないのか。

いや、何があろうと叔母《おば》の夫を手にかけるわけにはいかない。そもそも、皇帝の閨に上がるときは髪の一本一本まで身体検査されるのだ。性別が暴露されることはもちろん、凶器など持ち込めるわけがない。旺元がそれを知らないはずがないのに。

だが逃げ場のない後宮で性別をばらされ、宦官《かんがん》たちに八つ裂きにされるのも恐ろしすぎる。遊圭は結果が発表される前から進退窮まり、どうしていいのかわからなくなった。

旺元の指示はよく理解できなかったし、恐怖のためあるいは、麻勃《まぼつ》の作用のせいか、前後の状況もあまり思い出せない。ただ、性別や凶器を隠して陽元の側に近づく方法があると言っていた気がする。そこで陽元に直接、自分の正体を正直に告白してはどうか。

遊圭はふと顔を上げた。

「蔡才人、断袖《だんしゅう》、ってなんですか」

朗らかにしていた蔡才人の顔が一瞬にして固まる。何かまずいことを言ったかと遊圭は焦った。蔡才人は首をかしげ、棒読みな口調で言葉を返した。

「さぁ、袖を断つ？　なんのことかしら。遊々、それ、誰に聞いたの？」

「お、旺元皇子が──あ、いいです。なんか、玄月さまに訊《き》けばわかるとか──」

蔡才人が叫んだ。

「だめよっ！　そんな言葉をあのひとの前で吐いたら、針を詰めた真綿で絞め殺されるわよっ」

遊圭の口をふさごうと手を伸ばした蔡才人の袖《そで》が、碁盤の碁石を床まで跳ね飛ばした。

そこへ噂をすれば影とばかりに、女官が玄月の参上を告げる。

部屋に一歩足を踏み入れた玄月は、靴の裏に感じた音と違和感に足を上げた。足元と床に散らばる白と黒の碁石に、呆《あき》れ顔《がお》で部屋を眺め回す。

碁盤ごしに遊圭を押し倒さんとする蔡才人、あたふたと碁石を拾い集める明々。驚愕《きょうがく》に目を見開いて玄月を見つめる遊圭。

玄月はふっと息を吐いて、要件を告げた。

「合格発表を内閣書院で行う。遊々。ついてきなさい」

「後宮まで、結果を配達してもらえるのですか」

「学府の広場は人出が多い。女官に合格者が出た場合、不合格の男子学生が頭にきて何をするかわからん。こちらから宦官を送って合格通知があれば受け取ってくるよう、手配した」

「お、お心遣い、ありがとうございます」

遊圭は碁盤の前で腰を抜かしたまま礼を言った。

輿《こし》に揺られてすっかりお馴染《なじ》みになった感のある内閣書院に着けば、そこにはすでに胡娘、秀琴、秀芳がいて、蒼《あお》ざめた顔で結果のもたらされるのを待っていた。

秀芳とは目が合ったが、どちらが先にということもなく目を逸らす。受験会場でもおざなりに会釈しただけで、橘子生の下宿以来、遊圭は秀芳とは話をしていない。

緊張と気まずさに満ちた書院を、遊圭と三人の女性は用意された椅子にもかけず、無言で立ち尽くす。

指の関節が白くなるほど強く握りしめられた胡娘の拳《こぶし》を、遊圭は包み込むように握った。温かな感触にかたわらの遊圭にふり向いた胡娘はいまにも泣きそうだ。

「大丈夫だよ。胡娘。きっとうまくいく。うまくいかなくても、なんとかなる。いつだって、そうしてきたんだから」

胡娘は遊圭の肩に手を回して、その耳にささやいた。

「ファルザンダムは、大丈夫だ。わたしがついている。なにがあっても」

ずっと見上げてきたような気がする胡娘の顔は、いまは遊圭の目の前にある。金椛人の女性より長身な胡娘の背も、遊圭はすでに追いついていた。

書院の扉が開き、玄月が立ちあがって使者を迎えた。

入ってきたのは最高位宦官の正装に身を包んだ陶名聞司礼太監だ。名聞に続いて、壮年の宦官が通知書を載せた盆を掲げて入ってきた。

遊圭の心臓が喉元《のどもと》まで跳ね上がる。通知書があるということは、少なくともひとりは合格者が出たのだ。

通常、不合格者には通知は配達されない。学府での発表と、合格通知の配達のみで試験の結果を知る。もし一通だけなら、自分ではなくて秀芳か秀琴か、あるいは胡娘であってくれと、遊圭は心の底から祈った。

合格したのが女性ならば、遊圭は陽元との賭《か》けに勝つ。

玄月の身振りによる無言の指図に従って、四人の女医生官候補は膝《ひざ》をついてこうべを垂れた。遊圭の耳のすぐ下で、どくどくと動悸《どうき》が響く。まるで心臓が顎《あご》のすぐ下まで上がってきて激しく槌《つち》を叩いているかのようで、周囲の音も聞きとれない。喉がからからに渇き、胸の前で組んだ手が袖の中で震える。

宦官の掲げた盆の中に何枚の合格通知書があるのか、ひざまずきうつむいた遊圭たちには見えない。

陶太監は最初の一枚の通知を取り上げ、おごそかに広げて読み上げた。

「捷報《しょうほう》　本学報《ほんがくほう》じ畢《おわ》んぬ　周秀琴　医生官　従九品下」

遊圭は床を見つめたまま、ぐっと拳を握りしめた。頬に笑みが広がる。

秀琴が息を呑《の》み、卒倒しそうな顔色で立ち上がる。前へ進んで陶太監から合格通知をおしいただくように受け取った。陶太監は、もう一枚の通知を取り上げて広げる。

「捷報《しょうほう》　本学報《ほう》じ畢《おわ》んぬ　周秀芳　医生官　従九品下」

やった！　やってくれた！　と遊圭は心の中で叫んだ。これで、陽元に外戚《がいせき》族滅法の廃止を要求できる。飛び上がって秀琴と秀芳を抱きしめ、称賛と感謝の言葉を叫びたい衝動を必死でこらえる。

秀芳も秀琴とほぼ同じ反応で合格通知を受け取り、そしてその場で声をあげて泣きだした。恋人の橘子生こと、真人の生存がとりあえず保証されたことに。

「捷報　本学報じ畢《おわ》んぬ　李薫藤　医生官　従九品下」

嬉《うれ》しさでぼんやりしていた遊圭は、胡娘につつかれて立ち上がった。自分の合否などもはやどうでも良かったのだが、あくまで神妙な顔を保ち、陶名聞に深く丁寧な揖礼《ゆうれい》を捧《ささ》げて通知を受け取った。雲を踏む足取りで元の位置に戻る。

陶太監は威儀を正し、医生官の制服は後日個別に届けられること、医生の白羽冠《はくう》は吉日をもって授冠式が催され、皇帝本人より授かることを述べると、重々しくその場を立ち去った。

胡娘はへなへなと座り込み、遊圭を驚かしたことに、さめざめと泣きだした。遊圭は膝をついて胡娘の肩を抱き背中をさすり、袖を引いて慰める。

「胡娘が不合格だったのは残念だったけど、なにもかも、うまくいったよ。胡娘。わたしたち、前に進める」

胡娘は遊圭の肩を抱いて泣きながら笑う。

「これは悲しくて泣いているんじゃない。うれしくて泣いているんだ。何もかも、うまくいったじゃないか！」

遊圭と胡娘が床に座り込み、抱き合って喜んでいる間に、玄月は秀琴と秀芳を書院から送り出した。気がつけば、遊圭と胡娘、玄月の三人だけである。

「落ち着いたか。大家《ターチャ》がお待ちかねだ。ついて来い」

合格祝いのひと言も添えず、そっけなく命じると、玄月は先に歩き出した。

入ってきたのとは別の出入り口から、紫微宮《しびきゅう》のどこかへと連れて行かれる。戸外の庭園を過ぎ疎《そ》林を抜けて、ほかの宮殿とは少し離れた殿舎に案内された。

「青蘭殿《せいらんでん》だ。大家に許された、一部の宦官しか出入りできない」

麗華の告白に、溜《た》めていた怒りを爆発させた陽元を思い出した遊圭は、不安顔で玄月を見上げる。

「あの、帝《みかど》と玄月さんは、仲直りされたのですか」

玄月は眉《まゆ》を上げて遊圭の顔を見つめ、言葉を選んで応《こた》えた。

「君臣の間に仲違《なかたが》いも仲直りもない。誤解があれば正し、説明が不足であれば赤心を明らかにしておわかりいただけるまで申し上げる。青蘭殿は大家の御前でも忌憚《きたん》のない意見が交わせるように配慮された場所だ。煩雑な作法は気にしなくてもいい」

両開きの扉を開いて案内された殿内は、内閣書院に匹敵する大広間であったが、調度は一切ない。ただ、磨きぬかれた樫《かし》材の床の中央に、裾《すそ》の短い袍《ほう》に短靴という軽装の陽元が、背中に回した両手を腰のあたりで組んで直立していた。

玄月に促されて、遊圭は顔の映りそうな床に足を進める。

「吉祥《きっしょう》、吉祥」

陽元は口元に笑みを湛《たた》えて、遊圭に合格祝いの言葉を述べた。遊圭は膝をついて叩頭《こうとう》礼をしようとしたが、玄月に肘《ひじ》をとられて果たせない。

「紹、最初に説明しておけ。この青蘭殿では、拝礼も口上もなしだ。常に本題から入る。言いたいことがあれば、私の許可を求めず発言してよい」

それでも玄月は揖礼は捧げているので、まったくの無礼講というわけでもないらしい。

あらためて周囲を眺めると、壁際には何本もの鉾《ほこ》や剣が掛けられ、大小の弓と無数の矢が並べてあり、年代物の鎧《よろい》まで飾ってあった。

「賭けはそなたの勝ちだな」

陽元の声音は愉快そうで、口元にも笑みを浮かべていたが、目つきは鋭く、遊圭は視線が顔に刺さりそうな居心地の悪さを感じた。旺元を思い出し落ち着かない。

「近くへ」

手招きされ、ためらう遊圭の肩を玄月が押した。胡娘は玄月に一歩遅れてついてくる。

陽元は手を伸ばして遊圭の被布を取った。髪がばさりと落ちて肩を覆う。火傷《やけど》の偽痕《にせあと》は最近は着けていないことを思い出して、遊圭は思わず頬に手をやった。

「火傷の痕は消えないものだと思っていたが、違うのか」

その問いは玄月に向けられていた。玄月は平然と答える。

「まだ赤みが残ってますが、かなり回復したもようです」

「これが火傷の痕か」

陽元は、遊圭の汗疹《あせも》で荒れた頬に太い指を這《は》わせる。遊圭の鼓動は速まり、心臓が喉《のど》まで上がりそうだ。ふいにぐっと顎をつかまれ、顔を上げさせられる。

胡娘は反射的に前に出ようとして、玄月に押さえられた。

陽元が首をひねった。

「いままで気がつかなかったが、どこかで見た覚えのする顔だな。どこだろう」

鋭い視線から逃れるように、遊圭は目を逸らした。逞《たくま》しい三本の指でつかまれた顎が痛い。

「紹、このような顔を、どこかで見たことがないか」

「いたって、どこにでもある顔かと」

右手で遊圭の顎をつかんだまま、陽元は左手で遊圭の肩を握った。その握力に、遊圭は顔をしかめる。

「もう少し太れば、私の好みなのだが。医生などにはもったいない。本当に内官になる気はないのか」

玄月に腕の関節を押さえられた胡娘が前に出ようと無駄にもがく。

「放せっ、帝といえども、遊々に乱暴させないっ」

陽元は悠然と言い返す。

「まだ乱暴はしていない。ああ、麒麟女《シーリーン・ニー》。医生官試験も終わったことであるし、そなたは永寿宮に戻って本来の職に就いてよいぞ。永寿宮といえば――」

遊圭と、そして胡娘の動きも凍りついた。

陽元はまだ遊圭の顔をじっと見つめている。

「そう、賭けのことだが」

遊圭の顎から手を放し、陽元は唐突に話題を変えた。

「天文博士によれば、まもなく日蝕《にっしょく》が起きるという。今回はちょっと端のほうが欠ける程度のものではないらしいぞ」

一見、賭けとは無縁な話題を持ち出す陽元に、遊圭はその言わんとするところの意味を察して息を呑んだ。

日蝕は天子の過ちにより国が乱れる前兆と一般には信じられている。太祖以来の法律を廃止したり、前例のない女医生の入学を認めるこのときに日蝕が起きれば、官僚や国民に国家滅亡の予兆と誹《そし》られないか。族滅法を廃しても国が滅んでは元も子もない。政権の安定のために、賭《か》けを無効にして欲しいと言われても、遊圭には断れないだろう。

この数か月の血の滲《にじ》むような努力が、一年半を超える死と隣り合わせの忍耐が、水泡に帰そうとしている。遊圭は目の前が霞《かす》み、膝《ひざ》が震えてきた。

陽元はふてくされた子どものように床を踏み鳴らして話を続ける。

「おかしな話だ。天体の運行を子細に記録しておけば周期のわかりきった日蝕を、世間は天子の悪行ゆえにおきる現象という。そもそもだな、私はまだ悪行といえることをした覚えがないのに、私の代に日蝕が起きることだけは決まっているとは、割に合わないではないか。反逆を企てた臣下を排除し、育ての親の罪を暴いて、相応の罰を与えただけだ。それが悪行だ不孝だというのなら、私は甘んじて永《えい》氏の張り巡らした罠《わな》の中で息絶えるべきだったのか。わが母を亡きものとし、妻を殺そうと試み、ついにはこの身を滅ぼそうとした継母《ままはは》すら孝養せねばならないのか」

陽元の声が遠ざかり、遊圭の脳裏に、ひとつの光景が浮かび上がる。

ある日突然、それも大事な行事の最中に日蝕が起きる。それは陽元の治世を全面否定する天の通告とみなは受け取るだろう。旺元らに蜂起を促し革命を起こさせる充分な口実を与えてしまう。

「――というわけで、父帝の喪が明けたら、大赦とともに外戚族滅法の廃止を布告する」

遊圭は絶望のあまり、幻聴を耳にしたのかと顔を上げた。途中からきちんと聞いてなかったこともあるが、どういう経路でその結論に達したのか遊圭は理解できない。陽元の話は脈絡がなさすぎる。

「どうした、それがそなたの望みでもあったのだろう?」

陽元は満面の笑みで遊圭を見おろした。

「私の代に蝕を起こすのが天意なら、私が皇帝である限り不倶戴天《ふぐたいてん》の我が弟が反乱を起こすのも天意だ。そなたらはみずから予言した通り医生となり、私は賭けに負けた。これもまた天意か。太祖の遺志に逆らうことでこの国が滅ぶなら、それも天意なのであろう。そのときはそのときのことだ」

むしろそうなった方が面白い、とでも言うように、陽元は白い歯を見せて笑った。

遊圭が秀芳の駆け落ちに巻き込まれ旺元に誘拐されていた間に、陽元は突き貫けた結論にたどりついたらしい。とりあえずは成り行きに任せようとも聞こえる覚悟は、投げやりと受け取れなくもないが、遊圭や玄月を見る目は明るく、笑顔は爽《さわ》やかだ。

遊圭は膝の力が抜けてよろめいた。玄月から解放された胡娘が駆け寄り、遊圭を抱きとめる。

早ければこの秋から、遊圭は本当の名を名乗って生きていける。

だが不安は残る。遊圭が皇后の外戚《がいせき》として星家の当主を名乗れば、この国に不要な騒乱を起こしはしないか。平和な時代は終わり、国が乱れ、翔《しょう》が受け継ぐべき帝国を分裂させてしまうのではないか。

「なのでな。我らが生き残るためには、そなたにもこれから、しっかり働いてもらわなくてはならぬ」

むしろ動乱の時代を待ちかねているように陽元は宣言した。

「紹、シーリーンと遊々を永寿宮へ送って行け。玲玉に我が国初の女医生を披露しろ」

玄月は軽く揖礼《ゆうれい》し、遊圭たちに退出を促す。

軽い混乱に陥った遊圭は、言われるままに玄月に従った。ふり返って見ると、陽元は入ってきたときと同じ、直立した姿勢で手をうしろに組み、顎《あご》を上げて斜め上をじっと見つめている。

あたかも、いまこのときに起きようとする日蝕を、宮殿の天井越しににらみつけてでもいるようであった。

いろいろなことが一度に起きて話が勝手に進んでしまった。遊圭は頭が追いつけていなかったが、行き先が永寿宮であることに思い至って玄月に声をかける。

「あの、わたしも永寿宮へ伺うのですか」

「そうだが、不都合でも？」

揶揄《やゆ》を含んだ、遊圭の戸惑いに愉《たの》しみを隠さないいつもの玄月だ。

「そなたの念願が叶《かな》ったのではないか。まだ少し先ではあるが」

「では、帝《みかど》はわたしのことをすでにご存じなのですか、あの――」

李薫藤が実は星遊圭であることを。

「玄月どのが帝に話してくださったのですか」

「私からは何も申し上げていない。大家《ターチャ》はご自分の興味のないことにはまったく勘を働かせようとはなさらないが、その気になればそれなりの洞察力はお持ちだ。そなたが持ち出してきた賭けで初めて、李薫藤という人間の内面に関心を抱かれた。族滅法に加えて、御即位されてから先送りにしてきた数々の問題に向き合う覚悟を固められ、整理されているうちに、隠された真実に御自分でたどり着かれたのだろう」

「玄月さんと帝は、肝胆《かんたん》相照らす伴友ではないのですか。帝のために、御自身の面子《メンツ》を犠牲にされるほどの」

真っ向から訊《たず》ねられて、玄月は歩調をゆるめる。

「私は大家《ターチャ》に不正確なことは申し上げない。確信はあっても、そなたを裸にして確認したわけでも、そなたの出自を断言できる証拠や証人を見つけたわけでもない。大家が真実をお知りになりたければ、ご自分でなさるのがよいのだ。何もかも他者に分析と判断を任せていては、大家ご自身のためにならない」

一歩突き放した感のある玄月の陽元に対する立ち位置は、遊圭にはよく理解できない。族滅法を持ち出されたときの陽元は、自分の吐く言葉の正当性について絶えず玄月の承認を求めているような雰囲気があった。玄月がその気になれば都合のいい情報だけを陽元に吹き込み、証拠もなく信じさせ、決断に導くことも簡単にできるはずだ。

そういう風に考えてしまう自分が卑劣な人間で、主君の欠点を受容し、長所の芽を摘むことなく見守る玄月こそ無私の忠臣なのではと、遊圭はおのれが恥ずかしく思える。

「大家は、繊細とはいいがたい御気性ではあるが、弱者の心に添うことのできる仁を具《そな》えておられる。旺元皇子とは異なる点だ」

玄月は以前、遊圭を同僚殺しの濡《ぬ》れ衣《ぎぬ》から救ったときも、遊圭に『仁』のあることを言及した。遊圭がそのことについてよく考える前に、旺元の名に合格発表で頭がいっぱいで忘れていた問題を思い出す。

「あっ、あの。大事なことを、まだ言ってなかったのですが。旺元皇子のことで」

遊圭は、男であることを暴露されたくなければ、羽冠《うかん》授与式に陽元を暗殺するようにと旺元に脅されたことを報告した。話を聞き終えた玄月は首をかしげる。

「そなたが合格するかどうかもわからぬのに、壇上での暗殺とは確実なやり方といえない。旺元皇子は、そなたが合格しなかった場合はどのように弑《しい》し奉ればよいか、指示を出したか」

「な、内官として帝の閨《ねや》に上がって、隙を狙えと――」

「だが、旺元皇子はそなたが男子であることを、知っていたのだろう？　内官になる前に、そなたには閨に侍《はべ》る資格がないと敬事《けいじ》房太監《ぼうたいかん》から大家《ターチャ》に報告がいく」

玄月はいぶかしげにかぶりを振った。遊圭は蔡才人に口止めされたこともあり、自分自身なにを言っているのかわからないほど、しどろもどろになっていた。

「お、旺元皇子は、わたしが、その、お、女でなく――ても、帝はお気にならない、だろうと、通貞《つうてい》が、どうとか、断《だん》しゅ、あの、袖《そで》が、どうとか――」

袖の何が玄月に絞め殺される引き金になるのかわからないが、遊圭は自分の袖を握り、目をきょろきょろさせて言葉を詰まらせた。

玄月は口元をゆがめ、眉間《みけん》にぎゅっとしわを寄せた。明白に不快な感情を表に出した玄月に、遊圭は危険を感じて一歩下がる。だが玄月は眉根《まゆね》を均すように指で強く押さえて、ゆっくりと嘆息した。

「それは皇子の誤解だ。大家《ターチャ》は加冠されるまで女性に興味を示されず、一日中通貞らを引きつれては、狩猟や武芸に夢中になっておられたことから、男色の噂が立ったことがある。皇子はいまだにそれを信じておいでなのだろう。実情は永氏が伽《とぎ》を命じて寄こす女官がことごとく大家のお好みと合わず、大家は淡白を演じるしかなかったのだ。あの当時は『御嫡母様《ごちゃくぼおおさま》』の意見は絶対だった。いまにして思えば、永氏は大家の分別のつかぬうちに女色に溺れさせ、興味を学問や政道から遠ざけるおつもりだったのだろう」

遊圭はこの話題に深入りしたいとは思わず、玄月が怒ってもいないようなので密《ひそ》かに胸を撫《な》でおろした。やるべきことはやったし、言うべきことも言った。ここは、遊圭にとって最大の懸案を解決するときだ。

「とにかく、わたしたちは合格しました。帝も族滅法の廃止は確約してくださいましたし、わたしはこれ以上は女医生を続けられませんから、羽冠授与式には欠席にして、旺元皇子に暴露される前に後宮から出て行きたいのですが――」

玄月の顔を見上げた遊圭は、思わず言葉を切って唾《つば》を呑《の》んだ。非常に嫌な予感のする笑みが、玄月の秀麗な顔に浮かんでいたからだ。

「いや、そなたには授与式に出てもらう。李薫藤をどうやって帳簿から消したらよいか、思案していたところだった。やはり、死んでもらうのが一番だな。一石二鳥、あるいは三鳥も落とせるかもしれない」

「えっ」

遊圭も、一歩離れて話を聞いていた胡娘も、驚いて身構える。

「明々はともかく、李薫藤は目立ち過ぎた。いきなり後宮から消えてしまうのも怪しまれる。授冠の儀は、口実をつけてできるだけ仰々しく、かつ華々しく催すよう、大家《ターチャ》に進言しよう」

その頭脳がどんな作戦を組み立てているのか、玄月は黙って早足で歩きだした。遊圭はその速度についていくのに精いっぱいで、永寿宮に着いたころにはすっかり息が上がっていた。

叔母《おば》である玲玉との再会に、遊圭の動悸《どうき》は限界まで速まる。

玄月が宮への参上と胡娘の帰宮を告げ、引見を乞《こ》う。取次ぎの女官について宮室の奥へと導かれた遊圭は、手入れの行き届いた調度に囲まれ、塵《ちり》ひとつ落ちてない皇后の宮殿を通り過ぎ、中庭へ出た。

殿内に響き渡る幼児のはしゃぐ声は、中庭で天狗《てんこう》と毬《まり》遊びに興じる皇太子のものだ。皇后の玲玉は涼台の榻《とう》に腰かけ、息子の遊ぶところを慈愛に満ちた笑みで眺めている。

玲玉は玄月の足音にふり向いた。忠実な宦官《かんがん》の背後から進み出た青い被布の女官に目に留め、くっきりとした目を大きく見開いた。

叩頭拝《こうとう》を捧《ささ》げる玄月に倣《なら》って、遊圭と胡娘も膝《ひざ》と両手を床について頭を床まで下げた。翔がきゃあきゃあと喜びながら走り寄り、叩頭する玄月の背中によじ登って馬乗りになる。天狗《てんこう》が自分についてこないことに気づいた翔は、体をねじって背後の女官へと目をやった。

大好きな天狗に肩の上に飛び乗られた遊圭だが、叩頭礼を終わらせるまで抱き上げるわけにいかない。一方で玄月は、背中の皇太子を羽の重さほどにも感じさせない動きで拝礼を終え、ゆっくりと体を起こす。ずり落ちそうになった翔は、玄月の首にしがみついてぶらさがった。一連の動作が決まりきった手続きのように、翔がとんと音を立てて地面に着地したのち、玄月はおもむろに立ち上がった。

遊圭たちも遅れて立ち上がる。肩に乗った天狗の重さは遊圭の動きを妨げない。

翔が警戒と好奇心を瞳《ひとみ》と顔いっぱいに浮かべて、初めて見る青衣の女官に近づく。遊圭は三歳になる従弟《いとこ》を前に、胸が熱くなる。

「主上《しゅじょう》の命により、李薫藤をお連れしました。医生官試験に合格し、近日吉日をもって白羽冠を授与される予定です。そして、主上は先帝の喪が明けた最初の国政において、外戚《がいせき》族滅法の廃止を布告されます」

玄月の口上が耳に入ったようすもなく、玲玉は遊圭の顔だけを見つめて一歩一歩近づいてくる。叔母の玲玉は遊圭の記憶にあるよりもずっとおとなびて、重たげな臨月の腹を無意識に支えながら遊圭の前に立った。その目に、みるみると涙があふれる。

「よくぞ、生きて――」

そのあとは、言葉にならない。遊圭のまぶたにも熱いものが込み上げる。玲玉は遊圭の頬を両手で優しく包み込むようにして、こぼれ落ちる涙を拭《ふ》きもせずに見つめ続ける。その顔が滲《にじ》んで見えなくなってしまったことに、遊圭は自分も泣いていることに気がついた。

ここのところ、泣いてばかりだ。女装していた時間が長すぎて、芯《しん》まで女々しくなってしまったんだ、と自分に言い聞かせてみても、涙も嗚咽《おえつ》も止めることはできない。逃げ続け、隠れひそみ、自らを偽り他者を欺き続けた苦難の日々は、ようやく終わったのだ。

その日のうちに、遊圭は明々をともなって永寿宮へと引っ越した。

十二、桂花爛漫《らんまん》

先帝の喪が明けるまで、いまひと月以上の間があった。遊圭は李薫藤《くんとう》のままで、胡娘と明々とともに永寿宮で医生官として勤める。

親の喪は三年と言い慣らされているが、満三年ではない。二度めの命日を過ぎてから、いく度目かの月命日を選んで喪明けとする。秋が深まるころには、遊圭は自分の本来の氏名を名乗れる。

後宮に入ったのは先帝の崩御した年の初冬だから、遊圭が女装してからまだ二年も経ってないことになる。そんな短い間だったと、いまだに信じられない。

「なんかもう、五年とか十年もここにいる気がするんだ」

ぼやく遊圭に、明々は縫物の手を止め笑って相手をする。

「本当、あっという間だったけど、すごく長かったみたい」

「まだ、終わってないけどね。無事に出ていけるかどうか」

旺元の陰謀については、宦官が男性性を復活させるために童子の脳髄云々《うんぬん》の部分は省略したが、ほかはすべて正直に玄月に打ち明けてある。毒を塗ってあるという刀子も預けた。あとで、本当に即効性のある猛毒が刃に塗られていたと知らされて、遊圭は心の底からぞっとした。

「まーだ玄月さんのこと、信頼しきれないの？　いい加減にちゃんと頼ったらいいじゃない。帝《みかど》も大后《おおきさき》さまもご存じなんだから、もう意地悪もひどいこともされないわよ」

と言われても、とてもではないが玄月に話す勇気はない。

「明々に男心はわかんないよ。まして宦官の気持ちなんてさ」

遊圭は深いため息をつく。かの俗説を知っていて玄月が遊圭を見逃しているのならそれでよし、そうでないなら知らせないまま、遊圭も忘れ去りたい脅迫の種であった。

「秀妹さんも落ち着いたみたいでよかったね。大赦があるから、橘《きつ》さんも無罪放免になるって知らされたときには、また大泣きして大変だったの」

よい知らせなのに、明々は袖《そで》をまぶたに当てた。

「でも、二度と会えないんだよね。あんなに好き合っているのに、いっしょになれないなんて。理不尽だよ。遊々、なんとかならないかな。帝にお願いしたりとか」

「橘さん、じゃなくて真人さんが無罪放免になるだけでも、奇跡的にめでたいんだけどね。明々。わたしは真人さんの誠はどうにも信じられないよ。わたしたちの渡す礼物で口に糊《のり》していたのに、旺元皇子に脅されて簡単にわたしを売ったんだよ。しかも、わたしが好みじゃなかったから秀妹さんに狙いを変えるとか」

言っているうちに腹が立ってくる。

「たぶん、橘さんは、初めから秀妹さんのことが好きだったのよ」

遊圭は議論は無駄だと話題を変える。他人の将来を心配している場合ではない。

「ねえ、明々。ここを出たら、どうする」

「そうね、まず家に帰りたい。父さんと母さんが元気にしているか気になるもの」

明々の両親は読み書きができないので、近況の文《ふみ》を交わすこともできずにきたのだ。

「そのあとは？　村に診療所を、開きたいって言ってたのは、本気？」

歯切れの悪い遊圭の問いに、明々は眉《まゆ》をひそめた。

「む。現実問題として考えると、いろいろと大変よね。医学の勉強も半端な感じだし。遊々も、結局は太医署には進めないんでしょ」

女官として勤め続けるのはもはや限界だ。星遊圭は、外の世界で新しく人生を仕切り直さなくてはならない。明々は指を組んだ両手をぐっと突き出した。伸びをするのかと思えば肩をすくめ、急に寂しそうな顔になる。

「遊々はもう、隠れなくても、隠さなくてもいいんだもんね。体も人並みには丈夫になったし、私の助けは要らなくなる」

「そんなことはないけど――」

遊圭は口ごもった。あとが続かない。成人もしておらず、身寄りもなく、家も将来も定まらない自分が、明々のために何ができるのか。

「明々のお蔭《かげ》でここまでこれた。明々には幸せになって欲しいなって思うんだ」

「幸せねぇ。幸せってなんだろうね。土地と家があって、食べ物があって、家族がいて。それくらいしか思いつかないなぁ」

明々は首を左右にかしげ、難しい顔でつぶやいた。目の前の菓子をつまみあげ、ぱくりと大きく開けた口に入れて、頬杖《ほおづえ》をついて考え込む。

表向きは姉妹として、その実は双子の姉と弟のようにぴったりと寄り添ってきたのだ。家族のように遠慮がなく、互いの表も裏も知り尽くしたせいか、男女の緊張感はない。明々にとっては、ようやく手のかかる弟の手が離れて、肩の荷がおりるといった心境だろうか。

明々の器量であれば、いまごろはとっくに良家に嫁ぎ、若奥様などと呼ばれて、忙しく家政を切り盛りしていい年齢なのだ。この先もずっと明々がそばにいてくれたらとい

う願いは、単なる甘えなのか。ひとりで生きていく覚悟や気合もなく、明々という杖に

すがりたいだけではないのか。

「明々が帰るときには、村に送っていきたいけど。いいかな」

遊圭はそれだけをやっとのことで言った。明々は顔を輝かせて大きくうなずく。

「もちろんよ。両親に紹介したいし、阿清も遊々に再会できて喜ぶわ」

「それで、そのあとも、ときどきは明々の家に遊びにいったり、してもいい？」

「いいに決まってるじゃない！　泊まっていって。それとも、うちに住む？」

「あ、いや、それは、どうかな」

それでは完全に義弟扱いではないか。

「わたしは、城下に下宿しようと思っている。仕官の勉強ができるような静かな街で」

「あ、そうよね。遊々は仕官するんだ。やっぱり。だよね」

明々は当然のことに気がつかなかったという顔で、少しきまり悪そうに笑った。遊圭

はとつとつと自分の考えを話す。

「わたしの取柄は学問くらいだし。それで身を立てるには、仕官かな、って。でも、と

りあえずは一族の供養に専念するよ。六十人分だから、けっこう時間かかるだろうな」

家を興すには、まず祖先を祭るのが金椛人の慣習である。成人もしていない遊圭には

荷の重い責務だが、当主となるのだから避けては通れない。

だが、それもまた、この後宮を出て行ってからのことだ。

とりあえずは、明日に控えた白羽冠授与の儀を乗り越えなくてはならない。

遊圭は腹に鉛が落ちていくような緊張を覚え、気持ちを引き締めた。

医生官の太医署入学の儀では、皇帝から白羽冠を授与されて最高潮となる。

李薫藤こと遊圭の席次は三位であった。女性の快挙というには非常に良心が痛むが、秀琴の席次も三十五人中七位と悪くない。

遊圭は秀琴たちと今後について話し合う必要を感じ、久しぶりに寮を訪れた。

寮は、以前と変わりなく、秀琴と秀芳を中心に来年の試験を目指す医生官候補たちが、目的をひとつに暮らしていた。男子学生の合格率が五割という、正規の医生官登用試験に、三人も女官の合格者を出したことで、寮は活気づいていた。

そのうちのひとりが実は女性ではなかったことは誰も言及することなく、遊圭たちを歓迎する。訪問は予《あらかじ》め伝えてあったせいか、儀式前夜の前祝ということで、ごちそうが並んでいた。

遊圭は、秀琴と秀芳に話がしたいと別室に呼んだ。

「みんな、わたしのことを気にしないんだね」

少しおどおどしながら話し始める遊圭に、秀芳がそっけなく答える。

「遊々だけが嬪宮《ひんきゅう》や大后《おおきさき》さまの宮に預かりになって、特別扱いだってこと？」

「え、そうじゃなくて」

口ごもる遊圭に、秀芳は肩をそびやかして返す。

「あのことなら、秀姉《し》のほかには誰にも話してないわ。疑っているひとがいたとしても、誰も噂にしない。遊々が女医生として合格すれば、私たちの部署が確立して、待遇もちゃんとしてくるんだもの」

秀琴も訳知り顔でうなずいた。遊圭はほっとして胸を撫《な》でおろす。

「そうか。そのことだけど、わたしはまもなくいなくなる」

秀琴と秀芳は、意外なことを聞かされる、という目で遊圭を見返したが、さほど驚いたようすはない。いつかそうなるだろうと思っていたのが、予測より早まっただけだ。

「ちゃんと教育を受けた女性の医師が後宮に勤めれば、侍御《じぎょ》医にはかかれない位の女官は、趙婆みたいに手遅れになるまで我慢しなくてすむ。わたしの周りにはとても頭が良くて、責任感の強い女性がいたから、女性が医師になれないことが逆に不思議だった。でもそれは不可能じゃないって秀琴たちが証明してくれた。ありがとう」

遊圭は心からの感謝を述べた。

「ちょっ、まだ医生になっただけじゃない。医師になるには、まだ何年も勉強しなくちゃならないのよ」

秀芳の言葉に、遊圭は姿勢を正した。

「そう。女性が医師になれるってことを、太医署の博士や学生たち、帝を含めたこの国のひとびとに、本当の意味でわかってもらう女医生の闘いは、いま、これから始まるんだ。秀琴と秀芳を、たったふたりだけで太医署に送り込むのは、すごく怖い。なのに、一緒に進めなくてごめん」

おそらく、秀琴と秀芳が太医署で男たちと同席して学び続けることは、茨《いばら》の道であろう。どんな嫌がらせや妨害を受けるか、不当な差別を受けるか予測もつかない。夢を叶《かな》える前に、彼女たちの心が折れてしまうかもしれない。

「みんなとずっと勉強していきたかった。秀琴、秀芳、わたしたちが始めたこと、続けてくれるよね。医師になりたい女性が、わたしたちのあとに続くように」

秀琴と秀芳は、口を固く結んで小さくうなずいた。

「できれば、もっと女医生が増えて、女医博士が誕生して、後宮の中にも女医太学ができるところまで見たかった。それから、都にも地方にも、女医が増えるといいと思う。男性の医師には診せる勇気のない病を抱えた女性たちが、安心してかかれるように。いまの医学は、男の体を中心にしているから、もっと女性の声をもとにした臨床例を盛り込むべきなんだ」

この、女医生寮という、産声を上げたばかりの新しい組織が、末永くこの国の繁栄とともにありますようにと、その気持ちを伝えたかった。

「遊々は、これからどうするの？」

秀琴は初めて会ったときから、気配りを忘れない優しい姉のような女性で、みなをまとめてきた。いまも誠心から遊圭の先行きを案じている。

「まだ、わからない。でも秀芳さんのお蔭で、案外と簡単に、堂々と後宮を出ていけることがわかったから、わたしのことは心配しなくていいよ」

秀芳はきまり悪そうに笑い、秀琴は安心の笑みを浮かべる。

そこで遊圭は、これから太医署で男たちと競うことになるふたりのために、太医署や官界について説明した。官家の男子は、官僚組織の構造とそこで生き残るすべについて、子どものころから折に触れて親から教えられる。それは病弱な次男も例外ではない。たったいま生まれた新しい希望が男社会に潰《つぶ》されないために、秀琴たちがやがて手をつけるであろう女医制度の確立について必要な知識は、遊圭は自分の知っていることは残しておきたかった。


白羽冠《はくうかん》の授与式は、特別に国士監の大講堂で執り行われることとなった。

これまでさして注目を浴びたことのない医生官の入学式典が、太医署ではなく、学府の総括府である国士監の建物であることは、否応なく宮廷と官界の関心を集める。

「式典における女医生の白羽冠授与は、金椛《ジンファ》帝国三代にわたる太平を慶《よろこ》び、学問を称揚することで、文化事業を推進させる催事の一環であると、各尚省《しょうしょう》には知らしめている。男子の教育がその母にかかっている以上、女性の教育もまたおろそかにはできない、と言われれば、頑固な年寄りどもも反論はできまい？」

式典の進行表を指しながら、玄月は遊圭に手順を説明した。

女性が表の官界に関与することを否定し、長く続いた社会的慣習を破壊されることへの反発は決して侮れない。

「旺元皇子が決起するとしたら、この日だ。保守層の不満分子に火をつけ、一気に大家《ターチャ》への反感を煽《あお》り、政変に持ち込む。どさくさにまぎれて大家を亡き者にできれば、そこへ皇弟が実権を掠《かす》めとる好機が生じる。皇子は必ず式場に紛れ込み、現場を指揮しているはずだ。そこを釣り上げる」

「帝《みかど》に万が一の事があったら、わたしたちの方が一網打尽じゃないですか。そんな博打《ばくち》というか、綱渡りみたいなやり方でないといけないのですか」

遊圭は脇の下に滲《にじ》む汗の気持ち悪さに、苦言を呈した。

「では、そなたは旺元皇子の指図通りに、大家を弑《しい》し奉り、あちらにつくか」

「とんでもないです」

即座に辞退して、遊圭はひとつ疑問を投げかける。

「でも、旺元皇子は、日蝕《にっしょく》を待たずに決起するのですか」

「向こうも、蝕がいつ起きるかわからぬのだろう。永氏の命も長くないとなれば、この好機を逃すわけにはいかないのだ。旺元皇子も、李薫藤が皇帝を暗殺できるなどと考えてはいない。初の女医生が弑逆《しいぎゃく》を試みれば、反感を抱える保守層は一気に新帝の改革方針を排除する大義を得る。その波を、皇子は利用するつもりなのだ。さっさと地方に逃れて残存勢力をまとめあげていれば、内紛となり手こずったことだろう。永氏の救出と、宮城の制圧にこだわった皇子の隙を、こちらが突いてやるのがもっとも損害が少なくてすむ」

遊圭は不安を払いきれず、すがるような目で玄月に頼み込む。

「周姉妹が、危ない目に遭わないように、それだけは約束してください」

「計画を知る娘子兵をふたりずつつける。いったんことが起きれば、速やかに避難できるよう、打ち合わせもすませた。そなたには凜々とシーリーンがつく。皇子が行動を起こしたら彼女たちに従え」

皇后陛下の薬食士は、一日だけ娘子兵に職を変えたらしい。いかにも胡娘らしかった。

控室では、真鍮《しんちゅう》の鋲《びょう》を打った、赤と橙《だいだい》に染めた娘子兵の革胴着を着けた胡娘が、ご機嫌で遊圭を迎えた。弓弦《ゆづる》の張りを確かめながら、胡娘はうきうきと遊圭に話しかける。

「悪くない。軽くて動きやすい。装飾が多く実用的とは言い難いが、ないよりましだ」

明々は娘子兵の本隊といっしょに永寿宮に残してきた。遊圭たちの晴れ舞台を見逃せないと言い張ったが、遊圭自身が生き残れるかどうかわからないのだ。いつか本物の授与式を見せるから、と説得して、玲玉と待つことを約束させた。

天子とは不可侵の存在で、国家とは盤石のものだと思い込んでいたが、その土台は意外と脆《もろ》い。史学においては、革命を繰り返して王朝は生まれ変わるとは習ったが、太平の世に生まれ育った身には実感が湧かない。

だが、陽元のように国家の頂点にいる者は、いつなんどき永娥娘や李徳のような野心家に、土台を地盤から掘り崩されて葬り去られるかわからない。その周辺にいる玄月や玲玉そして遊圭は、大義や正義とは関係なく、生き残るため、家族を守るために絶えず足元を確かめ、降りかかる火の粉を払い続けなくてはならない。いつ翳《か》けてくるかわからない日輪を見上げて空を憂い、いつ自身の重みで割れてしまうかわからない薄い氷の上を、息をひそめて歩いているようなものだ。

進行役の官吏が、女医生たちを迎えに来る。遊圭は、今日このときに日蝕が起きませんようにと胸の内で必死に祈りながら、進行役のあとに粛々として続いた。

三方の扉が開け放たれた大講堂は、学生の浅緑や縹色《なはだいろ》よりも、百官の着用する様々な色の朝服で、まさに色彩の洪水だ。旺元とその一党は容易にまぎれ込めただろう。

学業成就の栄誉を意味する、香り高い銀木犀《ぎんもくせい》の花を敷き詰めた中央の通路を、新医生官が一列に並んで入場した。足を進めるたびに、踏みしだかれた白い花の甘い香りが空気を満たしてゆく。

女医生は男医生の列のあとだ。はじめは席次順の入場が提案されていたが、遊圭や秀琴が男医生よりも前に立つことに難色を示す官吏も少なくなく、妥協しなくてはならなかった。

「面子面子！　自分の努力不足と負けを認められない男子の面子なんて、豚にでも食わせてしまえばいいのよ！」

遊圭は、ふたりのために義憤を表してくれる秀芳をなだめる。女医生がかたまっていた方が、いざというときに行動しやすい。それでなくても、周囲の嫉視《しっし》や批判の目、敵視に耐えるのに、互いの目と手が届くところにいた方が心が落ち着く。

被布の下からそっとあたりを見回しながら、遊圭は旺元の姿を捜したが見つからない。見つけたところでかれの立場ではどうしようもないのだが、やはり気になる。

全員が席につき、銅鑼《どら》が鳴る。主宰が皇帝の入場を告げる。一斉に静まり返り、何百という人間がいるにもかかわらず、かすかな衣擦《きぬず》れのほかはしわぶきひとつ聞こえなくなった。

玉冠を戴《いただ》き龍袍《りゅうほう》をまとった皇帝が壇上に現れ、悠然とした物腰で玉座に着席した。中身はともかく、精悍《せいかん》で威風堂々とした外見に恵まれた陽元が、天下で唯一許された禁色の龍袍の袖《そで》を翻してそこにいるだけで、皇帝かくあるべしと誰もが圧倒される。

小柄でいまだ軽輩の印象を与える旺元が、兄を憎む理由だろうか。金椛《ジンファ》の皇統は初代から今日にいたるまで、大柄な美丈夫が玉座についている。帝王の器量は見かけではないにしろ、体格に恵まれなかった旺元の複雑な心理は遊圭にも想像ができた。

外戚《がいせき》族滅法がなければ、李徳は積極的に旺元を皇太子に推したであろう。そのために勢力を培っていた地方へ逃れ反乱を起こすか、中央で政争《クーデター》の機会を窺《うかが》うか。旺元は後者を選んだ。それが吉と出るか凶と出るか、今日が終わるまで誰にもわからない。

主宰が勅旨を読み上げる。皇帝の意思を認《したた》めた型通りの祝辞には、今回は女性に受験の機会を与え、三名が合格したことに、後宮の医療が向上し、女官たちが安心して公務に励むことを期待すると結んでいた。

次に、陽元が立ち上がり、階《きざはし》近くまで進む。三つの羽冠を持った官吏が少し遅れて続いた。

名を呼ばれた首席の新医生官が階段を上がり、皇帝の前で拝跪《はいき》し叩頭《こうとう》する。平伏して皇帝の祝辞を受けた医生官の布冠を、官吏のひとりが外す。白鳥の風切り羽を立てた冠を皇帝が受け取り、医生官の髻《もとどり》に載せ笄《こうがい》で固定した。

首席の医生官は、生涯の誉ともいうべき瞬間に、感激のあまり顔を紅潮させ肩で息をしながら、ほとんど這《は》うようにして階段を後ろ向きにおりた。

次席の医生官も同じ手順を踏む。

遊圭の番となった。李薫藤という氏名が読み上げられる。階段をのぼる小柄な青い影を、何百対という目が追いかける。無数の矢に射られているような物理的な痛みを背中に感じて、遊圭は最上段にのぼり詰めた。

前のふたりとまったく同じ手順を、陽元は流れるような動作で繰り返す。被布をおろして丸くまとめた髷《まげ》に白羽冠を置き、笄で留めるために身を屈《かが》める。遊圭の額から緊張のあまり汗が流れ落ち、床に滴った。

あたかも羽冠は少女の頭には重すぎるとでもいうように、屈んだ陽元が遊圭に手を伸ばした。

遊圭は恐縮しながらその手を取り、ゆっくりと立ち上がる。一歩足を出して、そのまま前に倒れ込んだ。背後で息を呑《の》む音、非難がましい小声や舌打ちが、さざ波となって講堂内に満ちた。

遊圭を抱きとめた陽元が、まるでその重さに耐えかねたかのように膝《ひざ》をついたまま、動こうとしない。そのうち講堂のあちらこちらからざわめきが沸き起こる。

反響する騒音の中に、女性の学府参入を非難する声がいくつか聞き取れる。

「あの女は刺客だ！」と誰かが叫んだことから、騒ぎは一層激しくなった。

陽元の龍袍と、その衣裳《いしょう》からまろやかに香り立つ龍涎香《りゅうぜんこう》に包まれるようにしてうずくまる遊圭には、周囲の騒音がひどく非現実的なものに思えてくる。

「どこだ。旺元は」

陽元の押し殺した声に、遊圭は切迫した状況を思い出した。旺元の一党が動き出さないのなら、陽元は立ち上がって何事もなかったことを示し、李薫藤の単なる貧血と昏倒《こんとう》を装って遊圭を退場させなくてはならない。

陽元が遊圭を抱き上げて立ち上がろうとしたときだった。

前列の新医生官を飛び越えて、三人の学生が壇上へと殺到した。その動きはおそろしく敏捷《びんしょう》で、階段を駆け上がりながら失速もせず懐から短剣を抜き出す動きから、かれらが鍛え抜かれた武人であることは明白であった。

襲撃を予期し、ぎりぎりまで壇上の袖で控えていた近衛の錦衣《きんい》兵《へい》が駆けつけ、刺客たちを迎え撃つ。陽元は遊圭を抱えてうしろに下がり、待機していた凜々に放り投げる。

「はじまった――」

呼吸の浅い遊圭のつぶやきは、鉾《ほこ》を突き出す錦衣兵の気合と、胸から背中まで貫かれて壇上から落下する暗殺者の悲鳴にかき消される。さらに、別の暗殺者が鉾先《ほこさき》をかいくぐって錦衣兵の懐に飛び込み、短剣を胸甲の継ぎ目に突き立て、その鉾を奪う。

「遊々、われらから離れるな」

胡娘が遊々の肘《ひじ》をしっかりとつかむ。

陽元は壇上で繰り広げられる錦衣兵と刺客の闘いを前に、空いた手で玉冠を固定する顎《あご》の紐《ひも》をほどき、片手でおろしてかたわらの近侍に手渡した。

玉簾《ぎょくれん》の下から、血色のよい精悍な顔が現れ、好戦的な笑みがこの場の混乱を歓迎していることを語っている。実に手際よく龍袍の広く長い袖を上げて帯に挟み、自らも抜刀して講堂を睥睨《へいげい》する。

「に、逃げなくていいの?」

遊圭は震える声で言った。凜々が断固とした口調で応《こた》える。

「帝《みかど》のおそばより安全な場所はありません。帝に一事あれば、われわれも終わりです」

遊圭は陽元と心中したくはないが、玲玉と翔のことを思えば、遊圭も陽元と一蓮托生《いちれんたくしょう》の身である。胡娘は興奮し、陽元と同じ性質の笑みを顔いっぱいに広げた。

「これだけの人数の、どれだけが味方か、そうでないのか明らかになるわけだ」

皇帝への不満を叫び、騒動を扇動していた者たちを、参列者の中に朝服を着てまぎれ込んでいた錦衣兵が次々と取り押さえ、捕らえていく。状況がつかめず立ち往生している一般の参列者は、ただ茫然《ぼうぜん》として成り行きを見守っていた。

ふたりの刺客は十人以上の錦衣兵を相手に善戦している。壇上の狭さから、錦衣兵らは鉾にも剣にも熟練した刺客に対して、数の優位を発揮できずにいた。しかし数に勝る護衛の厚さに、刺客らも陽元には一歩も近づくことはできない。

「李家の残党がいるぞ！」

扇動に関与していた者は、迅速で統率のとれた反撃に意表を突かれ、次の行動に迷いを見せた。何人かの顔がひとつの方向へと向けられる。

「そこか！　旺元っ」

陽元のよく通る声が響き、その剣先が講堂の中央付近に座る学生に向けられた。陽元配下の兵は、間の参列者を蹴散《けち》らして、騒動の首謀者へと殺到した。

遊圭の位置からは遠く、間には群衆が多過ぎて、それが旺元なのか判別はつかない。陽元に名指しされた人物の周囲では、偽の官吏や学生たちが次々に立ち上がり、旺元皇子を守るために闘い始める。混乱した本物の学生や参列者は、巻き添えを怖れて席を立ち、我先に逃げ出した。踏みにじられる白い桂花《もくせい》から、むせかえるほどの甘い香りが立ち昇る。

乱闘を避けて壁際へ押し寄せる者、わけもわからず床に伏せ、逃げる群衆に踏みつけられる者と、阿鼻叫喚《あびきょうかん》とはこのことかと遊圭は呆然《ぼうぜん》とする。秀琴たちの安全が気になり、そちらへと目をやった。打ち合わせ通り遊圭が壇上に上がると同時に避難させていたようで、女医生の姿はどこにも見えない。遊圭は安堵《あんど》して、旺元とおぼしき人物とその一団の闘いへと視線を戻す。

全員の注意がそちらへ向けられていたとき。

遊圭は最前列の学生に、ひとりだけ背後の乱闘に注意を取られることなく、こちらを見上げる若者を見つけた。

壇上では、斃《たお》された刺客と死傷した錦衣兵を引きずり出すことに兵士らの手が取られ、犠牲者の流した血に足を滑らすまいとして、皇帝の守りに隙ができる。

浅黒い肌に豊かなひげをたくわえた学生はまっすぐに陽元を見つめ、懐に入れていた手を出した。遊圭は反射的に叫ぶ。

「陛下！　旺元皇子は、すぐそこに！」

旺元が肩の上にかざした指の先に銀鱗《ぎんりん》の閃《ひらめ》きを目にした瞬間、遊圭は胡娘の手を振りほどいて飛び出した。陽元を突き飛ばすなり自身が盾になるつもりだったのだが、全力でぶつかって行ったにもかかわらず、体重に勝りかつ重心の安定した陽元はびくともしない。焦る遊圭の耳に、刀子《とうす》がガツンと階段に突き立つ音が聞こえた。

陽元は仁王立ちになったまま、壇の下をにらみつけている。遊圭がその視線を追った先には、旺元が同じ色の袍《ほう》を着た学生と激しく揉《も》み合っていた。

「げっ、玄月、さん？」

玄月は宦官《かんがん》の暗灰色の袍と丸帽ではなく、明るい青色の袍と羽冠姿で初々しい学生として周囲に溶け込んでいた。旺元と違い、特別に化粧や付け髭《ひげ》などで変装もしていなかったのに、遊圭ですら気がつかなかった。

「紹から聞いてなかったか。私は囮として壇上ぎりぎりに立っていたのだ。袍の下には防具を着けている。顔にでも当たらぬ限り大事はない。安心しろ」

陽元の朗らかな声が遊圭の頭に降ってきた。いつの間にか遊圭は陽元に胴を抱えられて、身動きもできない。確かに、袍や袖《そで》を通して硬く厚い革の感触が遊圭の肌を圧迫してくる。

「旺元は弓を許されたのが遅かったので、我々の狩りについてくるために刀子投げを得意としていた。実にたいした腕前だった。弓矢も長剣も持ち込めない講堂では、これ以上の武器はないだろう。当然、できるだけ前に出てこようとする」

その策略が自分の発案でもあるかのように、陽元は豪快に笑った。

「私を救おうとしてくれたのか、遊々はなかなか勇気があるな。大丈夫だ。紹が刀子の射程内にいる学生には監視をつけさせていた。一番怪しいのは自分で見張っていたところを見ると、旺元ごときの変装では紹の目はごまかせなかったようだ」

眼下では、本物の旺元を助けに駆けつけた偽学生と、官吏に扮《ふん》した陽元配下の錦衣兵とによる乱闘となっていた。遊圭を護衛しているはずの凜々まで、いつの間にか壇の下におりて、玄月の背後に回る敵を儀仗《ぎじょう》用の鉾で薙《な》ぎ倒している。

「私も交ざりたいものだが」

陽元は残念そうにつぶやく。

もはやどちらの羽冠もどこかに飛んでしまい、双方髪を振り乱しての真剣勝負なのだが、旺元の汗で流れた茶粉とずれたひげがどこか滑稽《こっけい》だ。

一方、偽の旺元が指揮する中央付近の乱闘は、錦衣兵が介入して収まりつつあり、壇の下でも小型の武器で劣る旺元勢が、武装した錦衣兵に対して敗勢に追い込まれていた。

「どちらも体重が軽いせいか、動きは速いが闘っているというよりも踊っているようだ」

遊圭が息を吞んで見守る頭上で、陽元は腹心と異母弟の死闘を吞気《のんき》に解説する。

玄月と旺元は、同じ流派の拳闘《けんとう》と体術を駆使して闘っているためか、互いの手を見切ってかわし次の手を打つさまが、まるで予《あらかじ》め打ち合わせられた殺陣《たて》のように、陽元の言う通り華麗な演武を思わせる。互いの蹴《け》りをすんでのところで避けては遊圭には見極められない速さで拳《こぶし》を突き、払いのける。

懐に入られ足をかけられた玄月が倒れたところへ、旺元が馬乗りになった。旺元の拳が振り上げられる前に、玄月はその衿《えり》をつかんでぐいと引き寄せ、旺元の顔に頭突きを見舞う。たまりかねた旺元が手で顔を押さえる。その側頭を、玄月は横殴りにして態勢を覆した。

「ああ、これ以上紹の顔に傷が増えては私が女官どもに恨まれる。あいつはもう少し自重できんものかな」

いま心配するのはそこなのかと遊圭は思ったが、喉《のど》が干上がって声も出ない。

血の噴き出す鼻を押さえ毬《まり》のように転がりつつ、旺元ははだけた袍の懐から刀子をつかみだし、投擲《とうてき》する。立ち上がりかけていた玄月はとっさに横へ転がって刀子を避ける。気がつけば周囲にはこれが謀叛《むほん》であるという事情を知らぬ学生が集まり、この一騎討ちに野次を飛ばしてる有様であった。

「紹！　いつまで手間取っている。我が弟だからといって、手加減する必要はないぞ。それとも、私が加勢せねば勝てぬか！」

陽元まで声援を送る。

玄月は投げつけられた刀子を二本まで転がってかわした。遊圭は刀子に毒が塗ってあることを思い出して、少しでもかすったらと思うと、とても見ていられない。

旺元が三本目の刀子を振りかざしたときには、玄月は座席の列に阻まれ、もはや逃げ場をなくしていた。遊圭は思わず目をつぶる。

遊圭の耳元で、ビンッと鋭く風を弾く音がしたかと思うと、壇の下でドンッと鈍い衝撃音と同時に絶叫が上がる。

びくっと体を震わせた遊圭はおそるおそるまぶたを上げ、止めていた息を吐いた。

足首を射貫かれて、膝《ひざ》をついた旺元が激痛に顔を歪《ゆが》め、悲鳴を上げている。

「背後から射るのは卑怯《ひきょう》だが、先に飛び道具を持ち出してきたのはあやつだからな」

遊圭の横で、矢を放ち弓を構えた姿勢のまま、胡娘が涼しい顔で言ってのけた。呆然とする遊圭に、にっこりと笑いかける。

「足の腱《けん》を切れば、どんな勇者も英雄も、あまりの痛さに泣き叫んで、立ち上がることもできなくなる。これは医経に書いてあったか？」

旺元の投擲に、盾となるべくふたりの間に割って入った凜々が玄月を助け起こす。玄月は、踵《かかと》の腱を切られた痛みに苦悶《くもん》する旺元に歩み寄り、その頭を鷲《わし》づ《つ》かみにして引き起こした。肘《ひじ》を旺元の首に巻いて立ち上がり、身長差を利用して宙に吊り上げる。

玄月が何かその耳にささやいているようだが、旺元はかろうじて首を振るだけだ。

旺元は、締め上げてくる玄月の腕を掻《か》きむしり引き剝《は》がそうとする。しかし、足が宙に浮いているため、手足をばたつかせるたびに自身の重みで首が絞められていく。

旺元の顔色がだんだんと白くなり、眼玉がせり出してくる。口を開けて息を吸おうとしても、舌を突き出すことしかできないようだ。

「しっ、死んでしまいますよっ」

遊圭が慌てて叫んだ。

「どのみち死罪だがな。おい紹、永氏の潜伏先はあとでゆっくり吐かせてやればいい」

髪を乱し口の端が切れ、額と頰にあざを作って、一層の凄絶《せいぜつ》さを増した美貌《びぼう》で壇上をちらりと見上げた玄月は、口を「御意」の形に動《む》かした。

どさりと床に落とされた旺元は、白目を剝いて悶絶《もんぜつ》している。胸が上下しているところを見ると、まだ生きてはいるようだ。

「おっと、忘れていた」

そうつぶやいて、陽元はかたわらの遊圭のみぞおちに拳を入れた。腰から折れた遊圭の膝が崩れる。遊圭は遠ざかる意識に陽元の声を聞いた。

「李薫藤医生官は、この日の騒ぎに巻き込まれて、命を落とすのであったな」

腹の痛みと、ふわりと体が浮き上がる感覚、講堂中に反響する人々のざわめきが、遊圭がその場について覚えていることの最後だ。

終　章

国士監大講堂の騒動が、実は皇帝暗殺を企てた皇弟による謀叛であったことが一般に知れ渡り、一時は宮城だけでなく帝都全体が震撼《しんかん》した。

謀叛未遂から先帝の喪が明けるまでのひと月半を、遊圭は玲玉の永寿宮で宦官を装い、明々とともに翔の子守りをして過ごした。

翌月には胡娘が玲玉の第二子、暸《りょう》を取り上げ、永寿宮は一層の喜びにあふれる。

陽元はといえば、遊圭が見かけるたびに空を見上げていた。その姿は、空が落ちてくるのを常に心配して暮らしていたという古代の国、杞の民を思わせる。とはいえ遊圭の視線に気づいてふり向けば、屈託なく笑いかけてくる。

天文学寮の博士や学生たちはいまも、古い天文資料や焼失した書籍の写本を探し出すために帝国中の古都や天文台に派遣されて、十年以内には起こると予測される日蝕《にっしょく》の、周期の研究に励んでいるという。

　遊圭は陽元と玲玉、二皇子との団欒《だんらん》に加わることを許され、逃亡潜伏中の話を求められた。思い出したくないこともあったが、苦労を聞いては涙してくれる叔母《おば》の存在に、今日まで生き延びてきたことが報われる思いがした。

　玄月との確執は、一切口にしなかった。


「別に大家《ターチャ》や娘娘《ニャンニャン》に申し上げてもよかったのだがな」

　自分にとって都合の悪いことは一切、叔母夫婦に告げ口をしなかった遊圭に、玄月はそう言った。

　後宮を去る直前に、玄月に墓参の案内を頼み、ようやくふたりで話す時間がとれたときのことだ。

「玄月どのにはたくさん助けていただきました。今日まで命があったのも、玄月どののお蔭《かげ》です。あの、どうもありがとうございました」

　神妙に礼を言う遊圭に、ふん、と鼻を鳴らして、玄月はふたつ並んだ墓石の周りの雑草をむしった。

　後宮に入った女たちは、死後は養生院の片隅の墓園に葬られる。ほとんどの女官の遺灰はひとつところに埋められ、位牌《いはい》だけが霊廟《れいびょう》に納められる。

　墓石を立てられるのは高位の女官に限られるのだが、李薫藤は女官初の医生官、総合三位で合格という偉業を成し遂げたということで、内官に相当する待遇で埋葬された。

「自分の墓参りをするのは、どんな気分だ」

玄月の問いに、遊圭は少し考えてから、かぶりを振った。遊圭が参りにきたのは李薫藤の墓ではない。李薫藤の死を知って、そのあとを追うように命の火が消えてしまった恩人の墓だ。

李薫藤が死んだことになってしまった以上、遊圭は趙婆の臨終に立ち会えず、葬式や墓参も明々が出席するのを見送るばかりで日を送ってしまった。

玄月にしても、謀叛の事後処理と李薫藤の葬儀の手配で忙しく、危篤の知らせに駆けつけた時には、趙婆はすでに息を引き取ったあとだったという。

「間に合ったら間に合ったで、なぜ遊々を守れなかったかと叱られただろうからな。趙婆といえども、本当のことは話せぬし」

淡々と話す間も玄月は手を休めず草を抜き、趙婆の墓石の埃《ほこり》を払う。膝をつき香を焚《た》いて瞑目《めいもく》する後ろ姿に、遊圭は自分も手を合わせながら、一女官のためにそこまで手を尽くす玄月と趙婆の間には、いったいどんなかかわりがあったのかと、ぼんやり考えた。

「国士太学の試験を、受けないそうだな。これからどうするつもりだ」

趙婆の墓石を見つめたまま、玄月が訊《たず》ねた。

「生きることが許されたからといって、さっそく官界に飛び込むのも、旧体制派には目障りなんじゃないでしょうか。それに、しばらく試験のためじゃない学問をやりたいです。異国語を学び、地理誌を読んで旅に出るとか、自分が学びたい学問を見つけたいと思います」

漠然とした将来の展望を、遊圭は素直に口にする。

玄月は立ち上がり、首をひねって肩越しに遊圭を見下ろした。その秀麗な顔に表情らしきものはない。氷のようにひやりとした視線に、遊圭は玄月を怒らせるようなことを言ってしまったかと、冷や汗をかく。

「やはり、手の内で虎の仔を養っていたようなものだな。逃亡未遂のもみ消しから始まって、職権を超えての工作の数々は私にとっても綱渡りだった。そなたへの借りは充分に返したと思う。そなたがこの先どのように生きようと勝手だが、私の敵にだけはなるなよ」

まったく温かみのない声音に、遊圭は謝罪でもするように黙って下を向いた。

どれだけ才能と資質にあふれていても、後宮の外に生きる場所のない玄月に、外の世界へと羽ばたこうとする遊圭の背中をうっかり見せつけてしまう形になってしまった。

相手の心を斟酌《しんしゃく》できなかった遊圭の失敗か。

――って、これからどうするって聞いてきたのは、玄月のほうじゃないか。

趙婆の墓前で柔らかい空気になったことに油断してしまったが、臍《ほぞ》を噛《か》んでも遅い。

玄月の敵にだけは、誰に脅迫されてもなりたくはない。だからといって、味方になるのも御免という気がする。皇族である旺元を容赦なく叩《たた》きのめして絞め上げ、陽元が止めなければ、躊躇《ちゅうちょ》なく縊《くび》り殺していたであろう玄月の、無表情な面を思い出してぞっとする。

皇太子の外戚《がいせき》と、皇帝の腹心である宦官《かんがん》との関係は、融和よりも敵対へと向かうのが定石であると、歴史は何度も繰り返し語り続ける。そして十代前半にして国士太学へ進める学識を有するふたりはどちらも、そのことを知りすぎるほど知っていたのだ。

何をどう話せば理解し合えるのか。わざわざ玄月に案内させて一対一で話し合う機会を作ったのに、遊圭は何ひとつ相手の心に届くような言葉を探し出せなかった。

昇進が決まり、異動に伴う引継ぎ業務に忙しい玄月が先に去ったのち、遊圭は改めて趙婆の墓に香を焚いて手を合わせ、真剣に祈りを捧《ささ》げる。

「この先、玄月と対立しませんように。趙婆、どうか守ってください」

——そしていつか、わかり合える日が、きますように。

剣か盃《さかずき》か——旺元皇子が皇族として名誉ある死を賜ったかどうかは、一般には知らされない。旺元が白状しなくても、大講堂で捕えられた一味の中には、拷問に耐えかねて永娥娘と香蘭公主の潜伏先を吐いた者がいた。

永娥娘は病軀《びょうく》を石牢《ろう》へと戻され、香蘭は盃を選び、毒を呷《あお》った。

遊圭は、自分が命を救った最初の患者がたどる運命については、考えないようにした。

李家の残党が一掃された中秋、先帝の喪明けが宣言された。同時に、新帝としての最初の政策に、陽元は外戚族滅法の廃止と大赦を布告した。

予測されていた反発は、李家と旺元一党の粛清の直後だったこともあり、表立った混乱は起きなかった。現皇后の外戚がすでに滅せられている以上、次の皇太子が即位するまで、次代の皇后誕生はずいぶんと先のことと国民には捉《とら》えられていたせいもある。

それ以上に、陽元が各尚の高官らとより近い距離で聴政を行うことを、少しずつ習慣づけていたことが、実を結んでいたのかもしれない。

ただ、後宮では男子を生んだ妃嬪《ひひん》たちとその外戚の動きに変化があった。

これまでは我が子が父親の関心を惹《ひ》くのを怖れていた妃嬪が、積極的に自分の宮へ陽元を引き寄せる努力をしているという。我が子の美点を強調し、陽元に興味を持たせて、皇位の継承権に近づけようというつもりだろうか。話し合った末、玲玉と二皇子を守り養育するために、胡娘は永寿宮に残ることになった。

遊圭がもっとも案じていた麗華公主は、大赦の恩恵に与って死罪は減じられた。本来ならば大逆に関わった罪は、大赦でさえ赦されないものだ。それを知る麗華は尼寺に入ることを希望し、陽元は異母妹の望みを受け入れたという。


紅椛門《こうか》——皇帝の宮から外朝へと続く、内廷の正門である。

先帝の喪が明けた翌日。

遊圭と明々は、陽元と玲玉、瞭《りょう》を抱いた胡娘と翔に見送られて、紅椛門をくぐった。

「来年の梅の花が咲くまで、待たなくてよかったね」

明々が晴れた空を見上げて言う。遊圭は感無量で声も出ない。

立ち止まって周囲を見回す遊圭に、先を行く玄月が急ぐよう促した。

「前を見ずに歩いていると、道に迷うぞ」

遊圭と明々は慌てて玄月のあとをついて行く。しばらく歩いてから、いくつめかの門に馬車が用意されていた。明々を故郷に送っていく馬車だ。

大臣でさえ特別な場合をのぞいては、外朝内で乗り物の使用は許されない。遊圭たちの長旅を配慮しての、陽元の計らいだ。

「凜々！」

明々は馬車に乗り込むのに手を貸してくれた御者を見て、嬉《うれ》しい声を上げた。御者の服装に柳刀を佩《は》いた凜々は、近くでよく見なくては女性とはわからない。

「途中で盗賊に遭っておふたりに何かあっては、大后《おおきさき》さまと胡娘さんに申し訳がたちませんからね。ちゃんと送り迎えさせていただきます」

遊圭は動き出した馬車の窓から身を乗り出して、もと来た道をふり返った。旅の護衛に気心の知れた凜々を手配してくれた礼を言おうとしたが、玄月はすでにこちらに背を向け、後宮へと戻って行く。

みるみる遠ざかる暗灰色の背中に、遊圭は腹に力を入れて大声で叫ぶ。

「玄月どのー、ほんとうに、ほんとうに、どうもありがとうございました！」

玄月が遊圭の声にふり返ったかどうかは、もう遠すぎてわからない。

外朝は後宮よりも広いというが、馬車で移動してもなかなか城壁の門は見えてこない。ようやく官吏が出入りする東面の青龍《せいりゅう》門にたどり着く。南面正門の朱雀《すざく》門はまだずっと先と凜々から聞いた明々は、ひっくり返りそうになった。

青龍門の向こうには、護城濠の上を城下へと続く丸みを帯びた橋が延びている。そしてその先は、帝都の壮麗な街並みがどこまでも果てしなく続く。

秋の天は高く青く晴れわたり、雲ひとつ浮いていない。

金椛《ジンファ》武帝三年　星公子伝

あとがき

篠《しの》原《はら》悠《ゆう》希《き》

お読みいただき、どうもありがとうございました。

本書をお買い上げくださった読者の皆様、素敵な装画を描いてくださった丹地《たんじ》陽子《ようこ》様、本作のシリーズ化にご尽力いただいた担当編集者様に、心からの感謝を捧《ささ》げます。

なお、本作品の薬膳《やくぜん》、生薬、漢方薬、医療につきましては、黄帝内経や神農本草経などの古代から近世までの中医学観をベースにした実在の名称を用いていますが、必ずしも現代の東洋・西洋医学の解釈・処方とは一致しておりませんということを申し添えておきます。

参考文献

『素問』　新釈・小曽戸丈夫　たにぐち書店
『霊枢』　新釈・小曽戸丈夫　たにぐち書店
『神農本草経解説』　森由雄　源草社
『中国の愛の花ことば』　中村公一　草思社
『宦官』　三田村泰助　中公新書
『科挙』　宮崎市定　中公新書

本書は書き下ろしです。

この作品はフィクションです。実在の人物、団体等とは一切関係ありません。